二十一世纪出版社集团
21st Century Publishing Group
全国百佳出版社

图书在版编目（CIP）数据

灭秦：全 10 册 / 龙人著．-- 南昌：二十一世纪出版社集团，2017.10

ISBN 978-7-5568-3105-0

Ⅰ．①灭… Ⅱ．①龙… Ⅲ．①长篇历史小说－中国－当代 Ⅳ．① I247.5

中国版本图书馆 CIP 数据核字 (2017) 第 243764 号

灭秦　　龙　人　著

责任编辑　敖登格日乐
出版发行　二十一世纪出版社集团
（江西省南昌市子安路75号　330025）
www.21cccc.com　cc21@163.net
出 版 人　张秋林
经　　销　新华书店
印　　刷　北京龙跃印务有限公司
版　　次　2018年1月第1版　2018年1月第1次印刷
开　　本　710mm×1000mm　1/16
印　　张　150
字　　数　1572千
书　　号　ISBN 978-7-5568-3105-0
定　　价　498.00元（全10册）

赣版权登字—04—2017—747

目　录

第一百零六章　吕氏秘窟

陈平见来者乃是自己家族中的用剑高手陈七，不由眉头一展，急问道："那件事情莫非已有了眉目？"

他问得奇怪，纪空手等人亦是如坠云雾之中，根本理不出一个头绪。

"回大爷的话，一切如大爷所料，我们以飞索吊入飞瀑潭，果然在西南震位水下三尺处寻找到了一个机关暗口，如果不出意外的话，应该是进入百叶庙下机关的入口。"陈七显得十分激动，他这一番话说出，顿让纪空手等人喜出望外，无不将目光投向陈平。

陈平微微一笑，道："你们不必以这种眼光看我，事实上在此之前，我的心里也丝毫没底，只是误打误撞，全凭运气罢了。"

"也只有你有这样的运气，才能误打误撞撞个正着，换作我们，就是运气再好也是枉然。"纪空手笑了起来，他无法不笑，一旦百叶庙遗址之下真的如张良所料，那么至少在两年之内，他在军需粮饷上绝无后顾之忧。

"其实，若非你从飞瀑潭下逃生而出，我也没有想到会从这深潭之中寻找机关。我原也寻思，以吕不韦当时的身份地位、财力物力，既然在百叶庙下修有暗宫，就绝对不会只留一个出口。人说狡兔三窟，吕不韦一代权相，又岂能比不上一只狡兔？所以我断定他除了在百叶庙留有出入口之外，必然还有另外一条出路。"陈平无疑是勘探方面的权威，一开起口来，一股自信便油然而生，侃侃谈道，"然而数天过去，我们不仅一无所获，甚至连遗址下的出入口也找寻不见。我就寻思，这出入口一定是精铁打铸，当年的那一把火烧得太烈太猛，以至于精铁熔化，与土石凝成一体，所以才无处可寻。正当我一筹莫展之时，你突然从潭底而出，让我重新开拓了思路，从而确定另一条出口必在水下！”

“这么说来，你可以肯定这发现的洞口就是百叶庙下机关的出口？”张良有些性急地道。

陈平摇了摇头：“我不能确定。”

“既然不能确定，我们何不亲自走上一遭？”纪空手笑道，他喜欢把一些复杂的事情简单化，这样一来，至少不会弄得自己身心疲惫。

当他们一行赶到百叶庙遗址时，已是夜色沉沉，数千枝火把燃起，照得骊山北峰如同白昼一般，上万名军士眼见纪空手到来，无不精神一振，高呼“万岁”，声震山谷，引起隆隆回音。

等到他们下至飞瀑潭时，第一眼见到的就是那头半浮于水面的巨蟒，龙赓等人想起纪空手所述的脱险经历，无不为纪空手捏了一把汗，暗自忖道：“假如换作是我，是否能如他这般幸运，自这地狱般的地方逃出生天？”

陈平在陈七的带领下，来到了潭南那段悬壁之下，细细观察了半晌方道：“大王请看，这潭底形状，如同一个并不规则的八卦图案，卦象临水，显示着这里必有玄虚，这也印证了这水下三尺确有出入口存在。如果要让这出入口重现天日，就必须堵截上游水道。”

陈七闻言，早已挥动令旗，指挥着峰上的军士展开行动，只不过一顿饭功夫，潭面的水位明显下滑，那嵌在悬壁的机关为之而现，竟然是一扇满是青苔水锈的大石门。

“水下机关，为了防范漏水渗水，必然设有多道门户，而开启这几道门户的机关，当有内外两套。”陈平于勘探建筑一道的确是个行家，很快就确定了在乾位与坤位时查寻机关的开启点，没有花费多少功夫，便见大石门“轧……”的一声，缓缓向两边蠕动。

众人一阵欢呼，谁都翘首以待，希望能从这门里看到一座金光灿灿的金山，开开眼界。

当三道以铁、木、石三种不同材料的门户全然开启之后，一条深幽的暗通随之而现，就像是恶兽的大嘴，隐隐然透出一股不可预知的诡异。

"吕不韦修筑此宫，所费心思的确不少，用土木行业中的一句行话来讲，乃是巧夺天工，利用地形地貌，建起了这座八卦五行宫，单是这选址一项，已不容易，这就证明这门内的玄虚必定不少。"陈平不敢贸然闯入，只是以征询的目光望向纪空手。

"所谓不入虎穴，焉得虎子？本王要想得到这笔巨金，难免得冒冒风险。这样吧，本王就与陈将军一同入内，其他人就在这里静候佳音吧！"纪空手的好奇心起，早已跃跃欲试，顾不得别人劝阻，接过军士手中的火把，当先闯入。

他连过三道门户，便感到一股阴森的湿气迎面扑来，暗道可容三人并排而过，但高仅七尺，纪空手人在行进之中，必须低头哈腰才不至于有撞头之险。火光可照丈余范围，余光尽处，便是无尽的黑暗，伴着落针可闻的静寂，仿佛踏入了森森地狱一般，让人心生毛发悚然之感。纪空手虽然胆大，亦是有一丝惊惧，不知前行的路上会发生一些如何恐怖的事情。

"不好！"他突然低呼一声，声音回荡于这暗道之中，若鬼哭一般瘆人。原来他行了百步之后，蓦感脚下的泥土越来越软，产生出一股吸力，将自己的双脚一点一点地往下沦陷……

跟在他身后的陈平心中一动，似乎想到了什么，惊叫："大王休慌，深吸气，缓呼气，然后看准路径，以左三右四的步伐向前，当保无事。"

纪空手本想深吸一口气，以轻功提纵之术来解这燃眉之急，听到陈平的叫喊，当下静心，按其所教方式又前行了五十余步，这才感到自己的脚下踩到了坚石之上。

他几乎吓出了一身冷汗，就着火光，这才发觉那所经暗道铺了一层厚厚的黑土，正按照一种肉眼不易察觉的步率作逆时针方向的流动，正是这种有规则的流动，产生出一股向下的吸力，比及沼泽更为恐怖。

"这种土是北域黑山特有的土质，带有极强的黏力。"陈平蹲下身子，察看了一下，"这暗宫既叫八卦五行宫，这里面就必设五行阵，刚才我们所过的就是土阵。外行人一旦踏人，无论功力有多么高深，如果不能及时找到破解之法，就唯有下陷没顶一途。”

纪空手不禁苦笑一声：“看来这暗宫之中，荆棘遍布，不能乱走一步，既然如此，我就只有唯你马首是瞻了。”

“大王说笑了。”陈平看看前方道，“再往前，依次是木阵、火阵、水阵，到了金阵，想必就是吕不韦的藏金之处了。”

“这土阵已是如此惊人，想必其他四阵也是骇人听闻。”纪空手似乎心有余悸。

陈平淡淡一笑，道：“我自五岁学习土木建筑，七岁学勘探技术，对八卦五行了若指掌，大王只要亦步亦趋，紧跟着我，保证不会伤到一根毛发。”

两人一连闯过木阵、水阵、火阵，算来已走了千步之遥，突然陈平止步不前，惊奇道：“这里想必就是暗宫的中心了，何以见不到一两金子？”

纪空手听他的声音嗡嗡直响，知道两人到了一个空旷高远的空间，借着火光一看，只见一个占地十数亩的开阔地上，竟然空空如也，根本就没有张良所说的那四百万两黄金。

这种结果显然出乎了纪空手的意料之外，让他顿有一种瞠目结舌之感。谁也不会想到，吕不韦花费了如此心思所建成的暗宫，竟然什么也没有，这实在让人有一种哭笑不得的感觉。

纪空手心思一向缜密，与陈平细细搜寻了一遍之后，突然问道：“这里会不会根本就不是暗宫的中心？”

陈平沉吟半晌，摇了摇头道：“不会，我所知道的八卦五行宫，的确有一些设有真假暗宫的，其意就是为了迷惑外人，但这座暗宫四壁俱是以坚岩所造，没有任何机关暗道，所以我可以肯定，这里就是暗宫的中心。”

纪空手没有再对自己的意见坚持下去，他相信陈平，自然也相信陈平的眼力以及他在这方面的权威，当下果断地道：“你通知张良、龙赓带十数人进来，备好充足的火炬，我绝不相信吕不韦修筑这等规模的一座暗宫，就是为了戏弄后人，其中定有玄虚。”

陈平领命而去，空荡荡的地宫中，只留下纪空手一人。

他所站的位置，可以俯瞰整个地宫。这十数亩的空间，完全是在山体中开凿而成的一个殿堂，按常理而言，就算这里不是吕不韦藏宝的地点，也应该是他堆放一些重要物件的地方，绝不会什么东西都没有，这不合乎情理，唯一的可能就是自己还没有找到关键所在。

虽然在汉王府的国库中，除了登龙图宝藏所余的一部分，还有后生无自各地经营所得的钱财，但随着各地战事频起，这部分重要的经费来源已有日渐萎缩之势，否则纪空手也不会对这四百万两巨金生出觊觎之心，甘冒奇险就是为了势在必得，而一旦这个希望破灭，那种沉沉的失落感实在让人无法接受。

很快身后传来一阵急促的脚步声，也带来火势极强的光源，纪空手没有回头，已知是张良等人来了。

火光照在张良煞白的脸上，映出的同样是不可思议的神情。当他仔细地搜索着这暗宫的每一寸地方后，禁不住喃喃而道："这不可能，这不可能是真的，这不可能，这不可能是真的……"

"其实出现这种情况有三种可能。"纪空手的心已静了下来，缓缓而道，"第一就是宝藏的确就在这里，只是我们还没有发现而已；第二就是宝藏曾经放在这里，有人捷足先登，先我们一步得到了这批宝藏；还有一种可能，那就是不管什么原因，宝藏根本就不在这暗宫之中，我们自然也就无法找到了。"

众人默然无语，显然赞同纪空手的说法，但他们同时也知道，纪空手所说的第一种可能实在是渺茫得很，不过是自己安慰自己，因为他们几乎搜遍了这里的一切，终究是一无所获。

纪空手见他们一脸沮丧，淡淡而道："天意如此，我们也不必伤心，这四百万两巨金对我大汉王朝来说固然重要，但它既非属我之物，失去也殊不可惜。"他望向陈平，"陈将军，你带一帮人再来搜寻一遍，如果还是一无所获，就封住出入口，权当此事作罢，本王这就赶回咸阳，处理一些军机要务。"

他拍了拍张良的肩膀，正欲转身而去，突然有人惊呼道：“看，那是什么？”

纪空手猛然循声望去，陡见洞顶之上燃起一缕蓝幽幽的火光，如导火索般哧哧作响，沿着一定规则的路线迅速蔓延开来。

这缕蓝光来得如此突然，又是如此蹊跷，着实让在场每个人都吓了一跳，但纪空手不敢眨眼，他明白，这或许就是天机，不容自己有一点错失！

“吕……氏……”众人无不注视着这洞顶奇观，大声念道，就连纪空手也跟着火光所绽现的图案一字一字地念着。

“吕氏生财，在于一统。”蓝光蹿动得极快，也消失得极快，但每一个人都将这八个大字记在脑海，因为这正是他们所见到的东西。

吕不韦无疑是自大秦以来最成功的一位商人，他能在七国争雄的战乱时期聚敛财富，成为当世富甲一国的名流，就必然有其独树一帜的生财之道。同时更以爱妾为饵，笼络大秦王孙，最终依靠这层关系弃商从政，位极人臣，不得不说他这一生中无疑是成功的。自他身故之后，虽然慑于始皇之威，史书上关于他的记载多为贬义，但有关他的一些故事与传说，依然是百姓在市井中最津津乐道的话题，他也成了许多商贾小贩心中的楷模。

像他这样的人，花费大量人力财力，修建一座规模如此宏大的暗宫，当然不会是无谓的消耗，以这种隐秘的手法将这八个大字留于洞顶，自然有其深刻的用意。

纪空手当然想到了这一点，可是他实在不能领会这八个大字中更深的含意，就连见多识广的张良，也是一脸彷徨。

“派人上去，仔细查看，是否还能发现点什么。”纪空手没有犹豫，命令那十名军士搭成人梯，高举火炬，贴着两丈高的洞顶一一细察。在他看来，吕不韦如此做的目的，绝非无的放矢，必然有其道理，只是自己不能理解罢了。

“启禀大王，这财字下面另有一行小字。”那名站在最高处的军士突然叫了起来，显得极是兴奋。

“念来听听！”纪空手大喜之下，命令道。

“一统者，垄断也，七十二行，无一不能生财，而生财之道，就在于垄断行业，唯有如此，才能置万金如取探囊之物也。”那名军士朗朗而道，听得每一个人都在静思，都在追索，企图破解这句话的涵意。

这无疑是吕不韦对“吕氏生财，在于一统”八字的注解，而不是纪空手期望的对那四百万两黄金下落的指点文字。对纪空手来说，经商绝非其强项，所以这些话他来说全无用处。

如果说这些话对纪空手是对牛弹琴的话，有一个人却是这些文字的知音，那就是以棋道名扬天下的陈平！陈平虽然是五音先生门下的亲传弟子，也同样是夜郎陈家的族长，而夜郎陈家所擅长的就是经商之道。

他在心里默诵着这一段话，脸上的肌肉为之抽搐，眼中渐渐绽放出一种异样的色彩，突然喃喃而道：“我明白了，我终于明白了……”

所有人都将目光投向陈平，脸上无不露出一股质疑的表情，因为他们不明白陈平明白了什么，更无法理解这段文字的真正含意。

纪空手看着陈平的表情，几欲开口，却又把话咽了下去，他不想破坏陈平的大好兴致，尽管他也很想知道其中的答案。

“恭喜大王！”陈平好不容易才压制下心中的喜悦，拱手，“我已知道宝藏的下落了。”

“此话当真?”纪空手虽然有所觉察，可还是想不到会有这种意外之喜，不由追问了一句。

“千真万确。”陈平显得极度自信，“我所找到的宝藏，远不止四百万两黄金，它简直是取之不竭，用之不尽!”

纪空手实在难以置信，但他相信陈平不是一个夸夸其谈之人，他既然敢如此说，就必然有其道理。

如果这个宝藏真的如陈平所说的那么大的话，那么对已经开始的楚汉之战来说，大汉军就有了强有力的保障。然而张良熟谙历史，深知吕不韦纵是商界奇才，也不可能拥有如此惊人的财富。

面对众人将信将疑的目光，陈平笑了笑："请大王这就回府，容我慢慢道来。"

纪空手怔了一怔："难道这笔宝藏不在此地?"

"不错!"陈平极有把握地道，"天机不可泄露，知道的人多了，这宝藏也许就会凭空消失。"

回到汉王府中，已是三更。

无论是纪空手、张良，还是龙赓、阿方卓，谁都没有半点睡意，他们的心中都知道陈平究竟卖的是什么关子，是以一回到荷花亭，都催着陈平说出实情。

"我也不知道宝藏的下落。"陈平淡淡而道，"可是，我却知道找到宝藏的方法。"

纪空手深深地盯了他一眼，道："请说下文。"

"四百万两黄金对任何人来说，都是一笔不小的财富，但它既然有数，就终有用尽之日。所以，这黄金得不得到其实无关大局。"陈平轻描淡写地道，"吕不韦大兴土木，暗藏于百叶庙下的不是黄金，这的确让人失望，可是他却留下了比黄金更有价值的东西，那就是经商秘诀！只要有了它，我们完全可以在最短的时间内积累到我们所需要的财富，所得到的东西远远大于那四百万两黄金的价值。"

纪空手这才明白陈平的意思，不由有失望："我虽然知道活水有源的道理，可是远水解不了近渴，如今战事爆发，急需银子，等到你赚到银子时，只怕已经错先战机了。"

"不！从今日起，只要给我一个月的时间，我可以为你筹集到四百万两黄金。"陈平肯定地道。

"军中可无戏言!"纪空手道。

"我可以立下军令状，若是我在一月之内筹集不到这个数目，任由你随便处置!"陈平显得信心十足。

纪空手疑惑地望了他一眼，道："我更想听听你的高见。"

陈平笑了一下，道："我只是移花接木罢了，真正点拨我这梦中人的，是吕不韦的那八个大字：吕氏生财，在于一统。虽然这只是八个字，但它无疑是吕不韦一生的心血所得，更是经商中的至理名言。所谓一统，就是行业垄断，当整个市场都卖的是一家的货物时，那么就可以牟取最大的暴利，使得一切竞争都化为乌有，赚钱就变得极为容易了。"

纪空手似懂非懂，摇了摇头："我还是不太明白。"

陈平娓娓而道："打个比方，整个咸阳城中，只有我一家在卖生盐，进价十两银子一担，却要卖出百两银子一担，虽然售价奇高，但根本不愁没人来买。因为，这是百姓生计所需，又是独此一家，别无分号，这钱难道还赚不到我的手中吗？"

张良皱了皱眉："这不太现实，一来不易垄断，二来如果用这等手法赚钱，与我关中免赋三年的新政相违，势必会激起民变，只怕到头来反是得不偿失。"

陈平笑了，显得胸有成竹："先生所言并非没有道理，但是仔细推敲，还是有商量余地的。我刚才所说的只是一个比喻，并不是真的要在盐、粮、衣、布这些关系到民生民计的行业中实施垄断。其实真正可以牟取暴利的行业，普天之下，只有两个，那就是嫖与赌。这两个行业都是非常古老的行业，可以说自有文字记载以来，它们就一直存在，而且历朝历代，屡禁不止，反而有愈演愈烈之势。我曾做过统计，单是咸阳一地，赌馆有四十八家，妓寨有一百零六家之众，每日进金可在数十万之众，大多掌握在一些不法之徒手中，如果我们强行将这些楼馆收为己有，派后生无这样的经营好手用心管理，那么在一月之内筹集到四百万两黄金绝不是痴人说梦。"

纪空手听得简直有些瞠目结舌了，望了望张良："每日进金就有数十万之众，这也太恐怖了吧？"

张良听着陈平的计划，心中已有所动，微微一笑，道："这个数目实际上还保守了一些，自从关中免赋以来，从天下各地迁入关中的富户就有数万之多，这些人有钱又闲，每日若不嫖不赌，又怎么打发日子？"

纪空手眉头一皱，担心道："这些富户正是关中复兴的根本，若是成日这般消耗下去，终有一日会坐吃山空，我们此举无异于是釜底抽薪，殃及自己呀！"

张良道："这倒不用担心，钱这个东西，只有越活越有，流通得越快，市面才会更加繁荣。如果我们真的让后生无出面，垄断关中、巴、蜀、汉中等地的嫖赌事业，那么就可以弥补我们免赋的损失，不失为一个补充军需粮饷的好办法。"

纪空手摇了摇头："可是谈到垄断，谁又愿意把赚钱的行当拱手让出？"

张良沉思了片刻，道："其实这也不难，各地因嫖赌引起的纠纷不在少数，有些甚至成为当地祸害的隐患，只要我们出个政令，再以后生无的名义强行收购，可在一日之内将所有妓寨赌馆一并接管。那些人中不乏有江湖背景者，当不会缺乏这点眼力，到时自然会选择知难而退，这样一来，不仅可以保证我们的军需粮饷，同时也可以平息一些纠纷，维持一方治安。"

"若能如此，那就再好不过了。"纪空手兴奋起来，拍了拍手，"事不宜迟，你和陈平就着手办理此事，至于四大信使今夜出行一事，我看就只有辛苦龙兄与阿兄一趟，安排一些好手秘密护送他们出城。"

宁秦，西楚霸王项羽的行营。

烛火飘摇，映照出一份森然的静寂，在书案前，只有两人相对而坐，所有的侍卫都退到了百步之外，这是项羽的命令。

与项羽相对而坐的是一个蒙面人，除了一双眼睛露在黑布之外，一切都包裹得严严实实，谁也无法认请他的本来面目。

项羽打量了此人良久，这才淡淡而道："韩信、彭越、周殷、英布的四大信使的确已到了咸阳，在晋见仪式的朝会上，甚至发生了一起有预谋的刺杀，刘邦以为是本王所为，但这一次他却冤枉了本王。"

那蒙面人显得非常冷静，一双眸子深沉得不露一丝形迹，让人无法揣测他的内心："这又能证明什么呢？这已是三天前的事情了，完全失去了它作为情报的价值。”

项羽摇了摇头，淡淡地笑了笑，道：“不，它至少可以证明两点：第一，你的情报没有错；第二，这些情报本王同样可以通过别的渠道得知它。”

“哦？”那蒙面人似有一分失望，一闪即逝，却被项羽的目光所捕捉，沉吟半晌之后，那蒙面人才缓缓地站起身来，拱手道，“既然如此，看来我只有告辞了。”

他走出几步，却被项羽喝住：“你以为本王的行营是你想来就来，想走就走的吗？”

那蒙面人淡淡而道：“我既然来了，要杀要剐就全凭大王了。”

他显得如此镇定，不由让项羽心中一动，冷然一笑：“杀一个人对本王来说，只不过就像捏死一只蚂蚁那么简单，根本算不了什么。本王只是觉得，这样的死法，对你我来说实在没有太大的意义，你就不想再向本王证明一些什么吗？”

“我今日前来，的确是有重要的情报面禀大王。”蒙面人叹了一口气，道，“但是我无法确定大王是否已经先我一步得知，如果大王已经事先知道了，那么我所说的一切也就失去了它作为情报的真正意义。”

“坐，请上坐！”项羽做了一个“请”的手势，缓缓而道，“本王绝非不信任你，但在战事爆发之前，身为一方统帅，是不敢对任何人轻易相信的，这样做的目的，是害怕被人误导，作出不利于大军的决策！”

那蒙面人重新坐下，表示理解：“我若是身为大王的角色，同样不会相信一个敌方的将军，这很正常！”

“你能这样想，本王十分高兴。”项羽指着桌上的香茗示意他喝上一口，然后才微微一笑，“把你所知道的情报说出来，它是否有它的意义，本王自会给你一个公断。”

蒙面人看了项羽一眼，迟疑片刻方道：“我今夜冒险前来，是因为近日发生在咸阳城中的三件事情十分古怪，想禀明大王，再请大王决断。”

项羽微微一笑，示意他接着说下去。

“这第一件事情，是为了咸阳城外新近调集的数十万大军，这些军队大多是追随刘邦已久的旧部，作战经验十分丰富，有一定的战斗力，不到万不得已，刘邦绝不会轻易动用。”蒙面人似乎十分清楚大汉军的内情，说起来头头是道，分毫不差，“刘邦在这个时候将他们调到咸阳，肯定已有了出兵的意图，所以我想提醒大王，在近段时间需要密切关注这支大军的动向。”

项羽不为所动，似乎对这个消息早有掌握，微笑道：“本王知道了，请继续！”

“这第二件事情，是关于一个人，不知大王可听说过一个名叫后生无的人？”蒙面人问道。

其时的后生无无疑是流传于市井百姓口中的名流之一，他的崛起，本就是一个奇迹，只不过用了短短数年时间，就在天下各地开设了近百家商号，生意之兴隆，使他成为当今乱世最为成功的商人之一，甚至与各路诸侯都有战马、粮草、生铁等生意往来，项羽对这个名字当然不会太过陌生。

“此人之名本王早有所闻，只是这两年忙于军务，无暇打探其底细，只听说他原也是一个王室子弟，后来淡泊争霸天下之心，便将多年积蓄投入商海，希望能在商界称雄。”项羽一点都不感到惊讶，似乎预见到了蒙面人会提到这个问题，淡淡而道。

“就在两天前，他却在一夜之间神不知鬼不觉地将咸阳城中的四十八家赌馆、一百零六家妓寨一并收归名下，行动之快，令人咋舌。与此同时，官府贴出告示，扬言为了维持一方治安，在原来的基础之上不再增加赌馆妓寨，违令者当处剐刑！”蒙面人不疾不徐地一一道来，说得非常仔细，仿若亲见一般，“随后他又在一日之内，将关中、巴、蜀、汉中等地的妓寨赌馆一并收购，事情进展得非常顺利，根本没有引起太大的骚乱，只是在局部地区发生了一些小的磨擦，但也很快就平息下去。像这种大规模的强行收购，既要有强大的资金作后盾，又要有强大的势力作支撑，以后生无一人之力，显然不行，所以最有可能的就是官府所为！”

项羽的脸色变了一变，深吸一口气："按你的意思来看，刘邦此举会有何意?"

"当然是筹集军需粮饷，赌馆妓寨的收入之丰，就如一股永不干涸的活水，可以保证大汉军的数十万人马每日开支绝无匮乏之忧，而且刘邦这样做还有另一个好处，就是不扰地方百姓，赢得了民心。"蒙面人的眼中闪出一丝异样的色彩，显然心有所动。

"你所言一点不差，但是你只看到了此举有利的一面，它同样也有致命的弊端。"项羽冷笑一声，突然站了起来。

"哦?"蒙面人十分惊讶，没有说话，只是盯着项羽，营帐内一时静寂无声。

项羽双手背负，来回踱了几步，方一字一句地道："就算刘邦此举得以成功，要想筹集到这数万人的粮草军需，至少要多长时间?"

蒙面人沉吟半晌，才道："如果这支大军前往宁秦作战，那么至少需筹集到三百五十万两黄金才能保证大军的行军所需，而要筹集到如此之大的黄金数量，没有二十余天的时间肯定不行。"

"你算得非常准确。"项羽以赞许的目光看了他一眼，道，"也就是说，等到这支大军开始行动时，最快也要在二十天之后！这对本王来说，在无意中获取到如此重要的战争信息，岂不正应了一句话——天助我也?"

那蒙面人缓缓点了点头，道："大王能够看到这一点，就足以证明大王不仅武功盖世，就是在谋略上亦是高人一等，如此文武全才，若是不能一统当今乱世，还有谁可以担此重任?"

项羽深深地看了他一眼，将那只如阔叶般的大手缓缓地落在了自己腰间的巨剑之上，冷声道："你既然明白本王看到了这一点，那么就只有完全取得本王的信任，本王才会让你活着走出行营，否则，你死定了！"

他的言下之意，是蒙面人所带来的两个消息都已被他掌握，所以，这不足以让他相信蒙面人投诚的决心。

蒙面人的眉锋一紧，露在黑布之外的眼皮上已有冷汗渗出，显然项羽的杀气太盛，带出的压力已让他感到了一种行将崩溃的紧张。

“我不知道最后一个消息是否能为我带来大王的信任，但是，我坚信一句话，精诚所至，金石为开！”蒙面人调整了一下自己紧张的情绪，然后接着道，“这最后一个消息是有关于韩信等人派来的四大信使的消息，请问大王，在您的情报网中，是否知道他们此刻现在何处？”

项羽的眼芒直对着蒙面人的眼睛，一动不动，似乎欲穿透其内心一般，轻哼一声：“他们此时正在萧何的相国府内密议结盟的细节，整整三天过去了，他们未出相国府半步。”

项羽对四大信使抵达咸阳一事十分看重！在他看来，无论大汉军的实力有多么雄厚，要想与自己无敌于天下的西楚军一战，绝对是凶多吉少。他真正所担心的，还在于楚汉交战之际，韩信、周殷、彭越、英布这几路人马趁西楚空虚，驱兵直入，使得自己腹背受敌，这就难料胜负了。所以，他绝对不能让刘邦与四大诸侯结成同盟，在分化他们未果的情况下，他决定对四大诸侯的四大信使实施狙杀，不惜一切代价也要将四大信使命归途中。

有了这样的打算，他手下的暗探耳目自然不敢有半点懈怠，虽然他们无法混入森严的相国府，却对相国府中的每一条出入口实施全天候的监控，是以项羽相信自己所得到情报的真实性。

然而，蒙面人接下来说的话却让他大吃一惊：“不，那只是三天前，其实，在四大信使晋见刘邦的当天夜里，他们就已经离开了咸阳！”

“这不可能！”项羽的眼中逼射出一股寒光，冷然道，“为了监视四大信使的动静，本王几乎动用了一半的耳目，如果他们造成如此重大的失误，那就当真该杀！”

“空口无凭，如果大王不相信我的话，可以在明日清晨的青石岭设伏，韩信的信使韩立将在那个时候经过那里，然后转道向东，回到江淮。”蒙面人显得极有把握。

蒙面人究竟是谁？何以会如此了解大汉朝中的机密？

这是一个谜，一个难以解答的谜，但是有一点却可以确定，他能知道这么多常人无法知道的秘密，就足以证明其身份绝对不同寻常。

“本王凭什么相信你?”项羽似信未信，将疑非疑，以一种疑惑的眼光打量着蒙面人。

“大王可以不相信我，甚至可以杀了我，但是到了明天，大王也许就会后悔，因为这对大王抑或对我来说，一旦联手，就是一个千载难逢的机会。”蒙面人直面项羽咄咄逼人的目光，毫无怯意地道。

项羽有些打不定主意了，以往这个时刻，当他对某件事情难下决断时，可以询问范增，然而范增被自己逐出军营之后，竟然被人击杀于枫叶店，这是项羽始料未及的。

他之所以逐走范增，只是想试探其忠诚。从他的内心来说，能以亚父之尊善待范增，就是对范增最大的倚重，然而随着流言四起，他多疑的性格决定了他要试上一试。所以当卓小圆的那次事件爆发之后，他顺水推舟，以放逐来试探范增。

在项羽看来，范增的身边不乏高手，就连范增本人也是一个深藏不露的内家高手，加上自己所派的几名高手护驾，可以确保他的安全。但是他绝对没有想到，自己等来的却是范增的死讯，这就意味着他从此失去了一个左臂右膀。

想到范增，项羽的心头不免涌出一丝悔恨之意，想到正是自己的多疑害死了范增，他不由得重新打量起眼前的这个蒙面人，暗自在心里问着自己：“是呀，如果我现在杀了他，是否就能保证明天不会后悔?何况，如果真的有此人相助，打下关中、消灭大汉军根本不是什么虚妄之谈，难道我真的要错失这种大好良机吗?”

项羽沉默良久，才缓缓而道：“你可以确定韩信的信使一定会自青石岭经过?”

蒙面人道：“不错!”

“本王很想知道，你何以要投靠本王，这样做对你究竟有什么好处?”

“我相信自己的直觉，更相信大王的实力，我只有一个要求，那就是灭了大汉之后，请大王封我为关中王，统辖刘邦故有的领地。”

“你背主弃义，难道不怕世人耻笑吗?”

“大王何不将我的举动称作弃暗投明呢？也许在史书上，在后人的眼中，我今日作出的决定就是英明的、正确的、无可厚非的，难道大王不这么认为吗？”

“有了你这句话，本王的确应该相信你。”项羽笑了起来，伸出了手掌，而不是那柄巨剑。

霜寒露重，青石岭的早晨，透着沉沉的寒意，对赶路的行旅来说，实在不是一个好的天气。

韩立率领数十名随从，绕过宁秦城外的西楚军营，翻上连绵的山脉，到了青石岭，从这里向东，虽然路途遥远，山路难行，但可以避开西楚军，算起来应该是一条比较安全的行军路线。

冷冷的风袭来，让韩立禁不住打了个寒噤，想到发生在咸阳城中的一切，他的心里更添一股冰寒。

虽然他没有亲历晋见仪式，但凤阳、凤栖山、凤不败等人的死让他意识到大汉王朝的真正实力，此行能够不死，他已觉得这是自己最大的侥幸了。所以当萧何请他连夜上路时，他没有一丝的犹豫，当即带人自相国府的一个秘道潜出，踏上了归途。

第一百零七章　韩门战将

一路行来，他始终觉得有人在跟踪自己，等到他派人往回搜索时，又没有发现丝毫的动静，他不由暗自好笑，觉得自己已成惊弓之鸟，大有草木皆兵的味道。

“到了前面的树林，大伙儿歇息一下，再赶路吧。”韩立望着前方的那片密林，又看看自己随从一脸的倦意，不由吆喝了一声。

那数十名随从闻声无不欢呼起来，这几天没日没夜的赶路，就是铁打的人都经受不住，何况他们？是以加快脚步，不一会到了林间，纷纷躺倒一地，根本不想再动。

韩立本想吩咐几人担负警戒，看到这种情形，又想到这里山高林密，人迹罕至，料想不会有什么意外发生，便也并没有强求，只是一个人斜靠在一株大树上，怔怔地想些事情。

他想得很多，最挂念的还是韩信的安危。自韩信受封淮阴侯来到江淮，他就一直追随着，成为韩信门下十大战将之一，亦是韩信少有的几个心腹亲信，其剑法曾经得到过韩信的亲传，虽然两人的年龄相差不大，但在韩立的心中，却将韩信视为自己的主子与恩师。

他人在江淮之时，一直以为凭着江淮军现有的实力，纵然不能得到天下，至少也可与西楚、大汉三分天下，可是当他踏入咸阳时，才发觉自己不过是井底之蛙，且不说江淮军与从来不败的西楚军相抗衡，就是与刘邦的大汉军也足以让江淮军难以抵挡，他不得不佩服韩信坐镇江淮，静观其变的策略。

其时的江淮军共有三十万人，其中的大多数人都是未经一战的新兵，虽然韩信在练兵上颇有一套，但临战经验是无法传授的，只能靠士兵自己去战场上一刀一枪地积累。韩信当然知道这一点，所以他不敢冒然将自己的兵力投入到战场上去，即使违背了与刘邦共同出兵的约定也在所不惜。

然而随着刘邦夺下关中，楚汉相争正式开始，韩信明白，如果自己再采取静观其变的策略，一旦楚汉相争有了结果，无论胜者是谁，他们都会将矛头指向自己。于是，当刘邦派人要求结盟时，他迅速作出了决断，决定响应刘邦的号召，共同对抗项羽。

这绝不是韩信一时冲动所作出的决定，而是在他分析了天下形势之后才定下的作战方略，其中也包括了他自己的如意算盘。他认定，楚汉之间一旦开战，项羽的后方空虚，必然无暇顾及与江淮相邻的齐赵等地，自己正可趁机攻占，扩张势力，同时又与大汉军形成一东一西相互呼应的态势。

韩立身为韩信的心腹，自然了解韩信打的这个算盘。他还深知一点，韩信之所以不敢公然与刘邦作对，很大程度上还是为了凤影，否则，韩信也不会孤身犯险，千里迢迢地赶到咸阳来了。

他正一个人怔怔地想着，突然听到了一种让人心惊的声音，他不明白究竟发生了什么事，完全是出于本能地翻身，拔剑！整个人一下子如蛇般滑向树后。

“嗖……嗖……”弦响之后，劲箭若蝗般自一片草丛中飞出，带着风雷之声，扑向倒卧在地的那些随从。

事发突然，那些随从哪里会想得到在这深山老林中还会遭到敌人的袭击？等到明白是怎么回事时，人员已折损大半，剩下的十数人早已拔出兵刃，同时向韩立靠拢。

能够跟随韩立前来咸阳的，都是训练有素的精英，对付突发事件都有一套完整的应对策略。然而，他们显然遭遇到了更强的对手。

“哗……”枝丫乱摇，草飞沙走，就在这些随从向韩立靠拢的同时，从几棵大树间突然蹿出几条如风般的身影，数道寒芒构筑起一张无形的气网，向这些随从席卷而来。

“呀……”惨烈的杀意，带来的是七八声闷哼，眼见自己的随从一个接一个地倒下，韩立出手了。

他不得不出手，已看出对方显然是要置自己于死地，与其坐以待毙，不如舍命一拼，这样或许还有一线逃生的机会。

剑如残虹，划向虚空，韩立甫一出手，果然与众不同。

“叮……”一连串的爆响惊起，韩立的剑锋一连点击在了五件兵刃上，瞬息间他与这五人都有交手，一试之下，心中已是凉了半截。

对方五人没有一个弱者，如果是单打独斗，韩立自信尚可与之一战，可惜的是，对方既然偷袭在先，当然就不会讲究武道精神，早已摆开架势，准备群起攻之。

“你们是哪一路的人马?”韩立大声喝道，他已看出，对方出手如此狠辣，绝对不是那些劫财的盗匪。

“好剑法!”其中一个高瘦老者并没有回答韩立的话，而是赞了一声，他手中握了一把鬼头大刀，竟有数十斤重，可见其天生神力。

“承蒙夸赞。”韩立心存一丝希望，“还请这位大爷报上名号，免得大水冲了龙王庙，一家人不识一家人。”

那高瘦老者昂起头来，傲然道：“你说得也有道理，那老子问你，你可是姓韩，从咸阳城而来?”

“不错!”韩立一口答道。

“那就行了，你可得给老子记住，明年的今天，就是你小子的忌日!看刀吧!”高瘦老者话音一落，人已纵起，鬼头大刀扬上半空，犹如一道山岳横压而下。

韩立心中无名火起，却又强行压住，他倒不是惧怕眼前的这几个人，而是在刚才说话的当儿，他察觉到在密林深处还有一股气机出没，这股气机飘忽不定，似有若无，让人无法捉摸，其主人必定是一个非常可怕的人物。韩立自问自己绝非此人的对手，所以他想到了留得青山在，不怕没柴烧这句老话，随时准备脚底抹油。

逃是一门艺术，更要看准时机，韩立深谙这一点，所以剑锋一横，杀气如潮涌出，冷然道："明年的今日，到底是谁的忌日还说不定呢！先吃我一剑再说！"

他出手之快，竟然后发先至，贴着刀背一划，擦出一溜"哧哧……"电火，而火光闪耀处，一道冷芒若电般迫向那高瘦老者的咽喉。

高瘦老者霍然色变，此时变招已是不及，却听得"轰……"地一响，从他身后突然钻出了一把刀，正挡住了韩立这凌厉的一剑。

"霍老三，多谢！"高瘦老者大难不死，不由喜出望外，冲着那位自他身后闪出的矮胖老者叫道。

"自家兄弟不必言谢！"霍老三大大咧咧地道，"张老大，不如你我兄弟联手，干掉他！"

他嘴上说得轻松，其实手臂被韩立的剑气一震，犹自发麻，生怕张老大一退，把自己一个人丢在这边，那就惨了。

张老大已然看出韩立不是善类，当下点头道："还是我们兄弟并肩齐上，杀了他，就是大功一件！"

当下五人身形一晃，顿时对韩立形成了包夹之势，动作非常娴熟，可见这五人已是配合多年，形成了默契。

韩立的脸色一变，蓦然想到什么，叫道："你们是过街五鼠！"

"嘿嘿，现在才想到，只怕迟了！"张老大一挥手，五人步步紧逼，只距韩立不过数尺距离。

"过街五鼠"原是出没于江淮一带的大盗，这五人的武功在江湖上只算得上是二流角色，面对韩立这样的高手，按理说并无太大的胜算，然而这五人一旦联手结阵，就如群鼠出动，凭空可以增加数倍威力，绝对不是韩立一人可以抵挡得了的。

此时的韩立，的确有几分后悔，悔不该陷入这个鼠阵之中。他已经感受到来自五鼠逼发过来的压力，有一种身陷旋涡的感觉，再想逃时，已无机会。

风，是冰寒的，杀气更显得阴森，那种沉沉的压力犹如暴风雨来临前的沉闷与死寂，让人几欲窒息。

然而，就在五鼠即将出手的一刻，在韩立的身后，突然刮起了一道旋风，打着旋儿飘飞空中，以迅雷之势强行挤入了这段充满压力的虚空。

这不是风，而是杀气！这杀气来得如此突然，如此迅疾，令五鼠根本没有一丝防备。

“呀……”惨呼声起，五鼠纷纷向后跌飞，就像突然撞在了一股气墙之上，反弹而回。空气中多出了一股淡淡的血腥味，而韩立的身边也突然多出了两道身影，如幽灵般飘忽于五鼠的视线之内。

来者绝对是一流的高手，身法之快，几如鬼魅，韩立虽然不认识这两人中的任何一位，悬着的心却放了下来，因为他知道强援到了！他们身上所散发出的气机与他这几日所察觉到的气机如同一辙，如果对方是敌人，根本无须等到此刻才对自己下手。

“二位高姓大名？想必是汉王派你们来的吧？”韩立虽然明白危机尚未过去，但强援的到来给了他无比自信。

“我叫莫山！”其中一个一脸胡髯，显得极是威猛的中年人，拱手道。

“我叫卓方。”还有一个年轻人使的是剑，两人站在一起，有一种大家风范，仿佛面对千军万马也给从容镇定。

“我二人奉汉王之命，担负起信使一路的安全之责。为了不暴露身份，我们只能暗中跟随，不敢过于接近，所幸来得及时，未使信使有太大的惊吓！”莫山一面盯着五鼠的动静，一面说道。

韩立不由大喜，忙道：“若非有你们，我今日只怕要将命留在这里了。”

他的话刚一落音，突然从密林深处传来一个声音：“就算有了他们，你的命也同样要留在这里！”

这声音之冷，如冰霜一般，随着冷风飘忽而至，又使得刚刚缓和下来的气氛紧张起来。

莫山与卓方心头一紧，同时护住韩立，循声望去。

只见自一棵大树之后，走出两人。

这两人的步履极缓，却异常沉稳，每一步踏出，整个大地便为之颤动。他们所到之处，风止、云动，突然已然凝固，浑身上下散发出来的杀势犹如压在每一个人心头之上的梦魇，虽然无法看到，却能感同身受。

他们没有出手，甚至兵刃也没有亮出，相距韩立三人至少还有十丈之距，但每个人都感到了这浓烈的杀机，莫名的压力弥漫了青石岭上的每一寸空间。

这二人中有一个以黑布蒙面，只露出一双毫无表情的眼睛，而另一人双手背负，宛若一棵傲立于山巅的大树。当他们犀利而森冷的目光横扫过来时，韩立的心头一沉，禁不住打了个寒噤。

"项羽……"他的脑海中突然闪出一个名字，一个足可震慑天下的名字。这个名字的主人，不仅他统帅的军队从无败迹，而且自他踏入江湖以来，同样没有尝过失败的滋味。能写就如此一段神话的人，普天之下，当然唯有西楚霸王项羽！

莫山心中一震的同时，脸色也突变！他是在问天楼卫三公子时代搜罗的那一批奇能异士之一，使一根长约丈余的蟒皮长鞭，二十年前在天下兵器排行榜上也是有名的人物，曾经与卫三公子有过交手，当时的胜负已无人考证了，只知自那一战之后，莫山便进入了问天楼的元老堂，潜心修研武学。这二十年来，他自以为凭着自己对武道的领悟，再出江湖，可以叱咤风云，可是当他一看到项羽时，才知风云变了，时代变了，江湖已不再是过去的江湖。

他的脸色十分凝重，耳根在不住地嗡动，倾听着来自四周的每一丝动静。他觉得有些奇怪，以项羽身为王者之威仪，竟然只带着"过街五鼠"这些不入流的角色与这个蒙面人来到青石岭，这未免也太不合情理了，但对莫山来说，却有了一搏的机会。

他当然不会束手待毙，无论对手是谁，都不可能阻止他的出手，他完全有这样的自信！

自信来自于莫山手中的长鞭，乌黑而带有异彩光泽的长鞭，即使他看到了从项羽眼中逼射出来的极为森冷的目光，也毫不畏惧。

“本王很久没有那种棋逢对手的痛快感了，也许今天，我可以在这青石岭上找到这种感觉。”项羽轻轻地一句话，顿时打破了死寂与沉闷。他显得并不如传言中的可怕，因为他说这句话时，脸上似乎带有一股淡淡的笑意。

无论是莫山，还是卓方，心中都吃了一惊，他们喜欢那种沉闷，并不喜欢项羽的笑，那笑中分明挟带着一种高处不胜寒的味道。

高处不胜寒，是一种意境，是一种高手寂寞的心境，只有当人登上了极巅之时才会产生的无求境界，这是项羽给人的感觉。

空气仿佛一扫刚才的冷寒，变得有几分燥热起来，其实天还是那天，地还是那地，变的只是人心。

“听了你这句话，我不知自己是应该感到荣幸，还是应感到恐惧，抑或是觉得它有些好笑？”莫山深深地吸了一口气，将心中的躁动强行压了下去，这才张狂地道。他觉得自己没有理由去害怕，虽然他与卓方以前从来不识，但凭着直觉，却觉得这个年轻人的武功不在自己之下，若是两人联手，应该不惧任何对手。

“这是你自己的感觉，不应问别人。”项羽木无表情，淡然接着道，“不过，已经很久没有人敢以这种口气与本王说话了，就凭这一点，就值得本王记住你的名字！”

“你真想知道我的名字？”莫山笑了，口气中多了一股揶揄的味道，“但我却不想告诉你。”

“你说不说其实都已无关紧要，你叫莫山，本王已经知道了。”项羽平静地道，“在刚才你念出自己的名字时，虽然本王离你很远，可还是听得非常清晰。”

“那又怎样？就算你记住了，大不了变成鬼后再来找我算账！”莫山嬉皮笑脸地道，看来二十年的苦修并不能改变一个人原有的个性，所谓江山易改，本性难移，大概说的就是这个道理。

但这只是莫山的表面，而他的内心却在变冷，冷得近乎有一点绝望。他一直想激怒项羽，可是项羽的冷静远远超出了他的想象，他就像是面临着一片汪洋大海，既无法揣测其深度，也无法揣测其广袤，尽管他已将全身的功力提聚于掌心，却找不到一个爆发的时机。

“你杀不了我！”项羽冷哼一声，冷冷地盯了一眼卓方，“就算是你们两人联手，胜负也殊为难料。”

“也就是说，如果我们两人联手，至少还有胜算！”莫山嘿嘿冷笑一声，似乎是在提醒卓方。

“不知道。”项羽眼中闪现出一股异彩，亢奋地道，“正因为无法预料，它才会充满刺激，令人向往，如果未战已定输赢，那还有什么意思呢？”

“那就领教了！”莫山看到了项羽变得有些亢奋的情绪，明白这是自己唯一的机会，是以他没有犹豫，手臂一振，整个人就像一只俯冲而下的苍鹰般飞扑出去。

鞭影重重，就像是千万道激浪飞涌，霎时漫空而出。

项羽冷然一笑，不退反进，腰间的巨剑未动，他的手从背后一绕，沿着一道诡异的弧迹迎鞭而去。

“你这是找死！”莫山还是第一次遇上有人敢如此轻视自己，就连当年的卫三公子也不敢在他的长鞭面前以空手对之。是以，他这一击含有悲愤之意，竟在刹那间变成了一头张狂的魔兽，气势之盛，若浪潮飞涨。

项羽的眼中闪过一丝笑意，显然，他不是一个自大的人，至少在与高手对决中，他从来不敢大意。当莫山尚未出手之前，他就看准了莫山绝对不是一个很沉得住气的人，尽管对方还在拼命地以言语激将他。

项羽深知，一个真正的高手，他所注重的不仅仅是实战，还在于对敌人心理的攻击，要做到这一点，就必须在瞬息之间把握住对方性格上的弱点。是以，他任由莫山以言语攻击，却不为所动，而他只用了一个动作，就达到了激怒对方的目的。

然而，凡事都是有一利必有一弊，盛怒之下的莫山气势端的骇人，长鞭如飞龙在天，虚空中疾风骤起，沙石俱走，枝叶狂摇不定。

“好鞭法!”项羽冷然一笑，大喝一声。

“呼……”他的双手一翻，掌心之下横生一股强劲的螺旋气劲，眨眼即成涌动的风云，迎向那暴蹿不定的鞭锋。

“砰……”一声巨响，气浪迸散，莫山竟被击得斜退三步。他的长鞭根本还没有挤到项羽周身三尺处，便感到碰上了一堵坚实严密的墙，将自己的劲气悉数挡回，同时生出一道惊人的反弹之力，生生将他震退。

项羽在没有使用任何兵器的情况下，竟然仅凭空手就将莫山逼退，如此骇人的功力，的确超出了莫山的想象。

二十年前，莫山在芒山之巅向卫三公子挑战，卫三公子虽然赢了，但自始至终，他的手中都有剑，而且是在第七十八招上用了有容乃大之后才一举奠定胜局，而正是因为如此，莫山才根据战前的约定，投身问天楼，成为问天楼元老堂的一员。

卫三公子跻身于五阀之列，其功力已是世间罕有，项羽的武功再高也绝不可能超过卫三公子一个档次，然而，二十年前卫三公子不敢做，也做不到的事情，今天的项羽却做到了，这的确让莫山感到了一种诧异，惊心的诧异。

“你想不到吧?”项羽冷喝一声，双掌再翻！这一次，一道寒芒暴闪而出，谁也不知道他在什么时候竟然拔出了腰间的巨剑，带起一地的风云飞杀而至，速度之快，角度之精，几乎达到了一种极致。

莫山的确没有想到，项羽的拔剑速度会有如此之快，当他感受到那凌厉的剑气时，项羽的剑锋已经划入了他视角中的一个盲点，凭空消失了。

这不是一个好兆头，莫山苦修了近二十年，当然知道敌人的剑然消失在自己眼前会有什么样的后果，而项羽对盲点的把握显然到了炉火纯青的地步，这样的一剑，几成势不可挡。

莫山没有挡，既然势不可挡，他又怎会挡击？反而迎前，将全身功力在瞬间爆发。

这是一种同归于尽的打法，对于莫山来说，如果对手不是项羽，他绝对不会作出这样的抉择。当对手的实力在自己之上时，莫山决定赌上一把。

项羽当然不会与莫山同归于尽，尽管莫山的武功并不比他差很多，但他还是觉得太不值得。莫山在他的眼中，只是一个值得一战的对手，即使鞭法不错，也不至于抢到上风，他又何必以自己的性命相搏呢？是以，他在莫山选择同归于尽之时，变招了！

巨剑扬起，只颤动了一下，便轻飘飘地顺着长鞭滑向莫山的小腹，此剑长约五尺有三，厚若面板，重达二十八斤，在剑器之中算得上是巨无霸了，但在项羽的手中使出，却能举重若轻，仿若变成了有灵性的生命，可以随心所欲。

莫山的心头一惊，长鞭仿佛一下子失去控制一般，似被项羽刀身中产生出来的一股强大吸力所粘，根本无法阻止巨剑运行的轨迹，那流泻的杀气充斥了整个虚空。

在这一刻，莫山明白，无论自己选择弃鞭，还是飞退，最终的结果都不会理想。先机一失，面对的又是项羽这类顶级高手，这样的选择无异于自杀！所以他既没有选择弃鞭，也没有向后飞退，而是将自己一切的生机寄托在了另一个人的身上。

这个人当然就是卓方！卓方站在一边迟迟未动，其实一直在等待一个出手的时机，他似乎显得很有耐心，更被两大高手的对决所吸引。当莫山作出抉择之时，他终于没有让莫山失望，出手了！

“锵”的一声，如龙吟般跃出虚空，震响了每一个人的耳鼓，剑出虚空，风雷俱动，就连项羽也不能无动于衷。

其实，早在莫山出手的一刹那，项羽就感受到了这位一直站在莫山身边的卓方并不是一个简单的人物。他担心的不是卓方的剑，而是卓方的冷静，像卓方这种年纪的人，却拥有这等非常的冷静，这本身就说明了问题。

当卓方的气机一动时，项羽已不能全力对付莫山了，他必须分神应对卓方的袭击，这就给了莫山反击的机会。

“呀……”莫山近乎歇斯底里地一喊，似乎想宣泄自己心中的压抑，全身的劲气暴绽而出，将他手中的长鞭化作了点点繁星，分成一百二十六个角度飞射向项羽。

项羽只能退，不过他这一退不是为了莫山，而是担心卓方的剑会在关键时刻突破自己的气机，只听风声，他已想象出了卓方袭来的这一剑有多快，又有多么的坚决，没有一个人可以将这一剑忽略不计。

而更让项羽心惊的是，卓方的这一剑中带着张狂的杀意，非常明显，竟有一种势在必得的决心，“难道他已找到了我的破绽？若非如此，他何以竟边后招也不留，如此坚决，如此果敢？”项羽暗自寻思着，同时身形在疑惑中飞退。

他只退了一步，便感脸上一热，有几滴水珠般的东西溅射在了他的脸上，甚至有一滴正溅到了他的嘴角。

项羽完全是出于本能地伸出舌头，舔了一舔，只觉得嘴中咸咸的，有点涩，带有一股咸涩的腥气。

血，是血！项羽的心中陡然一惊，他不明白，交手至今，双方的兵刃都未对敌人形成身体上的攻击，这血，又从何而来？

有风吹来，风是咸的，也是腥的，这咸涩的味道让人感到了一丝恐怖，但是，刚才还是非常浓烈的杀机，却随着这风而去，消散无形。

莫山死了，他怎么也没有想到，自己没有死在项羽的手中，却死在了卓方的剑下！

没有人可以在毫无防备的情况下躲得过来自卓方的致命一剑，莫山当然也不例外，他至死都不能瞑目的是，卓方为什么要杀他？他不明白！

项羽也不明白，只是冷冷地打量着已经收剑入鞘的卓方，希望能从那木无表情的脸上寻到答案。

“啪啪……”一阵稀稀落落的掌声响起，掌声来自于项羽身后的蒙面人，项羽没有回头，却看到卓方的脸上流露出一丝淡淡的笑意。

“精彩，果然精彩！我已经很久没有看到今天这样精彩的杀局了，‘一剑归西’卓方当真是名不虚传！”蒙面人踏前而行，边走边道。

项羽冷然道：“他是你的人？”

“是的！”蒙面人站到项羽的身边，淡然道，“如果不是这样，我怎能将他们的行踪掌握得如此精准？”

“看来，你早有了背叛刘邦之心，处心积虑，就在等待一个时机。否则，像卓兄这样优秀的剑手，也不至于为你收买。”项羽盯了卓方一眼，眼中似有一股欣赏之意。

“你错了，大王！”蒙面人一脸肃然，“像卓兄这样的人才，绝对不是用钱可以收买得了的，他帮我，只因我是他的朋友，如此而已！”

这种解释无疑合乎情理，项羽并不想追问下去，只是皱了皱眉：“‘一剑归西’，这个名号实在陌生得紧，以本王对江湖的了解，像卓兄这样的高手，本王应该有所耳闻才对，难道卓兄不是来自中原武林？”

卓方上前一步道：“大王果真是好眼力，卓某的确不是来自于中原武林，而是隶属于天竺剑派在西域的一支分支。十年前进入问天楼的元老堂，不曾踏足江湖半步，是以大王觉得有几分陌生。”

“元老堂？”项羽念叨了一句。对“元老堂”这三个字，项羽并不陌生，它是问天楼中最核心的一个组织，组织成员俱是问天楼最顶尖的高手，其影响力甚至超过了卫三少爷的影子军团。但是这元老堂设在哪里，一共有多少成员组成，这在江湖上来说，都是绝对的机密，如果能够从卓方的口中得到这些机密情报，那么对项羽来说，不啻于一个大的惊喜！

“在元老堂中，实力与莫山相近的成员共有几个？”项羽提出了一个极有实质性的问题。在他看来，如果这样的高手超过十人，那么，他们所构成的威胁就是巨大的，自己必须要做到先发制人。

“我不清楚。”卓方的回答却让项羽困惑不已，他没有说话，只是静静地盯了卓方一眼，等着他的解释。

“也许我这个回答让大王感到奇怪，但事实确实如此，我无法回答大王的这个问题。”卓方显得非常平静，缓缓接着道，“我进入元老堂已经十年了，一直居于塞外的一个小镇上，做了十年药店的伙计。这十年当中，有人给我送来了三次功课，都是有关于剑道上的一些疑难问题，当我一一将之解答后，才被人以 种非常特殊的联络方式召到了咸阳，过了一月非常悠闲而丰富的日子，直到三天前，有人告诉我，叫我去见一个人，我才在一家酒楼中认识了莫山，并且知道了自己此行所要担负的职责与任务。”

他说得很平淡，就像是在描述一个有关于别人的故事，但听在项羽的耳中，不由得为问天楼元老堂如此隐秘的操作方式感到暗暗心惊，如果说连卓方这样名为元老堂的成员都无法知晓元老堂的内情，那么对于别人来说，更是心头上的一个谜。

项羽倒吸了一口冷气，这才明白，刘邦与他的大汉朝之所以能够迅速崛起，并不是因为运气，而是靠着许许多多的问天楼高手经过不懈的势力，不断打拼，才得到了今天这种大好的局面。如果自己一心认为仅凭一次战役，就可以彻底摧毁大汉王朝，那既是一厢情愿，更是痴人说梦。

他沉吟片刻，才将目光转移到了惊魂未定的韩立身上。

韩立的手中依然有剑，但是他的心却沉到了冰窖之底，冷到了极致，目睹着眼前这一系列的惊变，他仿佛坠入了一团迷雾之中，整个人变得糊里糊涂，根本不清楚到底发生了什么事情。如果说他的意识唯一还有点清醒，那就是他已经意识到，自己就像是一头被人待猎的困兽，生命已不在自己的掌握之中。

无论是项羽，还是卓方，都有在十招之内败他的能力。韩立自然有这点自知之明，再加上那个一直没有出手的蒙面人，韩立实在想不出自己凭什么还能活下去的理由。

“在你的面前，本王还是给你两条路，是生是死，俱在你的一念之间，你看如何?”项羽冷冷地问道，带着一种不容置疑的口吻，令韩立忍不住打了个寒噤。

“你不该问我。”韩立苦涩地一笑，似有几分凄凉，“难道我还有别的选择吗?”

“你的意思是……”项羽没想到韩立会这么干脆，干脆得连他都有点不敢相信自己的耳朵，所以他以征询的语气问了一句。

“当然是生，蝼蚁尚且偷生，何况是人？只要有一线生机，没有人会选择放弃!”韩立缓缓地道，将目光投向项羽。

“你果然是个聪明人。”项羽的心中突然涌出了一股厌恶感，不知为什么，对于出卖自己主子的人，他从无好感，若非如此，他也不会因为几句谣言而放逐范增，以至于造成终生大错。

韩立淡淡地道:“所谓聪明一世，糊涂一时，就算是再聪明的人，难免也有做傻事的时候，所以，虽然我很想活下去，但从来不做对不起淮阴侯的事!”

“其实，本王并非让你出卖淮阴侯，只是想知道你们此行与汉王商定的结盟细节。”项羽怔了一怔，似乎没有想到韩立竟然还有这等骨气，深深地看了他一眼，“你可以考虑考虑。”

“不必考虑了，你杀了我吧!”韩立没有一丝犹豫，断然道。

“你不怕死?”项羽诧异道。

“怕，我怕得要命!”韩立浑身一震，哆嗦了一下，“但是让我去做出卖淮阴侯的事，我宁愿死!”

项羽默然无语，只是淡淡地笑了，半晌才点了点头道:“好，本王成全你!”

谁也没有看到他是如何动作的，只见剑起头落，当项羽转过身来的时候，韩立已经倒下。

卓方与蒙面人相视一眼，脸色俱都一变，因为刚才项羽的那一剑，实在快到了极致，甚至超出了他与莫山交手时的出剑，这就意味着项羽刚才尚有所保留，即使卓方与莫山联手，只怕也难挡其剑之锋。

“本王只是不想让他死得痛苦，所以出手快了一些。”项羽的背后仿佛长了眼睛，淡淡而道，“他的死证明了一件事情，同时也让本王相信，你的诚意，如此而已。接下来，本王更想知道你的计划，这才是今天本王来到这青石岭的主题!”

蒙面人似乎松了口气，擦了擦眼角处的汗水，道：“要得到大王的信任殊不容易，我已吓出了一身冷汗。”

“此事事关重大，涉及到我西楚数十万将士的安危，本王焉敢有半点大意？如果本王为此有冒犯之处，还请将军见谅!”项羽一脸肃然，拱手而道。

蒙面人笑了一笑，缓缓地取下蒙在脸上的黑布，只见一张清瘦有神的脸上显现出一种刚毅之气，竟然是大汉军驻守宁秦的统帅周勃。

周勃竟然出卖了大汉，这实在是一个惊人的消息，也是每一个人都无法想象的。在世人的眼中，周勃是汉王旗下的七大名将之一，深得汉王器重，正是如此，汉王经过深思熟虑之后，才将之派来镇守宁秦这个关中的门户。然而，他为了个人的野心，竟然将宁秦准备拱手让出，这对于大汉王朝来说，简直就是一场灾难!

关中之险，就在于宁秦与武关，项羽之所以弃武关攻宁秦，就是想打一个时间差，攻对手一个措手不及。然而，当他挥师十万逼至宁秦时，却发现宁秦城防戒备之严，大大超出了他的想象，他唯有屯兵城下，等待时机。

正当项羽处于进退两难之际，一件他意想不到的事情发生了。在一个月黑风高的夜里，一个蒙面人潜入了他的行营，提出见面，项羽做梦都没有想到，这个人就是周勃!

周勃开门见山，说出了自己的来意，就是想倚仗项羽的力量攻破关中，使自己能够取代汉王，成为关中各郡的主宰，这对项羽来说，当然是一个再好不过的消息。

但项羽生性多疑，绝不会因为一面之词相信一个敌军的主将，他需要周勃证明自己，直到诛杀了韩立之后，项羽才终于相信了周勃的诚意。

他始终认为，人不为己，天诛地灭，这是人性的本质，并不是因为其他的东西而改变。正因为如此，所以他才会觉得，周勃此举看似惊世骇俗，实则合情合理，换在别人的身上也会发生同样的事情。

“如果我站在大王的角度考虑问题，只怕也只能如此，又怎会怪责大王无礼呢？”周勃谦恭地道，“诚如大王所言，今日之事只不过是一个小插曲，我们的重点还在于今后的行动。如果大王不嫌我冒昧，我可以将心中的计划和盘托出，是否妥当，还请大王另行斟酌。”

项羽气机再现，将方圆数十丈内的地域重新搜索一遍，在确定没有外人的情况下，这才道：“将军无须顾忌，尽管直言。”

周勃似乎早已胸有成竹，想了一想，才缓缓道：“关中之险，在于宁秦，宁秦一破，则关中无险可凭。凭大王的威名，可在数日之内将之占领，这是一个不可否认的事实，所以要想征服关中，必先征服宁秦。所幸的是宁秦又在我的掌握之中，那么一旦你我联手，关中则不攻自破！”

他所言非虚，以西楚军向来不败的战斗力，能够阻止其前进的不是人力，而是天险。宁秦无疑就是这样一道天险，当这道天险不成为天险之时，项羽还真想不到有谁可以与自己的大军抗衡到底。

“一切真的如你所说的如此简单吗？”项羽想了片刻。

“当然不是！”周勃摇了摇头，“纵然天意如此，还须人为努力。我所统辖的五万大军中，并非人人都能听从我的号令，尤其是在这件事情上，所以我们还要选择一个时机。”

项羽冷然一笑，道：“所谓杀一儆百，若真有人不听号令，不妨杀几个，以震军威！如果你人手不够，本王可以给你调配几个高手，一切听你指挥！”

"大王所言虽然也有道理，但我担心一旦动手杀人，容易引起别人的疑心，反而过早暴露了我们的意图。"周勃忙道，"其实，要放大军通过宁秦，只需要一夜的时间足矣，只要我们约定好入城的时间及联络暗号，到时我在城门口安置几个心腹，便可马到功成，真正做到神不知鬼不觉。"

"按你看来，我军在哪天入城最合适?"项羽似是无心地问了一句，其实，他的心里一直还有几分疑惑，正想通过一些话来试探周勃。

周勃显得十分冷静，道："汉军受军需粮饷的拖累，至少要在二十天以后才能自咸阳动身，而大王要想在关中速战速决，恐怕也需要一段时间准备，所以如若动手，当在五天到十天之间。"

"说得不错!"项羽显然赞同周勃的分析，却留了一个心眼，"你这就回去着手准备，具体哪天动手，本王派人另行通知你。"

周勃拱手道："那么我这就先行告辞了。"

他与卓方只走了几步，项羽叫住他道："如若此事成功，这个关中王非你莫属!"

"多谢大王成全!"周勃不由大喜。

第一百零八章　射天之赌

宁秦之险峻，就如一道铁闸，横断于两山夹峙之中，当项羽的大军所向披靡来到宁秦时，也不得不停止了前进的步伐，在城下扎下十里营寨，等待时机。

宁秦凭着天险真的能够挡住项羽这十万无敌之师吗？没有人知道答案，因为谁都十分清楚，任何天险都是需要人来把守的，没有人把守的天险也就不称之为天险，所以能否挡住项羽这十万无敌之师，不在于天险，而在于人。

镇守宁秦的统帅是汉王旗下的七大名将之一，与樊哙齐名的周勃，他所擅长的就是战略防御和巷战，所以纪空手派他镇守宁秦，不得不说是经过深思熟虑的，可有一点是纪空手万万没有料到的，那就是无论他多么了解周勃，最难测的还是人心。

纵观古今天下，因一念之差而酿成的大祸比比皆是，甚至危及到了一个朝代的兴衰，难道正在崛起的大汉王朝真的会因为一个人的一念之差，从而走上覆灭之路吗？

面对城外的西楚军，宁秦城中丝毫不乱，并没有人们想象中的那么不安定，一队一队严阵以待的士兵依次换防，驻守在城墙之上，显得那么有条不紊，城中店铺照开，市面照样显得热闹，根本就没有大战将临的紧张气氛。

周勃站在城楼之上，俯瞰项羽的十里军营，心中感触颇多。他不得不承认，西楚军之所以连年征战，未逢败迹，的确有其独到之处，单看那连绵十里的旗海，随风而动，犹如游龙般飘摇，显得是那么整齐划一，就不是一般的军队可以做到的，更难得的是，西楚军受阻宁秦已有多日，并没有因此而影响士气，反而每日三次操练，照常进行，仿佛攻破宁秦只是迟早的问题，大有王者之师应有的风范。

这种宁静之中所蕴含的张力与战斗力，当然是非常惊人的。作为一方统帅的周勃，应该十分清楚，自青石岭与项羽分手后，转眼已是七天之久，项羽那边毫无动静，这让周勃心中感到了一股莫名的躁动，仿佛等待遥遥无期。

“自己该做的事情都已经做了，难道项羽还不能相信自己?”周勃这么想着，他只能听天由命了，因为这个问题绝不是自己可以左右得了的，决定权掌握在项羽的一念之间。

“将军，七天过去了，西楚军营中毫无动静，我们应该怎么办?”卓方站在周勃的身边，显然抱着与周勃同样的心情。

“我们还能怎么办?”周勃的脸上露出了一丝苦涩的笑意，道，“只有继续等待，这是我们唯一能够选择的办法。”

“要不然我今夜潜出城去……”卓方的话尚未说完，就被周勃打断，摇了摇头，“项羽本就多疑，如果我们一味催他出兵，反而会加重他的顾忌。”

两人相对无语，只是静静地坐在城楼之上，看着城墙上一队一队列队而立的士兵，突然城外响起三声炮响，打破了这一刻的宁静。

周勃心头一跳，低呼一声：“谢天谢地，总算来了。”

他迅速率领亲随登上城楼，远眺过去，只见西楚军营营门大开，一标人马飞骑冲出，蹄声隆隆，尘土飞扬，扬起的沙石遮迷了视线，显得极有气势。

一杆大旗迎风飘摇，一个大大的“项”字在尘土中若隐若现，旗下有一匹良驹骏马，马上坐有一人，正是西楚霸王项羽!

他率领数千铁骑若旋风般直往宁秦而来，从军营到城下足有十箭之距，他们却眨眼即至，“希聿聿……”一阵马嘶长鸣之后，但见数千骑已经整齐划一地排开，军威之严谨，看得宁秦守军心惊肉跳，心中无不暗道："无敌之师果然名不虚传。"

一阵鼓声后，自骑兵阵中闪出一员将军模样的人物，打马冲前数十步，来到城下高呼："在下乃西楚霸王座下右路先锋秦正，奉我大王之命，请宁秦城守周勃周将军登高一步说话！"

城上鸦雀无声，所有将士都将目光投向周勃身上。

周勃没有马上应答，而是犹豫了一下，命令身边的几位将军道："传本将军令，所有将士一律严阵以待，箭在弦，滚木圆石准备！"

几位将军应声而去。

周勃这才大步踏上墙头，战鼓擂罢，他扬剑一指，道："本将军在此，有话快说，有屁快放！"

秦正昂起头来，冷然道："将军出言如此粗鲁，实令我大失所望。不过，让我更失望的是，周将军身为大汉名将，却胆小若鼠，只会如女人一般叫骂街头，不敢与我一战，这岂是大丈夫所为？又哪里有男子汉的半点血性？"

周勃似乎无动于衷，只是冷冷地看他一眼，一脸不屑地道："你是西楚霸王座下的一名先锋官？"

"不错！"秦正怔了一怔，见周勃对自己的叫骂置之不理，反而问起自己的官职来，心中甚是奇怪。

"怪不得。"周勃淡淡而道，"就凭你刚才的那一番话，就足见不能成为独当一面的一方统帅。为将帅者，统领的是上万军马，讲究的是攻防谋略，如果人人都像你这样逞匹夫之勇，那么两军何必还要摆开阵式，决一雌雄呢？不如你和我打着赤膊，在市井街头上当个混混算了。"

他的话引起军士们的一阵大笑，秦正不由心生恼怒："你休要得意，但凡城破之日，我一定会让你为自己的话感到后悔！"

"我可以向你保证，你等不到那一天了，因为宁秦之险，可以保证城池百年不破，你能活到百岁吗？"周勃人在高处，浑似把秦正当作小丑调侃，又引得笑声迭起。

秦正正欲应答，却听得身后响起一个深沉悠扬的声音：“周将军的口舌之犀，不是你能抵挡得了的，秦正，你且退下！”

这声音似乎挟有内力，是以话声传出，犹如风雷，无论近处远处，听起来都十分清晰，所有人皆心头一震，知道说话正是项羽。

“大王莫非也想与本将军较量一下口舌之利吗？”周勃此时说话，已将音量提高，毕竟他与项羽相距足有百步之遥。

“不敢！”项羽人在马上，淡淡而道，“本王能够拥今日的成就，依靠的是手中利剑，而不是嘴舌。本王来到宁秦，屈指算来，也有数十天的光景了，像这种战又不战、打又不打的场面，本王还是第一次遇到，甚觉乏味得紧。是以，本王有一个提议，想与将军赌上一把，不知周将军是否有此雅兴？”

周勃哈哈笑道：“想不到大王与本将军有此同好，当真难得。这样吧，你先将这赌约说来听听，看本将军是否有这个兴趣！”

项羽微微一笑，道：“以宁秦之险，本王要想将它攻破的确极有难度。所以，本王已决定退兵，但是就这样平白无故地退走，绝不是本王心中所愿，于是本王想到了以这个‘赌’字来占卜一下自己的运气，若是本王赢了，那么本王就绝不退兵；若是本王输了，那么在明日天亮过后，宁秦城下又将还复它原有的宁静。”

这个赌注十分诱人，至少对每一个驻守宁秦的将士来说，能够让西楚军不战而退，那实在是再好不过的结局。然而，越是诱人的赌注，这赌就越是具有风险，项羽究竟想怎么赌呢？

周勃也很想知道项羽的心里到底卖的是什么药，因为他也不知道项羽会选择一个怎样的赌法。

“这赌其实非常简单，本王与周将军既为同道中人，当然只有在武道上切磋。”项羽此言一出，众人哗然，谁都知道项羽身为流云斋阀主，其武功堪称天下第一，他要与周勃在武道上一较高低，绝对是一个不公平的赌局。

项羽微微一笑，眼芒划过空际，道：“本王这个赌局绝对没有占人便宜的意思，我站在原地，发出三箭，只要周将军能躲过这三箭，这场赌局就算是本王输了，不知周将军意下如何？”

他与周勃相距至少百步，在这么远的距离之下，无论他的箭速有多么迅猛，都必须用上一定的时间通过这段距离，而有了这点时间，对周勃这样的高手来说，完全可以做出应变的动作。

“你不反悔？”周勃问道，他也很想看看项羽的武功到底有多么的高深莫测，是以心中一动，有点跃跃欲试了。

“君子一言，尚且驷马难追，何况本王位居九五之尊，难道还能失信于你？”项羽淡淡一笑，显得胸有成竹。

“好！那就让本将军领教大王的神射功夫！”周勃深深地吸了一口气，人在城墙之上，已是全神贯注地盯住项羽。

“弓！”项羽的眼睛一紧，一股寒光逼射而出，与周勃的眼芒在虚空中一触即分，这才大喝一声。

当下有四名大汉抬出一张巨弓，竟然比寻常的铁胎弓大了数倍，呈乌青色，弦泽赤红，配之金色的羽箭，竟显得色彩斑澜，蔚为奇观。在所有人的注目之下，项羽一手抓过巨弓，然后自属下手中取过一支羽箭，缓缓而道：“这是本王的爱弓，名曰射天，以南海精石炼铸，重五十六斤，天下能开此弓者不过百人，而开弓又能有一定准头的，恐怕不会超过十人，本王得到此弓之后，视若珍宝，平日里一般不用，今日再试，已是第三次。周将军，你应该感到荣幸才是。”

周勃的心中一慑，这才知道项羽动用的竟是真家伙，射天弓之名，周勃曾经听人提过，知道此弓一现，异常厉害，完全超出了弓箭的范畴，项羽动用此弓，莫非真的是想赌上一把？

周勃的怀疑一点未错，项羽的确是在赌。自青石岭一役之后，项羽并没有因此而相信周勃，但是，他又不愿放过这个千载难逢的时机，左右为难之下，他只有以这个办法决定自己的选择，只要周勃不死于射天弓之下，他就相信周勃，否则他唯有退兵一途。

弓微开，箭在弦上，项羽遥看了一下站在城墙之上的周勃，然后他拉弓的手开始发力。

弓弦在一点一点地张开，闪闪的箭头却若一点寒星高挂天上，一动不动，也不知在什么时候，当弓弦构成半月形状时，自弓弦间的虚空中平生一股旋风，此风生得如此诡异，令所有人都感到不可思议。

杀气在漫涌，飘飞在这百步的虚空。周勃的手紧握，手心已有冷汗渗出，当那射天弓一点一点张开之时，周勃所看到的不是弓，也不是箭，而是一个涌动着气旋的黑洞，深不可测，让人根本琢磨不透。

“锵……”他的手臂一振，薄薄的剑身发出一种如蝉翼振动的轻颤，遥指向那寒芒闪闪的箭头。

他无法在这种巨大的压力之下保持心态的宁静，在这一刻，他害怕宁静，希望有一点动静打破这沉沉的死寂。然而，那遥传过来的杀气就像是阴魂不散的幽灵，在他的心中抹上了一层淡淡的阴影，让他产生出莫名的惊惧。

“嗖……”当射天弓成满月之时，所有人都听到了一声弦响，仿佛它进入的不是人的耳鼓，而是人的心中。

快，就只有一个快字，已无法以任何言语形容，箭出的刹那，就像是从空中划过的流星，更像是一把锋利的剪刀，竟然将这虚空一分为二，从中划破。

没有风，也没有气旋，因为这一箭的速度，快得连风和空气都追赶不上，明明还有百步的距离，当这一箭暴出时，距离已不再是距离，甚至只是存留在众人意识中的一个概念。

周勃动了，身形提前起动，在窄长的城墙上一连变换了十七种角度，然后将全身劲力在陡然之间爆发，剑锋一转，轻轻地点击在这一箭的箭杆之上。

“刺……”一溜灿烂的火花扬起，长箭微微一晃，直插入周勃脚下的墙石中，连根没入。

“砰……”墙石中发出了一股奇怪的声响，紧接着那坚硬厚实的墙石裂出千百道龟纹般的图案，突然向空中迸散。

周勃长剑飞舞，挡下这股沙尘的袭击，身形刚刚站稳，脸上已有三分失色。

一阵欢呼声起，来自项羽所率的数千铁骑，而宁秦城上，却是一片死寂，这一动一静，显示出了双方将士目睹了这一箭时所拥有的心态。

“这是第一箭!”项羽的脸上没有任何表情，只是再一次拉弓上弦，弦上已多了两枝长箭。

“刚才是试探性的一箭，它的用意不在攻击，而是试探，它可以让本王知道你的身法、剑法以及心理，然后采取有针对性的改变，从而达到制敌的目的。”项羽扣住双箭，缓缓而道，“接下来本王所用的就是双箭齐发，是输是赢，就看这一回了。”

“呼……”他话音一落，没有任何的犹豫，一声大喝之下，双箭破空而出。

天，陡然一变，漫涌起一阵风云，箭过处，风雷隐隐，电芒忽闪，盖出片片乌云，谁也没有看到箭，谁也没有看到箭影，但长箭所带出的压力，紧紧地锁住了每一个人的心灵。

周勃也不例外，他的剑在手，却没有任何的反应，他找不到攻击的方向，也找不到攻击的对象。他的心中，只有一片茫然。

但他毕竟是一个高手，纵然心中茫然，浑身上下散发出来的气机已在周遭五丈范围内布下了道道气墙，甚至在项羽发箭之时闭上了自己的双眼。

此时此刻，眼睛已是多余，更是一种累赘，所闻所见的东西并非是真实的，往往会影响到自己的判断。周勃明白这个道理，所以他闭上了眼睛，只是用自己的气机去感受周边的异动，从而在最短的时间内作出最正确的应变。

周勃成功了——在双箭逼近他五丈之距时感到了空气中的变化，当他以手中的剑拨开前箭时，后箭已经直奔他的咽喉而来。

幸好他还有一只手，尚可抓住这一箭，等到他抓住这一箭时，突然感觉到了一种异样。

事实上就算他没有抓住，这一箭也不会刺入他的咽喉，因为他感觉到箭身上有一股强劲的下坠之力，正好能在抵达他的咽喉之前改变方向。

同时，他的手中多了一件东西，在刹那之间，他已明白了一切。

他总算得到了项羽的信任，否则，这双箭足以让他致命！

宁秦城内外已是一片寂静，没有欢呼，也没有惊叹，仿佛谁也没有想到周勃竟然躲过了项羽这神鬼莫测的三箭。

“你赢了。”良久过后，项羽才轻叹一声，拍马而退，数千铁骑紧紧跟随。

周勃依然站在城墙之上，一动未动，直到项羽退回营寨，他才偷偷地打开了手中的布条，上面写道：“今夜三更，马到功成！”

周勃笑了，眼见大功就要告成，他没有理由不笑。

三更的宁秦，一切都显得那么宁静，除了远处传来的几声更鼓，再也没有什么动静。

这“静”静得过于反常，反而预示着要发生一些什么。

至少对项羽来说，他已经知道会有什么事情即将发生。

此时的项羽，就在宁秦城那座形如铁闸般的城门不远处，在他的身后，蹲伏着三万精锐之师，人人一身黑衣装束，屏气呼吸，没有任何声响发出。

要打造出一支无敌于天下的精锐之师，关键在于治要严格，项羽无疑是一个杰出的统帅，在他的眼中，从来没有把士兵当作是人，而是将他们看作是没有思想的暴力动物，只能是唯他马首是瞻，做到绝对服从命令。

同时，他也深知领兵之道，一张一弛的道理，所以，每当他率部攻掠一地，就放纵自己手下的将士烧杀抢掠，让他们在感受了血与火的洗礼之后，进入到自由的天地，随心所欲地展示人性中最丑恶的一面。

这无疑会成为一种动力，使得这些士兵充满着对下一战的渴望，当他们将战争当作是一种乐趣时，这样的人所组成的军队，将是一支不可战胜的队伍。

因为，只有把战争当作乐趣的人，他们才会全身心地投入进去，而一旦全力以赴，才可以激发出他们体内最大的潜能。

"当当当……"更鼓响起，如急雨连响三声，项羽的心中陡然一紧，三更到了！

这是他与周勃约定的开启城门的时间，他无法做到没有一丝的紧张，毕竟，宁秦作为关中的门户，一旦被他攻破，关中就尽在他的掌握之中。

他一直将刘邦视作自己最大的劲敌，只有将这根眼中钉连根拔去，他才可以安安心心地做他的西楚霸王，进而一统天下。

所以，更鼓一响，他的目光就盯在了那扇黑漆漆的城门上，夜色包围中的城门，就像一头卧伏于荒原上的恶兽，有几分神秘，有几分狰狞，更透着一股玄之又玄的未知，让人无法预料到那城门的背后究竟隐藏着一些什么。

然而，最先出现动静的不是城门，而是在城墙上。那黑漆漆的城墙上突然亮出了一个光点，连闪三下，在这夜空中，宛若一点寒星。

项羽一怔，不明白这是什么意思，在他与周勃商定的联络暗号中，并没有这么一条："难道这是周勃给守将的一个暗号？"心生狐疑，正欲细思下去，却听得"吱呀……"一声沉重而嘶哑的闷响，自前方传出。

城门终于一点一点地开了，从中而分，缓缓开启，这虽然只是宁秦的一道城门，但在项羽的眼中，仿佛已看到了整个关中。

他心在跳，血在涌，一股莫名的亢奋似乎流遍了整个全身，他在想象着当自己的大军越过宁秦，突然出现在咸阳城下时，刘邦会是一种怎样的表情。

一阵冷风袭来，让他不自禁地打了一个寒噤，头脑变得清醒过来。当那道城门完全开启之后，项羽回首望了望自己身后的所有将士，断然下令："开始行动！"

命令完全是在顷刻间以隐秘的方式传递给每个人，数万人同时站了起来，然后按着纵列的小方阵，悄无声息地向城门移去，速度之快，令人咋舌。

项羽却站在原地一动未动，一颗心始终提在嗓子眼上，警戒着前方是否有异变发生。当有五千人组成的先头部队完全进入宁秦后，他这才略略放下了心，一挥手道："中军跟上！"

他决定入城了，没有马匹，他只能靠着自己的脚前行。为了使这次行动更加隐蔽，他与周勃商定，不使用一匹战马，直接自宁秦穿过之后，迅即向咸阳推进。

当他穿过城门，踏上宁秦以青石铺就的冷冷大街时，几乎不敢相信自己竟然是以这种方式再次踏入关中的土地，不费一刀一枪，甚至没有闻到一点血腥，西楚大军就突破了有天险之称的宁秦门户，这岂非就是一种天意？

十步、二十步、三十步……随着大军步步深入，项羽的心中已没有了先前的狐疑与紧张，当他正要率领自己的中军转过一条十字路口时，突然一道火光燃起在前方的一座高楼上，在这沉沉的夜色中，显得十分耀眼。

所有人都在这一瞬间停止了脚步，所有的目光都聚焦在这一团耀眼夺目的火光中。

火光来自于一个人的手中，经过了白天的那场赌博，谁都认出了这手执火把的人乃是宁秦主将周勃，正是因为有了他，才使得这看似不可能的行动成为了现实。

"是大王吗？"周勃的声音低沉而有力，响起在这静寂的长街上，显得幽远而神秘。

"不错！"项羽笑了起来，"看来，本王赌赢了这一把！"

"此时论输赢，岂不早了一点吗？"周勃抱以同样的微笑。

"当本王踏上宁秦的街头时，这赌局就有了定论！你只需要再给我两个更次的时间，这十万大军就可完全通过宁秦。"项羽显得十分自信。

"按大王估算，此刻进入宁秦的大军已有多少？"周勃问道。

项羽略一迟疑，道："应该在一万左右。"

周勃闻言淡淡一笑："够了。"声音很轻，让项羽不由自主地问了一句："你说什么？"

“我说够了。”周勃的话非常突兀，冷然一笑，“有一万人就足够我大开杀戒了！”

项羽的脸色一变，尚未弄清是怎么回事时，突感眼前一黑，周勃竟熄灭了手中的火把。

这是一个信号，一个动手的信号！火苗一熄，随之而来的是三通战鼓，如凭空炸起的惊雷，震醒了这昏睡的古城。

“轧……”一声巨响，从项羽的身后传来，他蓦地回头，只见自城门上突然滑下一道万斤铁闸，势不可挡地将西楚军拦腰截断，数十名躲闪不及的士兵，顷刻间便被这若山铁闸压成肉酱。

同一时间，城头之上响起滚木圆石下砸的声音，千万道弦响在瞬间动作，同时攻向了城里城外的西楚军。

惊变这样发生了，在没有任何心理准备的情况下发生了，无论是谁，当他置身于黑暗之中遭到袭击时，第一反应必是恐惧！

“杀呀……”万千人同时发出一声呐喊，进入城中的西楚将士无不发现，自己置身的并不是以一敌五的包围，而是以一敌十，甚至更多！他们在仓促应战的同时，忍不住都会在心里问着自己：“宁秦城防哪来的这么多兵力?”

这是谁都可以想到的问题，项羽战前所得到的情报是，周勃统率的军队只有五万，如果自己进入城中的将士已有一万之数，他们又何以会受到以一敌十的包围?

这只有一个原因，那就是此时的宁秦城中汉军远不止五万之数，这让所有的西楚士兵都失去了信心。

西楚士兵失去信心的原因还在于，他们不擅于在黑夜中的巷战。当一队一队的士兵被强有力的敌人从中切割，继而围歼之后，几乎有半数以上的将士都感到了一种绝望，在有人高呼“降者免死”之后，这些将士甚至放弃了任何抵抗。

唯一不乱的是项羽的中军，这是由三千精锐组成的一支军队。在这支队伍中，不乏有一些武功超卓的好手，他们无疑是项羽最忠心的一批死士，在没有得到项羽的命令之前，他们并没有加入战团，只是护着项羽围在了长街的中心。

屠杀在黑暗中进行，战事之惨烈，使得宁秦城仿佛置身于一片血腥的海洋。当这一切就要接近尾声时，突然间万千火把同时点燃，使得宁秦城变得一片通明。

只有在这个时候，那些惊魂未定的西楚将士才发现，包围自己的敌人何止五万？再多五倍也不止！飘扬在街头巷尾的旗帜上写的已不是周，而是刘，汉王刘邦竟然亲临宁秦，这是他们绝对想不到的一个结果。

周勃依然站在他刚才出现的那座高楼，在他的身边，还有两人正负手而立，衣袂飘飘，神情中似有一股神仙般的飘逸。

他们不是别人，正是纪空手与张良，两人的目光紧盯着街心的项羽及其中军精锐，神情虽然轻松，心中却显得十分凝重。

他们的心里无法不凝重，因为他们所面对的是西楚霸王项羽！一个可以写就武道神话的人物，即使此刻的项羽正置身于数十万大军的重围之中，只要稍有大意，也有可能让他抓住战机，全身而退。

“大王，实在不好意思，我从来没有想到过横行天下的大王竟然会如此幼稚，对于送上门来的肉，我向来都是端起就吃，所以就算不好意思，我也只好来者不拒，来个一锅端了。”周勃的眼中流露出发自内心的欣悦，如果此次项羽被诛，毫无疑问，他当立首功。

在火光的照映下，项羽的脸色已是一片铁青，眉锋一寒，盯着周勃道：“你果然是一个奸细，竟然敢出卖本王！”

周勃淡淡一笑，道：“没有人出卖你，只不过是你自己犯下了一个常识性的错误，误信敌人，这就怨不得谁了，只能怨你太蠢了！”

“你想激怒我？”项羽没有动气，仿佛看穿了周勃的心思，冷然道。

“其实事已至此，激不激怒你已经无关大局。”周勃断然答道，“我可以保证，就算借你一双翅膀，也休想活着离开宁秦！”

“本王相信你所言非虚。”项羽冷哼一声，“不过，你可以估算一下，要达到这个目的，你们将要付出多大的代价。”

“我们所付出的代价并不大，至少到目前为止是如此。”纪空手终于开口说话了，他一说话，周勃便退了一步，站到了纪空手的身后。

项羽冷冷地仰视着高楼之上的纪空手，任由裹挟着血腥与咸涩的寒风吹过脸颊，没有言语，杀机在无声与沉默中酝酿，他似乎从来没有这么强烈地想杀一个人。

“本王曾经在你的手下为将，按理说，应该向你行跪拜之礼才对，但今日你我既然为敌，以前的情谊自然也该一笔勾销了。所以，本王向你作一个揖，以尽待客之道。”纪空手对项羽的眼神浑似未见，只是自顾自地尽兴着自己的表演。他并不是一个有着强烈表演欲的人，之所以如此做，只是想向项羽最后的这三千精锐传达一个信息，那就是胜负已成定局，负隅顽抗下去只会是徒劳，他完全拥有这种强大的自信。

纪空手站在高楼之上，深深地向项羽作了一个揖，当他抬起头时，已是一脸冷峻，缓缓而道：“这一切都是我们精心策划的一个布局，你不应该怪周勃，他只是这个布局中一个重要的棋子，但并不是唯一的。为了这个局，我们所花费的精力与心血远不是你所能想象的，当你了解了我们为此所做的努力之后，相信你一定会觉得你自己死得物有所值。”

项羽冷然道：“这我倒要洗耳恭听。”

“本王知道你一定有这样的兴趣。”纪空手顿了一顿，“你偷袭武关不成，转道宁秦，屯十万重兵于城下，对我大汉的确是一个不小的威胁。俗话说得好，卧榻之侧，岂容他人酣睡？从那一刻起，本王就已决心要对付你，所以先调集了数十万人马集结咸阳城下，随后又将后生无并购赌馆妓寨的消息传漏出去，让你以为，我军就算出兵，至少也要在二十天之后，这就可以利用假相制造出一个时间差，让你绝对想不到我军会提前来到宁秦。”

项羽微微一怔，摇了摇头，道：“这不太可能。”

“对你来说，看上去这的确不太可能，因为在关中各地，都有你的耳目探报，只要我军一有行动，必然逃不过你的耳目。”纪空手微微一笑。

“不错，就在昨日，本王还接到密报，说咸阳城外的军营一切如常，没有任何开拨宁秦的迹象。”项羽迟疑了一下，说道。

“这不过是迷惑你的一个小伎俩，事实上，早在三天前，咸阳大营已是一座空营，里面所剩的数万人只是用于疑兵，若非如此，又怎会让你落入这个圈套?”纪空手笑了笑，“你之所以敢夜入宁秦，并不是因为周勃完全取信于你，其实在你的内心，依然还有一些狐疑。但你最终还是来了，这是因为你太自信，认为纵然有诈，凭你的无敌之师，当可抵挡宁秦这五万兵力的袭击!”

项羽一时无语，眼中闪出一种难以置信的神情。他不得不承认，纪空手的分析与他心中所想并无太大的差距，一个可以洞察到别人心理活动的人，未免也太可怕了。

纪空手的眼芒缓缓地划过虚空，审视着脚下那三千西楚将士，突然摇了摇头，轻叹一声："我还是太高估你了，更高估了你手中这从来不败的军队。我本可以将你布置在城下的三万人马统统放进，然后一网打尽，但是，为了保险起见，我还是放弃了这种想法，现在看来，这不可谓不是我们这次行动的最大遗憾。"

项羽不由冷哼一声："你现在就下定论，只怕还早了点吧！本王与这三千将士不是依然好好地站在这里吗？你真想一网打尽，那就放马过来吧!"

他的话音一落，那三千将士同时发出一声呐喊，刀戟并举，寒光闪闪，身处绝境之中，依然不失那种强大的战斗力。

他们能够如此，只因为他们相信项羽，相信项羽是不败的战神，更是这个乱世中战无不胜的神话!

夜风很冷，冷得仿佛欲将这空气凝固，但空气中涌动的血腥和杀气，正在这冰寒的冷风中酝酿成形，每个人的胸中都涌动出一种疯狂的杀意，似乎在等待一个契机，让他们最终爆发的气机，虚空之中已经弥漫着太沉太重的压力。

纪空手只是静静地看着脚下的一切，没有说话，等待了足足有一刻钟的时间，这才缓缓地将目光移向了周勃。

“可惜，真是可惜。”纪空手的话中不无遗憾，令所有的人都吃了一惊，显然无法理解他话中的玄机。

“大王莫非是为这三千将士的性命而可惜?”周勃也是不明所以，胡乱猜测道。

“本王纵是一个菩萨心肠，也不会为了敌人的性命而显示出仁慈。”纪空手冷哼一声，断然否认了周勃的猜测。

“大王莫非是因为今夜的行动给宁秦百姓带来了一定的祸害而自责?”张良素知纪空手以天下百姓能够安居乐业为己任，战争一旦爆发，扰民是不可避免的。

“打仗难免有死有伤，难免会危及百姓，忍一时之痛，成就千秋功业，天下百姓未必就不能理解。”纪空手缓缓而道，显然否认了张良的猜测。

“那么大王又因何而感到可惜呢?”张良有些不解。

纪空手冷冷地盯着百步之遥的项羽，良久过后，才一字一句地道：“我之所以感到可惜，是因为我们精心策划的一个杀局，等来的人竟然不是真正的主角!”

全场一片哗然，对所有人来说，纪空手的话就像是一场地震，震得每个人都呆住了，同时将目光投向了项羽。

项羽依然显得十分镇定，但眼中却闪出一丝诧异的神情，被纪空手锐利的目光所捕捉，这也更坚定了他对自己看法的判断。

纪空手之所以敢于如此断定，是因为在与项羽对峙的时候，他几次运用自己的气机去触及对方，却没有感应到项羽独有的流云道真气。最初他也认为是项羽的功力太深，已达到了收放自如的境界，可以将流云道真气内敛而不露一丝痕迹，但奇怪的是，在这个项羽的身上，却涌动着一道气机，虽然也同样霸烈，但纪空手却断定绝不是流云道真气。

出现这样的现象，只有有一种解释，那就是这个项羽是假的，唯有如此，才是最为合理的结论。

“你能看出这一点，的确很了不起!”项羽终于开口说话了，他这么一说，无异于承认纪空手的说法无误。

“那么你又是谁?”纪空手紧逼着问了一句。

“我叫项声，是项羽的堂兄弟，很多人都说我和他长得很像，只要稍微化一点装，就可以达到以假乱真的地步。”项声显得非常平静，并没有因为自己身处绝境而出现一丝慌乱。

但那三千将士中有人开始慌乱起来，毕竟对他们来说，他们所依凭的人是项羽，失去了这个精神支柱，也就失去了支撑他们的动力，尽管项声也是一个高手。

项声当然是一个高手，而且是流云斋中仅次于项羽的第二号人物，乃项梁之子，是以在项羽的眼中，有着非同寻常的分量。据说项声对剑道的领悟，已达到了一种非常高深的境界，然而真正领教过他剑法的人，当世之中不会超过五个，其他的人都死在了他的剑下。

像这样一个高手，当然会有他的自信，所以在千军万马包围之下，依然显得镇定从容。

“你的确长得很像项羽，在黑夜之中，更无人能够辨得清楚。”纪空手淡淡而道，“但是一个人的气机是无法瞒骗的，何况项羽的流云道真气又是那么特别。”

“不错！我不能修炼流云道真气，引为今生憾事!”项声点了点头，突然想到什么，脸上露出惊讶之色，“难道你领教过流云道真气？如果是，你怎能身中流云道真气而不死？如果不是，你又怎能对流云道真气熟悉?”

纪空手不由得心头一震，在无意之中，差点露出破绽——谁都知道，能够身中流云道真气而不死的人只有自己，项声的这一问，的确犀利无比。

“世间的事，永远没有绝对二字!”纪空手深深地吸了一口气，缓缓而道，“就像今天所发生的事情一样，从来不败的西楚军，终有一败，你不能不承认我说的是一个事实!”

他迅速转移了话题，同时也转移了项声的注意力。项声沉默半晌，点了点头：“是的，这世上原本就没有绝对的事，但是，西楚军败了，不等于我也败了，我需要证明!”

纪空手正欲开口说话，却听得长街尽头有人冷冷地道：“我可以证明给你看！”

周勃循声望去，说话者竟然是卓方！但纪空手和张良却知道他不是卓方，而是以大雪崩定式闻名天下的阿方卓！

阿方卓站在街头，横剑而立，就像是一棵挺立于极巅之苍松，目光极冷，犹如冰刃般直射在项声脸上，显得那么森寒而锋利。

纪空手一眼就已看出，此时的阿方卓，较之登高厅上与扶沧海一战的阿方卓，功力上完全跨上了一个新的台阶，尤其是在气度上，已有了全新的变化。

想起扶沧海，纪空手不由黯然伤神。

项声的目光同样盯在阿方卓的身上，当他看到阿方卓腰间的剑时，笑了，笑得有几分阴森，更有几分自信，犹如一头存在于地狱烈焰中的魔兽，浑身散发出一股狰狞而张狂的气势。

这种感觉十分可怕，给每一个人的心里都带来了沉重的压力。

空气仿佛变得狂躁不安起来，涌动的气旋挟着这冷冷的风，变成了这段虚空中唯一的基调。

“你用剑?”项声笑了笑，脸上似有几分不屑之意。

“你也用剑?”阿方卓也笑了笑，脸上同样显出不屑。

项声怔了一下，淡淡而道：“敢用这种口吻和我说话的人，几乎无一例外地都死在了我的剑下，希望你是一个例外。”

阿方卓摇了摇头，却没有说话。

“你害怕了!”项声哈哈大笑起来，显得有几分得意。

“不!”阿方卓冷然道，“我喜欢用剑说话，而不是嘴!”

第一百零九章　剑藏杀机

项声的眉间顿时涌动出一股杀机，看来，他已准备出手了。

他的剑在腰间，但不知在什么时候，就到了手中，拔剑的速度之快，犹如电光石火一般，但这还不是最可怕的，最可怕的是他的剑尚未出手，气势已经若火焰般疯涨，无数个气旋涌动虚空，开始沿着一种不规则的轨迹向阿方卓的立身之处缓缓推移过去。

两人相距至少十丈，但阿方卓的衣袂已然向后飘飞，似乎有一股劲风袭至，呼呼作响。

夜空显得极为死寂，没有一点生动的迹象，透过这暗黑的夜幕，可以看到苍穹极处那涌动的风云。

“呀……”终于，一声大喝，从项声的口中响起，他的整个人就像是一只盘旋半空之中的苍鹰，以迅雷之势直扑，快速地冲向阿方卓。

身形之快，似乎超过了速度的范畴，人与剑在这种极速之中合为一体，构筑起一道流动的风。风在飞速中旋动，眼看逼近阿方卓的五尺之内，那风的极处突然裂开，一道闪电般的寒芒自裂缝中飙射而出。

阿方卓一动不动，如大山卧伏般镇定，只有看到这道寒芒之时，他的眉锋才微微地跳动了一下。

眉锋一动，剑动！他的剑出手，就像是横亘于虚空中的一堵墙，封锁住了项声进攻的每一个角度。

“叮……”在避无可避的情况下，双剑交击一点，迸散出万千道气流，冲激得长街上的尘土飞扬疾旋。

两人的身形都微微一晃，乍一交手，旗鼓相当，顿时相互间尽去小视之心。

项声出手在先，在气势上已有先声夺人之利，想不到还是不能占到半点便宜，心中不免有些慌神。但是他知道，今日一战，自己终究难免一死，更多的是为荣誉而战，只要自己能够重创对手，或许可以鼓舞起这三千将士的士气，形成混战的格局。到那时，自己肯定还有一线生机，所以他不想放过这个机会，身形一晃之下，剑锋再起。

剑在虚空，化作道道流云，悠然间暗藏杀机，而他的人已如一缕清风，随云而动，飞撞阿方卓而去。

阿方卓似乎没有想到项声的来势如此之强，等到他感应到这股杀气时，那凛凛的剑锋已逼至眼前，不过，他的心中并没有因此而乱，只是一个退步之后，长剑轻飘飘地横斜空中。

那如流动般的剑影似乎遇到了一股龙卷风，一撞之下，顿化无形。双剑轻轻一触，磨擦出一道如礼花般绚烂的异彩，遮迷了所有人的眼睛。

当众人再度可以视物时，却惊奇地发现，项声不见了，阿方卓也不见了，长街上只多出了两股暗黑疾走的狂风，飞蹿于虚空中，犹如相互撕咬的魔兽，在有限的空间里最大限度地表现出张狂的魔意。

天、地、人、剑，仿佛在这一刹那间构成一个整体，不分彼此，浑然无间，达到了极致的完美。

“去死吧！”突然间，传出项声的一声大喝，他的武功似乎在刹那间暴涨了数倍，寒芒从风头最劲处飙出，速度之快，角度之刁钻，让在场所有的武者都叹为观止。

当阿方卓感到这一剑所带来的锐锋之时，项声的剑已经突破了他紧密的气机，进入了一个他难以兼顾的死角空间。

阿方卓一惊之下，陡然想到了龙赓对剑道的领悟，龙赓曾言，剑道到了一定的境界，其实是一种对攻防死角的理解，而攻防死角就是人的一个盲点，具有不可视性，不可预判性，唯有如此，才能在高速运行之下置敌于死地。

而项声显然深谙此道，他的剑速其实并不是很快，却能在角度上多变，让人无法揣摩出他最终攻击的方向，面对这样的一剑，几乎挡无可挡。

不过阿方卓并没有格挡，他选择了攻，因为他明白，最好的防守就是进攻，只有攻敌之必救，才可以化解对方给自己身上带来的危机。也就是说，阿方卓在瞬息之间选择了一个同归于尽的打法，假如项声置之不理的话。

但项声又怎会置之不理？他也不会与阿方卓同归于尽，尽管他代替项羽进入宁秦，就已经抱定了必死的决心，但死要死得有意义、有价值，以他的身份，当然不愿意和阿方卓这样的人同归于尽。所以，他一见阿方卓的剑招，迅速改变了角度，剑自死角而出，贴上了阿方卓的剑背。

“嘶……”一种刺耳的金属磨擦声响彻于虚空，带出一道绚烂的火花，斜划的剑就像是一块刚刚烧红的铁石入水，水雾腾然之间，顺着阿方卓的剑背而下，划向他握剑的大手。

阿方卓目睹这一剑的到来，心中微惊，按照常理，他可以有两种选择，一是运力剑上，荡开来剑；二是抽身而退，拉开距离。这两种选择都有寓守于攻的韵味，可以在瞬息间把握战机。但是，当他正要作出选择之时，心中不由大骇！

他的剑竟似被项声的长剑吸住了一般，产生出一股巨大的粘力，他根本无法改变自己出剑的轨迹。

项声的功力如此之深，这是阿方卓没有想到的，此刻他唯一要做的就是弃剑，这是没有办法的办法。

他没有犹豫，手臂一振之下，大手已脱离剑柄，同时变手为掌，在空中连拍数下，布下了几重气墙防御。

他当然不认为自己只凭空手就能与项声抗衡，所以他大掌拍出之时，身形向后飞退，就在他退的同时，项声的脚踢出一个非常怪异的弧度，以完全超越人想象空间之外的速度与角度，直奔向阿方卓的胸腹。

这一脚如此怪异，怪异得不合情理，让人几乎无法理解，因为只要是人，就无法踢出这样的一脚，它完全超出了人类潜能可以达到的范畴，在飞行的途中变幻出三百六十度的疾旋。

只有项声身边的几个心腹亲信才知道，这是项声真正的杀招！项声作为上一代流云斋阀主项梁的儿子，却不能子承父业，继承大统，并非是因为项梁对项羽的赏识远胜于自己的儿子，尽管项羽的确拥有让人不可想象的练武天赋。他之所以这样做，是因为项声年幼时生过一场重病，救治不及，以至于落下了一个病根，根本就不可能修炼流云道真气。

可以想象，让一个不会流云道真气的人坐拥流云斋的阀主，在这个五阀并争的江湖，在这个诸侯纷战的乱世，绝对是一件要冒极大风险的事情，项梁还不想成为列祖列宗的罪人，更不想看着如日中天的流云斋就此毁在自己的手中，于是，他唯有忍痛割爱。

但是作为一个父亲，项梁不能不对自己的儿子有所交代，所以在私底下，他将流云斋中只能供阀主修炼的另一大绝艺传授给了项声，那就是无理腿！之所以会取这样一个古怪的名字，就是因为这种腿法与人类思维有着根本性的冲突，完全可以超越人体极限而任意发挥，一招一式，不合情理，是谓无理腿。

阿方卓根本就不知道世上还有这么一门奇门，就算他事先知道，也无法躲过项声这惊天无理的一腿！毫无疑问，项声比他想象中的更为可怕，其武功之高，应不在龙赓之下。他这一次应战项声，绝对是一个错误，一个不可饶恕的错误。

“轰……”一声惊人的闷响，如惊雷般炸响长街之上，将这虚空搅得四分五裂，迸射出万千道狂乱的气旋。

项声的身形陡然拔高，如一根扭曲的面条倒射而回，脸上闪现出一丝不可名状的讶异。

阿方卓却依然站在原地，他没有死，也没有退，这一幕让人看上去大觉不可思议。

唯有项声与阿方卓明白，这一切不可思议的事情源自于一只手，一只非常稳定的大手，那手上，紧紧握着一截红木栏杆。

项声心中一震，仿佛没有想到来人仅凭一根随手拈来的木棍，居然可以挡下自己石破天惊的一腿，而这种红木所制的栏杆，他似曾相识，正是纪空手登高凭栏时所把的栏杆。

那只大手显得极为凝重，就像是一道横亘于虚空的山梁，那截红木握在他的手中，仿若一曲富有生命激性的乐章，轻松自在，更有一种说不出来的优雅。

“好剑法！好腿法！可是，它们终究改变不了你必死的命运！”在阿方卓退下之后，纪空手这才淡淡而道，谁都可以听出他话中的那股令人心寒的杀意。

“能与问天楼主交手，虽死无憾！”项声的脸色一变，不是惊奇，而是有一丝欣慰，似乎觉得与纪空手的这一战一旦进行，是他个人的一种荣幸。

“你真的这么认为吗？”纪空手冷冷地盯了他一眼。

“无论谁走到了我现在这一步，都很难再有一线生机。是以明知是死，我当然不甘心死在无名小卒的手里，如果真的能够与你一战，能够死得轰轰烈烈，我身为武者，还能有什么遗憾呢？”项声的态度十分诚恳，似乎正应了一句人之将死，其言也善的老话。

纪空手却淡淡地笑了笑：“你真虚伪，真狡猾。”

项声浑身一震，将目光投向纪空手。

“其实你的内心一直以为，只要能与本王一战，你的机会就来了，挟天子以令诸侯，这是奸雄权相惯用的伎俩，你将之用在今天这种场合，也未尝不可。你说本王所言对不对？”纪空手一眼就看穿了项声的心思，冷笑一声。

项声简直产生出一种遇见鬼的感觉，似乎自己所想的一切都被“刘邦”摸得一清二楚，心里顿有一股骇然。他一直认为，只有诱得“刘邦”出手，然后趁机将之制服，自己今天才有活命的机会，他也相信自己有这个能力，也一直有这样的自信。可是，“刘邦”明知山有虎，偏向虎山行，竟然应战而出，项声的心里反而不踏实起来，为“刘邦”这种无畏的气势所压服。

但不管怎样，项声都不能不战，毕竟这是他唯一的机会。望着大街两边黑压压的人群，再看看自己身边的三千将士，随着时间一点一点地流逝，斗志也随之消逝，他已无法犹豫，是以——他出手了！

他几乎是在没有酝酿气势的情况下出手，这无疑犯了高手对决的大忌，但是他别无选择，他并不是不知道这个最简单的道理，但他同时也十分清楚，自己酝酿气势时，对方相应也在酝酿气势，水涨船高，如此而已，还不如在先机上下手，或许尚可占得一点便宜。

剑在虚空中穿越，一振之下，化作点点繁星，之所以给人有这样的感觉，是因为剑锋的锋芒比及寒星更冷、更虚，有一种莫测的变化。在同是夜空的背景之下，此剑更如流星滑过，以让人难以想象的快速击向了纪空手手中的那截红木。

项声不愧为流云斋的第二号人物，出手就是对方必救处，所谓工欲善其事，必先利其器，对于一个武者来说，最重要的就是他手中的武器，名剑何以要配英雄？这只因为，名剑对于任何一个英雄来说，其实是一支笔，唯有它才可以在青史之上为自己留下不朽的英名，而名剑也因英雄而变得更有名气。

纪空手的手中无剑，只有一截红木，静静地斜向虚空，可是当它骤然一动时，仿佛被纪空手注入了生命，注入了灵性，竟然在片刻之间若游龙般蹿出，异常精准地点击在了项声的剑尖之上。

没有声音，没有气旋，根本就没有人想象中的那种激撞，项声只感到从红木上传来一股强大的吸力，竟似要将他爆发出来的剑气包容吸纳，不由大骇，整个人仿若螺旋气柱般向空中窜去，至三丈处迅即下坠，拖起一阵惊人的锐啸，以势不可挡之势扑向纪空手。

纪空手冷笑一声，红木一振，在自己的头顶上幻化成一团红云，护住项声意欲攻击的线路，同时脚下微移，向后退了一步。

他这一退，让项声脸色大变，因为就只有一步的距离，纪空手竟然凭空消失了！

这几乎是不可能的事情，没有人可以做到真正的凭空消失，之所以出现这种现场，唯有一种解释，纪空手在瞬息之间移形换位到了项声视线中的一个盲点。唯有如此，项声才会突然失去了纪空手的影像。

项声的反应快到了极点，迅即闭上眼睛，仅凭自己的气机感受纪空手的存在。然后，他的剑与脚向左边的一段虚空同时杀出，互为九十度的夹角，形成了一个近乎完美的攻击。

他的判断不错，纪空手的确在他左边的空间。面对项声这种诡异的剑中腿，纪空手没有再作任何闪避，而是单手斜立，轻飘飘地劈了过去。

项声的脸上闪出一丝惊喜，似乎没想到纪空手竟会如此托大，这剑中腿一向是他最为得意的一门绝技，闲暇时与项羽切磋，就连项羽也惊叹其构思之巧，富有寓守于攻的灵性，而纪空手竟想用一只单手对之，这难道不是天赐良机吗？

这种机会，对有些人来说，一生中有很多很多，而对于有些人来说，一生中也难得遇上一次。项声无疑就属于这后一种人，所以，他绝不想错过，更想将它牢牢地把握！

然而，就在他将全身功力尽数提聚于手脚上时，纪空手的掌已出现在了他的眼前。

这个动作实在是太快了，如果用四个字来形容它，就叫鬼斧神工。

但让项声心惊的不是这种速度，而是这种速度下带来的一种感觉，他明明看见的是掌，却真实地感受到了刀气的存在。

掌中刀？项声心中几乎惊叫起来！然而，他很快否认了这种想法，因为他发现纪空手的这一掌远比掌中刀还要可怕。

是的，这不是掌中刀，只是一只肉掌。当纪空手心中无刀时，他还有什么东西不可以用来当作刀？所以，他这一掌即是刀，刀也是掌，已经没有任何定义上的区分了。

也许，他这一掌比刀更厉害，即使是人刀合一，刀也未必能完全融入到人的身体、意识、思维之中，而手掌则不同，它本就是人身体中的一部分，当它作为一种兵器出现时，试问天下还有什么名器比它更具生命？更具灵性？更有活力？

项声唯有暴退，纪空手的可怕已经超过了他的估计，虽然他无法测算出纪空手的真正功力，但他有一种奇怪的感觉，就是眼前的“刘邦”与项羽有一个共同之处——那是一种直冲云霄的霸气！

“呼……”手刀劈出，将虚空撕裂开一个口子，裂口扩张开来，犹如巨兽的大嘴，竟欲吞噬掉项声的整个身躯。

项声只能一退再退，可惜的是，无论他退的有多快，角度有多诡异，都无法躲避手刀对他构成的威胁。因为，就在一刹那间，纪空手的大手一振，手刀由一变二，二生四，四幻八……在这虚空之中布下了万千道刀影，就像是天罗地网，欲将虚空中的一切尽数毁灭。

“呀……”一声惨呼，发自于项声的口中，他的身上已中了一刀，但尚未等他来得及作出任何反应，自创口处已突然响起一连串的爆响，血肉横飞间，他的身体竟然爆出一个个血洞，瞬息间变成了一个可怕的血人。

如此骇人的一幕突然乍现在众人的眼前，引起阵阵惊呼，谁也不明白究竟发生了什么事，但所有人都明白，这一战胜负已分！

纪空手飘飞向后，稳稳地站在十步开外，眼睛紧紧地盯住项声。刚才他的手刀插入项声的身体，随之而涌出的，是如洪流般飞泻的劲气，这些劲气迅速冲入了项声的经脉血管中，不堪重负之下，形成了爆裂。当一个人的经脉血管爆裂之后，他唯一应该面对的就是——死亡！

“砰……”项声也不例外，所以，他倒下了！

全场顿时一片寂然。

“降者不杀！”纪空手的眼芒绽射出一种别样的异彩，冷冷地从那三千将士的脸上缓缓划过，然后大声喝道。

“降者不杀！降者不杀！”长街两边的大汉将士同时高呼。

一场夜战就这样结束了。

大汉军大获全胜，虽然歼敌不过一万余人，但他们结束了一个历史——西楚军从来不败的历史，打破了项羽战无不胜的神话。

这个消息传到关中，传到西楚，传到整个天下，几乎没有人敢相信这是一个事实，但随后发生的一系列事件，似乎印证了这种说法。

大汉三年深冬初春之际，汉王亲率三十万大军，避开宁秦城外的项羽，从武关出兵，开始了东进伐楚的战略，一路上攻城掠地，所到之处，并不扰民，受到百姓的拥戴欢迎。四月，到达彭城，闻听项羽率部尾随而来，纪空手当机立断，率领主力作战略性的撤退，并不与西楚军主力正面交锋，只是派出一小部人马，由樊哙率领，一路败走睢水。等到项羽领兵追击千里之后，此时，周殷、彭越、英布三路诸侯同时发兵，分三个方向攻打西楚军，而韩信领兵三十万，从江淮北上，攻打齐赵，威胁西楚属地，迫使项羽放弃追击。回师西楚。

五月，待项羽领兵回到西楚时，周殷、彭越、英布各部已经不知去向，而纪空手率汉军主力已攻下了西楚外围重镇荥阳，项羽只好再次整军出发，向荥阳进发。

六月，当项羽的西楚军赶到荥阳时，这一次，纪空手没有再回避，而是以逸待劳，在荥阳之南的京邑、索邑之间的山地与西楚军展开了空前激烈的交战，并且取得了胜利。西楚军整兵之后，屯兵荥阳城下，与大汉军开始了长达数月的对峙。

但是，这一次无论是纪空手，还是张良都失算了一点，他们根本就没有想到会在荥阳与西楚军作长时间的对峙。这样一来，数十万大军的军需粮草的供应便成了大问题，迫于无奈，纪空手修筑了连接到黄河岸边的甬道，用以获取来自敖仓的粮草。

项羽当然知道粮草对一个军队的重要性，获知这个消息后，他没有丝毫犹豫，立刻派遣手下大将龙且，多次率兵入侵甬道夺粮，成功地阻截了荥阳与敖仓之间的联系，使得大汉军军粮困乏，有困死荥阳之险。

而此时，与大汉军结盟的四路诸侯中，除了彭越一部在梁地多次反击西楚军，企图断绝其粮草之外，其余三部眼见形势不对，均采取观望的态势，使得大汉军的形势日趋严峻。

在这种情况下，对峙下去已没有任何意义，为了保证自己的主力能够成功脱险，纪空手制定了一个分兵之策，由他亲率两万人马南出荥阳城，向宛县、叶县等地撤退，引开项羽的注意力，然后由张良等人率领大汉军主力悄悄到达广武、成皋，休整军队，广积粮草，以期反攻之机。

这个计谋非常成功，项羽果然中计，率数十万大军紧紧追随纪空手的两万军队，过了七郡十九县，最终在叶县大败汉军，纪空手、龙赓与阿方卓只带领十八铁骑冲出重围。

而此时，张良率大汉军主力已经进入广武、成皋，并且成功地将敖仓所有的军需粮草运到了广武，作好了在这里与西楚军相持据守的准备。当纪空手他们回到广武时，项羽的大军也兵临城下，双方再一次进入了相持不下的境况。

九月十五，楚汉相持的第二十一天，在广武的汉王府邸中，纪空手召开了一个秘密的军事会议。

参加会议的除了张良、陈平之外，还有龙赓、阿方卓，曹参、樊哙等一干将领却无缘这个会议。因为，这次会议的主题不能有半点泄露，目标就是韩信！

在纪空手与张良商定的这个东进伐楚的战略大计中，韩信等四路诸侯的协同作战，相互配合将是非常重要的一环。虽然项羽在宁秦折损了部分人马，但纪空手明白，在项羽目前的战斗力，西楚军仍然是无敌之师，是一支不可战胜的队伍。大汉军唯一可以战胜它的机会，就是将之拖累，在运动战中一点一点地消耗它的实力，然后再找准时机，与之决一胜负！

这个战略无疑是正确的，在最初大汉军东进之初，也确实收到了奇效。但荥阳一战，当大汉军与西楚军相持不下时，韩信竟然再一次违背盟约，自齐赵撤军，回到江淮观望形势，周殷、英布见状，自然纷纷效仿，致使大汉军险遭全军覆灭之虞。

这样一来，无疑打乱了纪空手与张良的战略部署，使他们意识到，韩信已经成了楚汉争霸中一颗最重要的棋子，只有让他活起来，则满盘皆活；反之，则满盘皆死。

那么，要怎样才能让韩信与他的江淮军活起来呢？这显然是他们今天要议的话题。

“我们手中真正可以制约韩信的东西并不多，唯有一个凤影。”纪空手缓缓而道，“不过，韩信非常狡猾，他的心里十分清楚，虽然我们手中有凤影，但只要项羽一日不死，他手中的大权没有旁落，就根本不必担心凤影。因为他知道，人质是活的才有用，死了则一钱不值，他相信凤影不会有事，所以才敢一而再、再而三地违背盟约，置大局于不顾。”

“难道他就不怕我们真的杀了凤影？”阿方卓显得愤愤不平，他自幼生长于雪山草原之上，生性豁达，嫉恶如仇，自然看不惯韩信这种出尔反尔的小人行径。

“他怕，所以他不公然反抗我们，如果不是为了凤影，他根本不会与我们玩这些把戏。”纪空手道。

“这么说来，我们岂不是拿他毫无办法？”龙赓不由皱了皱眉。

张良与纪空手相视一眼，不由笑了起来：“俗话说，魔高一尺，道高一丈，如果我们真的拿他毫无办法，又何必叫二位来呢？”

龙赓的精神为之一振，道：“莫非是要我去杀了韩信？”

他是一个剑客，名闻韩信的剑术高明，早已有心去去试上一试，是以一听张良说起，整个人顿时显得亢奋起来。

所谓棋逢对手，将遇良才，越是真正的高手，就越是喜欢寻找一个对手较量一番，对于武者来说更是如此。龙赓对剑道的领悟已达到了一种非常高深的境界，在咸阳城时，他与韩信又有过气机上的接触，是以在内心深处，他一直期望着能与韩信一战。

然而张良却摇了摇头，微微一笑，道：“不是杀韩信，而是想请二位去杀韩信身边的一个人。”

龙赓与阿方卓同时一怔，都将目光盯在了张良的身上。

“你们可以想一想，韩信深谋远虑，应该知道楚汉既然开战，无论谁打胜了这一战，都会将下一个目标对准他，他凭什么还敢按兵不动？”张良提出了一个问题，见龙赓与阿方卓都在摇头，便自问自答道，“这是因为，第一，他想保存实力，坐山观虎斗，无论谁最终打胜了这一战，都必将是元气大伤，到时他自然可以捡个现成的便宜；第二，则是他有高丽王国作为靠山，即使到时他捡不了便宜，也可与高丽王国联手一统天下。”

龙赓眼睛一亮：“你要我们去杀的人就是李秀树？”

张良道：“不错，李秀树以高丽王国特使的身份，又以王爷之尊，现在正在淮阴坐镇，负责协调两方的军政事宜。只要我们能杀了李秀树，韩信失去了高丽王国这座靠山，就必然会重新投效我们，进兵齐赵。”

龙赓以疑惑的目光看了他一眼，道：“你何以敢确定韩信会因此出兵齐赵？”

“一旦李秀树死了，高丽王国自然会迁怒于韩信，以齐赵的地理位置，正与高丽毗邻，韩信当然不想放弃这个战略要地。与此同时，他出兵齐赵，又可向我们示好，像这样一举两得的好事，韩信应当不会错过。”张良显得胸有成竹。

“那我们何时动身？”龙赓迫不及待地问道。

纪空手笑了：“我和你们一道，今晚启程。”

龙赓脸色一变，道：“公子怎可犯险？淮阴乃韩信的根本之地，异常险恶，若是一旦出事，岂不是有负先生重托？”

纪空手知他关心自己，微笑道：“正因为险恶异常，我才不想让你们二人去犯险，你们应该知道，我以前可是淮阴城中的小混混，人熟地熟的，比起你们来可是轻车熟路，而且李秀树此人武功精深，性情狡诈，和我有过几番交手，有我同去，必定可以马到成功。”

淮阴，偏安一地，是当今天下少有几个不受战事影响的地方。当楚汉两军正在广武一带相持不下时，淮阴城依然是一派歌舞升平的太平景象。

但是谁都清楚，这只是一时的假相，繁华的背后，谁都可以闻出一种兵戈气息，只是人们嘴上不说罢了。抛却尘俗一切事，但求今朝醉一回，乱世之中，有谁不想及时行乐呢？是以醉生梦死者大有人在。

不过，尽管淮阴城内一片热闹，但城外的警戒却不断地加强，当纪空手三人进入江淮地界时，到处都是戒备森严，他们只能选择偏僻的小路而行，躲过江淮军的盘查，终于在九月十九赶到了淮阴。

纪空手之所以要赶在这一天进入淮阴城，是因为他敢确定在这两三天内韩信的人并不在淮阴，而是去了距淮阴八百里之遥的河北，那里有问天楼的刑狱，也就是凤舞山庄的所在地。

龙赓听纪空手说得如此肯定，不由多看了他几眼，半真半假地道："我不敢把你当作是我的朋友了，因为我和你待的时间多了，越来越觉得你像神仙，如果不是，又怎能事事都料算得这么清楚?"

纪空手并没有笑，只是拍了拍龙赓的肩膀，道："我不是神仙，如果说我能比别人知道的事情多一点的话，那是因为我所付出的努力也比别人多，只是你不知道罢了。"

"哦?"龙赓的脸上闪过一丝惊讶。

"我之所以敢确定韩信此时不在淮阴，是因为三天前，我派人带了一封书函和凤影的一束头发，递交到了韩信的手中，以韩信对凤影的痴情，当然不会放过这条线索，所以他肯定会离开淮阴，去寻找凤影。"纪空手淡淡而道。

"他真的会相信吗?"龙赓觉得韩信未必会这么轻易上当，毕竟，一个能够成为三十万江淮军统帅者，绝不会如纪空手想象般那么简单。

"他一定会相信，因为我了解他。当他要得到一件东西时，总喜欢不择手段，不惜一切代价。而且，当他在巴、蜀等地找寻凤影无果时，就已猜到凤影根本不在南郑，也不会在咸阳，我给他一个凤舞山庄的地址，那里是他与凤影初识的地方，因此无论如何他都会过去看看。"纪空手的分析合情合理，由不得龙赓不信。

"那我们现在应该怎么办?"龙赓听着纪空手的话音，似乎对此行已是胸有成竹。

"当然是找一个地方睡觉，睡好喝足了，再动手杀人也不迟。"纪空手笑了，他的确是胸有成竹。

梵唱小筑，是淮阴城专门给高丽亲王李秀树下榻时准备的花园，亭台楼榭，假山水池，花鸟虫鱼……样样俱全，的确是一个怡养性情的好去处。

但在这风景的背后，是非常森严的戒备，踏入花园，虽然看不到一个人影，却可以感觉到有无数双眼睛躲在暗处注意着你的一举一动，无形的杀机随时都在虚空中酝酿，随时都有爆发的可能。

尽管李秀树的北域龟宗在南郑时遭到前所未有的重创，但经过这段时间的调整，依然拥有非常强大的实力，单是在这个花园中，李秀树就布下了十三道防线，布置了一百七十二名门下高手，日夜守候，戒备之严，可以说是飞鸟难渡。

此时的李秀树，就坐在花园的中心——天上阁，静静地聆听着身边一个穿着高丽服饰的中年男子的说话。

“王爷，你看了我们大王给高丽国国王的信函，可有什么感想?”那中年汉子显得不卑不亢，微笑而道。

他虽然身着高丽服饰，但说出的却是一口流利的汉语，听其语气，显然并非高丽人。

李秀树只是冷冷地看了他一眼，并没有马上说话，而是站起身来，在窗前踱了几步，淡淡而道：“本王没有什么感想，对你的大王在信函上所说的东西也着实不感兴趣，如果使臣大人没有别的话可说，本王这就派人送你出城。”

中年汉子脸色一变，眼珠转了一下，突然笑了起来。

李秀树怔了一怔，将目光射在他的脸上，冷然道：“你笑什么?”

“我在笑我们的大王太不懂王爷的心思了，虽然在那封信函上，他说明了很多利害关系，也谈到了你我联手将会对当今天下的格局有大的改变，但是他忘记了最重要的一点，那就是诚意，没有足够的诚意又怎能打动王爷的心呢?”中年汉子显得十分镇定，微笑而道。

“不错！本王的确需要你们大王拿出足够的诚意！”李秀树心中暗惊，似乎感受到了对方的精明与敏锐，“当年他失信于刘邦，已成了众所周知的事情，本王不得不对他的诚信感到怀疑。”

原来此人竟然是项羽派来的使臣！

“可是这一次，我的确带来了我们大王的诚意。”中年汉子微微一笑。

“哦？”李秀树的眼中闪动出一丝惊奇，望向那中年汉子，只见他不慌不忙地从怀中取出一小册已发黄的绢书，双手将之递出。

“这是什么？”李秀树惊奇道。

“王爷只要打开就自然会有分晓。”中年汉子道。

李秀树狐疑地看了中年汉子一眼，这才缓缓将绢书打开，一翻之下，不由浑身一震，整个人顿时变得亢奋起来。

“这是从何得来？”李秀树深深地吸了一口气，刻意将心中的狂喜压抑下去，然后问道。

“这个王爷可以暂且不管，我只想问问王爷，这是不是《龟伏图》的真本？”中年汉子得意地一笑，显然将李秀树的反应尽数收在眼底。

李秀树仔细地审视着绢书的纸质，又翻看了其中的一页，这才恋恋不舍地将绢书合上，道：“不错，这的确是《龟伏图》的真本，当年就是为了它，本王与西域龟宗不知打了多少场血战，最终还是没有找到它的下落，想不到它竟然落到了你们大王的手里。”

“这就叫机缘巧合，也是王爷命中应该得到这件宝物。”中年汉子微笑而道。

他当然知道这《龟伏图》对李秀树的重要性——数百年前，龟宗一门得以称霸江湖，在很大程度上应该归功于《龟伏图》，这《龟伏图》共有上下两册，里面所记载的是龟宗一门六大绝技，既有练气法门，亦有招式图解。曾有人言：“谁能得到《龟伏图》中的六大绝技，虽不敢说无敌于天下，但江湖之上，未必有几人可以与之争锋。”

百年前，龟宗出了两个绝世武者，由于他们的心境不同，生存环境也不同，致使他们在对《龟伏图》的理解上出现了极大的分岐，一怒之下，两人各持一册《龟伏图》，创立了西域、北域两大龟宗。自此之后，龟宗分裂，各成一派，渐渐没落于江湖。

当李秀树执掌北域龟宗之后，一直野心勃勃，希望能在自己的手中重现当年龟宗叱咤天下的盛景。所以，他绞尽心计，就是想得到西域龟宗持有的那册《龟伏图》。这数十年来，他曾经明抢暗偷，甚至不惜与西域龟宗血战，但最终却只落个两手空空。原以为自己今生再也无缘西域龟宗所持的那册《龟伏图》了，谁曾想到踏破铁鞋无觅处，得来全不费功夫，就在他已经死心的情况下，有人竟把它送上门来，这实在让李秀树有一种天上掉下馅饼来的惊喜。

惊喜之余，李秀树不由问道："这《龟伏图》一直为西域龟宗所有，你们大王又怎会得到它呢？"

中年汉子道："王爷应该听说过城阳一役吧，就在那一役中，西域龟宗的掌门为我大王所杀，此物便是来自于他的身上。"

李秀树不由惊奇道："西域龟宗一向不涉及世事，只是偏居一方，他又怎会到了军中效力？"

中年汉子道："他若不在田横军中，此物又怎会最终落到王爷手中？看来一切都由天定，王爷还是笑纳吧！"

李秀树将《龟伏图》小心翼翼地收入怀中，脸上渐渐露出了一丝笑容，客气地道："使臣大人，请喝茶！"

中年汉子矜持地道："有了这《龟伏图》，王爷应该相信我们大王的诚意了吧？"

"你说什么？"李秀树笑了起来，"什么《龟伏图》，本王可不知你到底想说什么。"

此言一出，那中年汉子的脸色骤变，惊道："王爷，你这是什么意思？"

"没什么意思。"李秀树淡淡而道，"你错了！你们的大王也错了！《龟伏图》对我是很重要，但我不能因此出卖我的国家与民族的利益，我首先是高丽国亲王李秀树，然后才是北域龟宗的宗主，我一向将自己的这两重身份分得很清楚。"

这样的结果显然让中年汉子瞠目结舌，闷了好半晌，这才似乎理到了一个头绪，道："如果王爷真的是为了高丽国的利益，就应该与我们大王合作，而不是与韩信联手！"

李秀树冷然道："你说得很对，如果我们高丽国与你们大王联手，的确有不小的成功机率。但是，当你了解了我们高丽国真正的战略意图时，就会发现，项羽绝不是我们要选择的最佳人选了！”

中年汉子感到万分不解，道：“倒要请教！”

李秀树的眼中闪出一丝异彩，精神为之一振，道：“高丽是一个偏安一隅的小国，土地不广，人口不多，是以它从来就没有想过要兼并他国，成为一个大一统的国家，即使面临大秦灭亡、诸侯并起的乱世，它也没有这个野心，只想自保而已。这看上去有些怯懦，也有些保守，却是真正的小国立国之道。”

李秀树的言论显然是中年汉子第一次听说，不仅新奇，而且令人难以理解。其实，这并不是中年汉子太过无知，而是两人所处的国度不同，文化背景也不同，是以他对李秀树的思想难以理解。

古往今来，大国的立国之道，是有侵略性的扩张；而小国的立国之道，是抱着中庸思想的守本固元。高丽国这一代的国王无疑是一个拥有大智慧的君主，也就是说，当大秦灭亡之后，高丽国的安危就系在了项羽、刘邦、韩信三人的身上，这三人中的任何一个夺得天下之后，都将决定高丽最终的命运。

高丽国王当然不甘心听天由命，更不想让自己国家的命运掌握在别人的手中。所以，他决定主动出击，襄助这三人之一争夺天下。事成之后，就算这个人不能成为自己的傀儡，他也不至于忘恩负义，转过头来吞并高丽。

当然，这个计划完全是在绝密之中进行的，即使事情不成，也不至于连累高丽，至于为什么高丽国王最终选择了韩信，这是因为，在项羽、刘邦、韩信三人之间，韩信的实力最弱。

中年汉子感到十分奇怪，不禁问道：“你能给我一个理由吗？”

“其实这是一个很简单的道理，就像一个大人和一个小孩打架，你若帮这个大人去打小孩，最终即使赢了他也不会领你的情，因为这叫作锦上添花；如果你去帮这个小孩打大人，那么一旦赢了，这个小孩必然会感激不尽，因为这叫雪中送炭。所以，我们高丽国根本不可能与你们大王联手，你送来的《龟伏图》，我也只能笑纳了。”李秀树哈哈大笑起来，笑声中已显露出一股似有若无的杀机，顿让中年汉子感到不寒而栗。

“你想杀我?!”中年汉子厉声喝道，伸手便欲拔剑，却感到头上一晕，身子软瘫在地，竟然当场立毙。

“我这叫灭口！”李秀树冷然一笑，正要吩咐属下将尸体拖去处理，却听得窗外有人鼓掌道：“本侯今日前来，真是不虚此行，从今日起，本侯可以放心地与王爷联手，争夺天下了！”

李秀树心生凛然，回头看时，却见韩信孤身一人正立于窗前，如幽灵般显得几分神秘。

李秀树不由骇然，直到这时，他才发现韩信的武功之高，远远超出了自己的想象，且不说他逼近数丈之内自己竟全然不觉，而能在光天化日之下闯过花园，就证明了其非凡的实力，这不得不让李秀树的心里生出一丝惊惧。

“原来是侯爷来了，也不让人通报一声，老夫也好出门相迎。”李秀树哈哈一笑，掩饰住自己心中的不安，将之迎到座前坐下。

“若真是这样，本侯就看不到这场好戏了，那岂不遗憾?”韩信淡淡一笑，伸手去端桌上的茶杯。

李秀树一手拦下，道：“这茶喝不得。”

“他莫非就是死在这杯茶上?”韩信看了一眼中年汉子的尸体，丝毫不显半点惊讶。

“这不过是雕虫小技罢了，对付这种人，老夫从不用剑，免得污了我的利器！”李秀树笑了笑。

“王爷的剑术高明，当然不愿与这种无名小卒缠斗。”韩信微微一笑，“其实，本侯很佩服他，虽然他的武功不行，胆量却不错，敢于孤身犯险，像这样的人，这个年头已不多见。”

第一百一十章　必杀之心

李秀树是一个聪明人，当然不会认为韩信的出现是一个巧合，当下寒暄几句之后，突然问道：“侯爷今日登门，绝不会是毫无理由吧？”

“难道非要有事，本侯才能来见王爷吗？”韩信淡淡一笑，神情闲适。

李秀树看了韩信一眼，尴尬一笑：“当然不是，若真是那样的话，你我之间就太生分了。”

韩信缓缓地站了起来，双手背负，仿佛在观望着窗外的风景，淡淡而道：“如果你我之间真的要想不生分，王爷就应该将项羽派来使臣一事告知于我，而不是擅作主张，将之处死。”

李秀树心中一惊，道：“侯爷误会了，老夫之所以要如此做，无非是不想节外生枝，如今天下形势混乱，外面流言纷纷，老夫不想因为这件事而影响到我们之间最终的合作。”

韩信似笑非笑道：“如此说来，倒是本侯曲解了王爷的良苦用心了。”

李秀树一脸肃然，道：“不管侯爷持什么态度，老夫与高丽国支持侯爷的决心不变，可供大军半月之需的粮草兵器正从海上运来，估计就在三日之内运抵淮阴。”

“这么说来，本侯还应该多谢王爷才对。”韩信的脸上露出一丝惊喜，双手一拱，便要作个长揖。

李秀树赶忙趋前一步，伸手来拦。

就在这时，韩信的双手陡然一翻，一把搭住李秀树手腕上的气脉，其力道之大，令李秀树的双臂一振之下，有发麻之感。

如此迅疾的速度，再加上精确无比的手法，让李秀树脸色骤变，惊道：“你，你……”

“我什么？本侯只不过是想和你比试一下。”韩信微微一笑，“久仰王爷是北域第一高手，本侯早有心领教领教，今日适逢其会，何不成全了本侯这个心愿？”

他的脸上殊无恶意，更无杀机，李秀树只当是韩信年轻气盛的冲动之举，顿时松了一口气，道：“侯爷有此雅兴，老夫自当奉陪。”

他的话音未落，整个手腕突然一软，如无骨的泥鳅脱出韩信的手掌，似乎可以任意改变形体般滑溜。

韩信吃了一惊，叫声：“好手段！”步履随着手形跟进，重新套在了李秀树的手腕上。

如果对方不是韩信，如果这不是仅限于切磋武功的较量，李秀树至少有三种手法可以脱出韩信手掌的控制，不过这三种手法太过阴辣，只能用于实战，而不适宜用在这种场合下，是以李秀树只是微微笑了一下，道：“侯爷赢了！”

“不错，我赢了！”韩信也抱以同样的微笑，但这笑意中，分明暗藏了凌厉的杀机。

李秀树只感到从韩信的手中传过来一股疯狂的劲气，若一团熊熊燃烧的火焰，顺着自己手上的经脉而上，竟令自己在刹那之间没有一丝抗拒之力。韩信的两只肉掌，浑如精钢所铸，若镣铐般死死地锁在自己的手腕之上，再也无法挣脱。

李秀树的第一反应就是惊惧，那种如洪流而至的惊惧迅即吞没了他的整个思维。但对他来说，这还不是最可怕的，真正可怕的是在他的背后，突然多出了一道杀气。

直到这时，他才明白过来，这是一个杀局，一个韩信早已安排好的杀局。韩信对他已是存有必杀之心，虽然他不明白韩信为什么要这样做，但是他却明白，自己已经没有任何机会。

惊人的杀气，几乎是从一个不可思议的角度蹿出，以最迅猛的方式，直接插入了李秀树的背心，李秀树不觉得痛，只感到有些冷，那利刃的冷硬让他感觉到如严冬般的寒意……

“我不明白，你为什么要这样做?”李秀树只感到自己身上的血正一点一点地凝固，望着韩信那几乎近在咫尺的脸，他的眼中全是疑惑。

“如果我是韩信，我也想不出有什么理由要这么做。”韩信说了一句非常奇怪的话，让李秀树不由自主地瞪大了眼睛。

“难道你不是?”

“当然不是。”韩信的手轻轻地往脸上一抹，出现在李秀树眼前的，已是另外一张脸。

“你，你，你是……”李秀树没有说完这最后一句话，不是不想，而是不能！当他终于想到了眼前的人是谁时，那锋锐的刃锋已经无情地刺入了他的心脏。

“不错，我就是纪空手!”纪空手望着犹未瞑目的李秀树，轻轻地替他说完了他要说的话。

谁也不会想到，堂堂的高丽国亲王、北域龟宗的一代宗主竟然就这样死了，死时居然没有一点还手之力。

这看上去的确不可思议，即使是龙赓、阿方卓，要不是他们亲眼目睹，也绝不会相信这是一个事实。

但对纪空手来说，没有什么事情是不可能发生的，关键在于要有这个自信，再加上智慧与努力。

纪空手之所以敢以策划这样一个杀局，是因为他明白，韩信有一个替身，当韩信不在淮阴时，这个替身就会代替韩信出现在淮阴城中。

同时他也清楚，既然作为替身，这个人通常都会减少自己在人前暴露，即使自己易容成韩信，也不会轻易穿帮。

如此一来，当自己以韩信的面目出现在李秀树面前时，纪空手相信李秀树一时之间绝对难辨真假。

只要李秀树把自己当作韩信，那么，这个杀局就至少成功了一半，而另外的一半，则是如何才能顺利地通过花园，进入天上阁找到李秀树。

花园中的戒备非常森严，既然是飞鸟难渡，那么无论纪空手他们使用怎样的手段，都不可能逃过那一百七十二名高手的耳目捕捉。在这种情况下，纪空手选择了一个最简单的方式，就是大摇大摆地在众目睽睽这下通过花园，直入天上阁。

这样的方式无疑十分有效，虽然简单，却是想别人所未想，更是那一百七十二名高手做梦都没有想到的事情，所以，纪空手成功了。

但是，纪空手要想从这花园之中全身而退，依然是一个难题，至少在这个时候是如此。

龙赓与阿方卓一左一右，护住纪空手从容向前，他们穿行于花树池水之间，看似悠然闲适，其实已将全身功力提聚，全神贯注着周边数丈范围内的一切动静。

一切看上去都是那么地顺利，丝毫不见任何杀机，眼看纪空手三人即将穿过最后一道长廊时，突然，一声尖锐的哨响自天上阁方向传来，两长一短，显得十分急促有力。

纪空手的眉锋一紧，脸色陡然变得异常冷峻。同时，他的眼中闪现出一丝异彩，犹如荒原中的野狼遇上危机时所表现出的那种特有的敏锐与机警。

哨声不足以让他的脸失色而惊，他之所以变得如此冷峻，是看到了一把刀，一把绽现于花树之间的快刀！

刀，极为普通，属于那种在大街上的兵器铺里随时可拾的刀，但刀的主人却绝不平凡！刀从花树中绽现，那凌厉的刀气已将花树的枝叶割裂成粉，随风而落，尽现肃杀。

随着这把刀而来的，还有一柄剑、两杆钩镰枪、三杆长矛，它们错落有致，以一种极有规律的变向构筑起一个绝不寻常的杀阵。

纪空手没有犹豫，以最快的速度挤入了这杀阵的中心，而龙赓与阿方卓人剑合一，若两道凛冽的秋风旋动，紧跟其后。

纪空手心里清楚，在这种情况下，最重要的就是赢得时间，在敌人尚没有完成合围之前先发制人，所谓狭路相逢勇者胜，唯有凭着这一股气势，才是他们得以全身而退的保证。

他的手中用的是剑，而不是刀，因为韩信用的是剑，纪空手并不想因此而露了马脚，既然他设下的是借刀杀人之计，那么这刺杀李秀树的罪名他是一定要栽赃到韩信身上的，否则他所做的这一切也就失去了应有的意义。

在纪空手的眼中，其实无论是用剑，还是用刀，区别并不是太大，他心中既然无刀，那么任何兵刃到了他的手中，可以是刀，也可以什么都不是。

但在敌人的眼中，他们看到了刀，更感受到了那无可匹御的强大刀气。当纪空手挥手斜劈的刹那，他们分明看到了一束强光，挟带一股非常强烈的毁灭气息，飞泻而至。

刀断，剑碎，枪矛俱裂，虚空中爆出阵阵金属脆响，让每一个人不由自主地发出阵阵心悸之音，就仿佛他们手中拿的不是刀，亦不是剑，只是一段段不堪一击的朽木，根本挡不住纪空手横扫过来的那如刃锋般的杀气。

“轰……”劲气横流，竟然冲垮了长廊上的一段砖墙，空气虽充斥着乱的喧嚣，更夹杂着几条飞跌而出的身影。

纪空手的剑依然直进，整个人更如游龙般快速向前移动，所过之处，不时蹿出几缕暗伏的杀气，却丝毫不能阻挡他前进的脚步。

他出手绝不留情，因为，这一百七十二名高手的存在是一个威胁，将会对韩信的生死造成一定的威胁。这些人无疑都是忠于李秀树的死士，李秀树的死必将会引起他们对韩信疯狂的报复，而这不是纪空手此次淮阴之行的真正目的，他当然不想看到这样的结果。

击杀李秀树，是为了逼韩信就范，从而让他死心塌地为大汉朝效命。没有了高丽国的支持，韩信出兵就将是势在必行，同时带动起周殷、英布两路人马，对西楚军的后方形成一定的威胁。这样一来，不仅形势对大汉有利，也达到了纪空手与张良战前制订的战略目的。

所以，纪空手的出手带着一种疯狂的毁灭，一招一式都有必杀之势，遇者立毙。当他们穿过长廊之时，身后竟留下数十具尸体，血肉模糊，犹如肉酱一般，这美丽的花园变得浑似屠宰场，让人触目惊心。

如此残酷的杀戮，已足以摧毁很多人必战的信心。这些人中也有人曾经历过不少的恶战与血战，但是，面对纪空手三人出手之快，下手之准，而且那种视杀人如草芥的无情，他们的心里还是出现了胆怯与惊心。

这也正是纪空手心中所希望的，当他们冲到花园最后一道高墙下时，十丈范围之内，已不闻任何杀机。

纪空手并不是一个嗜杀之人，在没有理由的情况下，他更想成为一个向佛者，所以，他没有回头，更没有留恋，而是腾身而起，向高墙掠去。

"嗖……"就在这时，劲箭却破空而出，若飞蝗般扑至，仿佛从四面八方突然下起了一阵箭雨。

劲箭之多，极为骇人，挟带漫天的风云，笼罩于高墙上的整个虚空。

目标，就只有一个，那就是纪空手！

因为并不是所有的人都可以在空中借力，更何况此时的纪空手没有任何的防备，单从这一点看，这些弓箭手就不同凡响，深谙杀人之道，懂得在什么情况下发出致命一击。

纪空手的身形依然优雅，仿若在虚空中漫步，显得镇定而从容。当弦响时，他只笑了一笑，然后双手在胸前划出了一个圆弧。

经过了蜕变重生的补天石异力已经成为了纪空手身体的一分子，甚至融入了他的意念之中。是以，当他的意念一动时，双手蓦生劲风，构成一个充满着巨大吸力的涵洞，顿时将自己所置身的虚空中的气流吸纳抽干，包括那飞蝗般的劲箭与漫天的尘土。

所有的人都吃了一惊，几乎不敢相信自己的眼睛，他们所看到的纪空手，仿佛已不是人，而是御空乘风的神仙，逍遥而飘逸，在悠然中演绎出一种力量的美感。劲箭所向，不是射向纪空手，而是如一堆铁屑般粘在磁铁上，环绕于那道圆弧的四周，乍眼看去，就像是一朵凭空绽放的鲜花。

不过，这种美丽的图案存留在人们视线范围只是一刹那的时间，随着一声爆响，劲箭以更有力的势头向四方激射而回。

“呀……”惊呼声、惨叫声以及空气被割裂的声响充斥了整个虚空，浓浓的血腥随风飘散，窒息的压力仿佛成了花园中最基本的一个基调。

纪空手缓缓地飘落在高墙之上，回首看了一眼，脸上流露出一丝淡淡的笑意，一缕阳光照在他的身上，在一刹那间，龙赓与阿方卓惊奇地发现，纪空手的身上似乎多出了一道淡淡的光芒，若隐若现，犹如佛光。

纪空手赶赴淮阴的同时，楚汉相持的局面还在继续。大汉军在张良的亲自主持下，将广武、成皋一线的防御进行了针对性的加强，使之更加坚固，仿似固若金汤一般。

在张良这种军事大家的面前，一向战无不胜的项羽也感到了一种无奈。他不得不承认，大汉军并非如他想象中的不堪一击，无论是军队的士气，还是指挥调度，都超出了他的想象，较之以往那些被自己所征服的军队，大汉军明显要强大得多，完全可以称得上是一支劲旅。

虽然在荥阳一役中西楚军获得了胜利，并且尽歼汉军两万余人，但是从战略大局上看，由于大汉军主力成功突围，而且获得了充足的休整时间，是以那一役究竟对谁的未来走势更为有利，其实难有定论。项羽的心里非常清楚，像广武这种相持不下的战局，并不是西楚军所擅长的，一旦这种局面不能打破，对自己手下将士的信心是一个不小的打击。

无奈之下，项羽选择了一种激将法，就是派人到汉军阵前传话：“大秦灭亡之后，天下本应太平，可是因为我们两人的缘故，使得战火不断，扰攘不安，本王心有不忍，愿意单枪匹马与你一决雌雄，以定夺天下！”

此时纪空手人在淮阴未归，张良是何等聪明之人，一眼就识破了项羽此举的用意，笑着拒绝道：“我家大王宁愿斗智，不愿斗力，在他看来，那不过是逞一时之气，玩匹夫之勇，乃市井小人的行径。我家大王既然志在天下，自然不屑为之，所以这单挑之约，恕难从命！”

项羽闻言大怒，率领大军数度攻城，可惜都是无功而返，只得派出上百名能言善辩的士兵站到汉军阵前骂阵。这种挑战的方式虽然老土而愚笨，但在历朝历代不乏有成功的范例，项羽在苦于无计之下，也只能事急从权了。

一连骂阵了三天，大汉军的阵营没有一点反应，就在项羽感到彷徨之时，一名小校来报：“启禀大王，汉军中有人突施冷箭，致使骂阵的将士折损了大半，若非项庄将军见机得快，率一队人马冲杀过去，只怕没有人能够得以生还。”

项羽心中一动，道：“项庄何在？”

“正在营门恭候！”小校答道。

“速速召来！”项羽似乎有了主意，大声道。

小校退出不久，一名年青将领进入营帐，长得极是剽悍有型，眉宇间寒光闪烁，显得十分精明干练。此人正是项府十三家将之一的项庄，作战骁勇，又善谋略，极受项羽器重。

“末将参见大王！”项庄一脸肃然，拱手见礼道。

项羽“嗯”了一声，算是还礼，然后示意项庄坐下，询问了几句军情之后，突然话锋一转道：“本王好像记得你进入项府之前，曾跟睢阳的土木大师公输先生学艺七年，不知是否确有此事？”

“大王记性真好。”项庄怔了一怔，不明白项羽为何想到这件事，恭身答道，“末将的确跟着公输先生学艺七年，然后才进入项府学习带兵之道，现在想来，那七年光阴竟然是白白荒废了，所学的东西与行军打仗全不搭界。”

项羽却摇了摇头：“只怕未必，说不定今日广武一战，就是你大显身手的时候了！”

项庄道：“末将虽然不明白大王的深意，但只要是大王差遣，末将必尽全力，以报效当年项家对末将的知遇之恩！”

项羽深深地看了他一眼，沉吟半晌，这才缓缓而道：“你能这么想，也不枉了我项家这十年来对你的栽培之功。今日广武一战，相持不下，进退两难，倘若继续下去，不仅大军的军需粮草消耗极巨，而且对大军的士气也有所损伤。是以，我们必须另辟蹊径，以求速战速决，于是本王就想到了你。”

项庄听得一头雾水，惊奇道：“不知末将有何能耐能为大王分忧？”

“你休要看轻了自己。”项羽微微一笑，“昔日孟尝君门下的鸡鸣狗盗之徒尚且立下奇功，你身为公输先生的亲传弟子，岂能被鸡鸣狗盗之徒比下去？”

项庄的眼中顿时闪出一道异彩，似有所悟：“大王莫非是想从地底下进兵攻汉？”

“聪明！”项羽笑了起来，“你难道不认为本王这个计划可以出奇制胜吗？”

项庄显得并没有那么兴奋，寻思片刻方道：“这些日子来，末将也曾想过以挖掘地道的方式靠近汉营，所以对广武一带的地势地形作过比较详细的勘探，只是得出的结论并不乐观，才没有向大王提出这样的计划。”

“哦？”项羽的眉头紧紧皱在了一起，以一种疑惑的目光望向项庄，“接着说！”

项庄正色道：“从广武的土质来看，非常适宜挖掘地道，但是，由于汉军中有高人精于此道，事先在地下做了手脚，我们再想从地底下打主意，就显得十分困难了。”

“高人？你说的是？”项羽道。

“不错！”项庄一脸肃然，“从我军大营到广武城中，不过只有五里之距，如果末将手中有一万人可供差遣，那么只需半月时间，就可以开通这条地道。然而，陈平显然意识到了我们会以这样的手段进攻广武，所以在这五里长的地下，人为设置了三处防范的地段，一旦我们挖掘地道，就很容易被他们察觉到真正意图，非但不能收到出其不意的效果，反而容易为敌所乘。”

项羽惊奇道：“你说陈平设置了三道防线，何以本王却没有发觉呢？”

项庄道：“大王请随末将前往阵前，末将当为大王解此疑惑。”

当下两人在一队护卫的簇拥下，来到两军之间的一座高地。从这里向汉军所驻的广武城望去，但见旌旗飘扬，阵营严实，一队一队如蚁虫大小的军士纵横于军营之中，显得井井有条，十分严谨。

“当今天下，敢于和西楚军一较高下的也唯有这支军队了!”项羽眺望良久，轻叹一声，“当年鸿门之时，本王因为一念之差而放走刘邦，现在想来，实在是纵虎归山，可惜的是世上没有后悔药可买，否则本王还真想买上一些，唉……”

这是项庄第一次看到项羽后悔的样子，在他的记忆中，项羽是强大的，也是自信的，所作出的每一个决断都非常正确，这一点可以从项羽多年不败的战绩中得到印证，尽管汉军在宁秦终结了项羽不败的神话，但在项庄的心中，项羽依然是他最恭敬的一个人物，甚至是一代不朽的战神。

能够得到项羽如此评价，那么至少证明了大汉军在其心中已经占据了一席之地。在项羽多年的征战生涯中，几乎没有他不能突破的防线，没有他不能攻下的城池，但在广武，他创下了自己生平的许多第一次记录。

只是这些绝不是光彩的记录，让项羽难以启齿，同时也让他意识到，自己终于遇上了真正的劲敌。

韩信赶回淮阴时，心里之沮丧几乎达到了极点。

他原以为此次凤舞山庄之行应该有一定的把握，所以，他不顾军情紧急，依然率领一众高手火速赶往凤舞山庄，其行动非常隐秘，而且迅速，但当他再一次来到凤舞山庄时，却失望了。

为了将凤影解救出来，韩信不惜任何代价，几次孤掷一注，最终却都无功而返，这让他感到自己身心疲累，精神上几乎达到了崩溃的边缘。他也曾想到过放弃，放弃凤影这个女人，放弃自己的这段感情，可是他只要一闭上眼睛，凤影的笑靥就会出现在他的脑海中，挥之不去。

“这莫非是一段情孽？否则自己怎会身陷其中，不能自拔？”韩信在心中问着自己，似乎也无法明白自己何以如此看重这段感情。他只是感到只有在思念凤影的时候，心里才不会空虚，更不会寂寞，有一种非常充实的感觉流淌心头。

当他回到淮阴侯府时，一个更坏的消息正等着他，李秀树死了！身为高丽亲王的李秀树竟然死在了戒备森严的花园之中！这对希望仰仗高丽王国的人力物力以争霸天下的韩信来说，无异于是一个晴天霹雳！

而更让韩信感到震惊的是，此时市井中正流传着一种谣言，说击杀李秀树的凶手正是自己！而且许多人亲眼目睹自己杀人之后从容离开了花园，其中包括李秀树所属的一些高手。

韩信很快就意识到自己已陷入敌人精心策划的一个阴谋之中，敌人显然清楚自己心理上的弱点，利用凤影将自己调离淮阴，然后再装扮成自己击杀李秀树。这样做的目的就只有一个，那便是彻底将自己与高丽王国的联系割断，使得淮阴军成为一支名符其实的孤军。

不管敌人是谁，不管谁会从中受益，韩信心里都十分清楚，李秀树一死，自己已经没有任何退路，唯有将宝押在刘邦的身上，然后按照约定，挥师北上。

这个决定对韩信来说，未必就是一个太坏的选择，其实早在一年前汉军从武关出兵，开始东征之时，韩信就敏锐地感到这是自己扩张势力的机会。当刘邦与项羽在中原一带展开血战的同时，自己正可趁虚而入，将齐赵两国的大片土地占为己有，从而为鼎立天下建立起良好的基础。

然而当时的齐王田广与高丽王国一向交好，在李秀树看来，淮阴军北上不仅是自相残杀，更是有百弊而无一利，是以在他的劝阻之下，韩信只是率部在齐赵边境上游荡了一下，然后回师淮阴，按兵不动。此时李秀树一死，韩信再无顾忌，于是决定立即出兵，攻打齐赵。

其时淮阴军拥有四十万兵力，是仅次于西楚军、大汉军之后的又一股力量。在韩信的指挥下，淮阴军一路疾行，长途奔涉，只用了半月时间便攻占了齐赵两国的大片土地，当真是势如破竹。与此同时，周殷、英布两路人马见韩信已经出兵，自然也不甘人后，纷纷按着会盟时约定的路线向西楚直进。

“大王看见那几座高台了吗？”项庄指着广武城墙上以巨木搭就的高台，问道。

项羽点了点头，道：“这莫非就是陈平布下的防范手段中的一种？”

项庄道："这种高台叫作瞭望台，设专人二十四个时辰在上面观望，一是为了观察我军动向，二是观察我军大营是否有新土堆集。挖掘地道最关键的一点，就是要将地道中新掘出的废土及时运送到地面，这些废土数量极大，不易隐蔽，敌人往往可以通过瞭望的方式了解到我军挖掘地道的进度。"

项羽沉思半晌，道："要破解这种手段并不难，既然是瞭望台，就必须得视野开阔，而我们完全可以通过黑夜的这个时间将废土运送到敌人瞭望不到的地方，甚至还可以闹事迷惑敌人。"

项庄以一种佩服的目光望向项羽，拍掌道："大王所想，的确是上佳的破解之道，末将甚是佩服。只是除了瞭望台之外，陈平在广武一线尚开挖了深渠，然后引入活水，这同样可以让我们无功而返！"

项羽虽然没有学过土木，却懂得挖掘地道最怕的就是遇上水源。一旦引起活水倒灌，不仅地道难保，就连地道中的人亦是死路一条。思及此处，他不由得眉头紧皱。

"不过，这看上去虽然是个难题，但在末将看来，却依然还有化解的办法。"项庄似乎显得胸有成竹，指着广武城下的一片新土道，"那些新土显然是为了加深沟渠才挖掘出来的泥土，从数量上估算，沟渠至少加深了两丈有余，但我们的地道挖到此处时，可以深至四丈以下，避过沟渠，从水下过去，自然就可以化解这道难题了。"

"不错！"项羽的脸上显得有几分兴奋，眼中却又闪出几分疑惑，他弄不明白既然破解对方的手段已经有了，何以项庄还是认为挖掘地道行不通呢？

项庄的脸上不喜反忧，神情显得更加凝重："但末将所担心的，是无法破解陈平所用的第三种手段，那就是埋瓮听音！"

"埋瓮听音？"项羽吃了一惊，似乎还是头一遭听说这样的名词。

"埋瓮听音是防范对方挖掘地道的一种非常有效的办法，首先确定对方有可能挖掘地道的线路，然后在沿途深挖数丈左右的涵洞，埋下瓦瓮，派人在里面倾听动静，这样一来，一旦地底下有什么动静，在十丈之内便可以听得一清二楚。末将之所以不赞同挖掘地道，就是因为无法破解对方的这招埋瓮听音。”项庄的脸上流露出一丝苦涩的笑，缓缓而道。

项羽没有说话，只是冷冷地望向前方。听完了项庄的分析，心中不由有些失望，他一直寄希望于从地下给广武的汉军攻个措手不及，但项庄的话无疑让他这个希望落空了。

看来，两军相持不下的局面还将继续下去，而这种局面又正是项羽所不愿意看到的。虽然这几个月来，他率领数十万西楚军在广武前线，但他最担心的还是在自己西楚的后方兵力空虚，一旦韩信等各路诸侯趁机发难，那么形势就将变得岌岌可危了。

这种担心并非多余，事实让刘邦与韩信、彭越、周殷、英布等各路诸侯结盟的消息，早在宁秦时就被项羽获悉了，最初之时，项羽并没有将之太放在心上，而是认为以大汉军的战斗力根本挡不住自己的雷霆一击，只要灭了刘邦之后，余者自然不足为惧。可是随着战事的深入，项羽这才发现，自己在战略上还是犯了一个错误，根本就不应该与刘邦在广武相持，而是应该先破其他弱小的诸侯，再与刘邦进行决战，这才合乎战争应有的规则。

担心固然担心，但让项羽感到奇怪的是，自楚汉战争爆发以来，除了彭越一部在自己的后方进行不间断的骚扰之外，其他几路与汉军结盟的诸侯居然毫无动作，虽然项羽不明白这是怎么回事，但对他来说，这算是一个利好的消息。

“咚……咚……”一阵战鼓响起，将项羽从沉思中惊醒。

“怎么回事?”项羽吃了一惊。

“到了骂阵的时辰了。”项庄答道，他似乎对骂阵这种老土的形式不以为然，认为这种形式应该出现在市井中，而不应该发生在战场上，毕竟这是战争，不是儿戏。

“有了!”项羽的眼睛陡然一亮，叫了起来。

项庄吓了一跳，抬头望向项羽。

“本王有了破解这埋瓮听音的办法了!”

纪空手一行回到广武，就感觉到阵前异常的热闹，不仅有嘈杂的人声，还有震天连响的战鼓声，他不由心中猛吃一惊："我临行前再三叮嘱，不准任何人出城迎战，究竟是谁敢如此胆大包天，不遵号令?!"

他匆匆上了城楼，看清动静之后，这才放下心来。原来这不是两军交锋的战鼓，而只是敌人为了给骂阵且长声威而击打的响鼓罢了。纪空手自长这么大以来，还是头一遭见到这种情形，不由饶有兴趣地看着，直到张良带着一班将领来到身后，这才回过头来。

"看来，项羽的忍耐已经到了极限，只要我军再坚持十天半月，就可以等到项羽退兵之时了。"纪空手虽然觉得项羽使出这骂阵的形式非常幼稚可笑，但他同时也从这件事情上看到了项羽此刻的心态。

"是的，这种持久战本来就不是项羽所擅长的，他能坚持这么久，已经大大超出了我的预料，我们现在要考虑的，应该是在项羽退兵时将采取什么样的策略。"张良笑了笑，对这种即将到手的胜利充满了信心。

"先生看上去似乎对前景十分乐观?"纪空手却没有笑，只是深深地看了张良一眼。在外人的面前，他总是对张良以先生相称。

"我持这种乐观，并不盲目，如果我所料不差，大王回到广武之时，也正是韩信北上出兵之日。项羽面临两线作战的境况，就不可能再按兵不动，必须要在进退之间作出一个决断，而他一旦选择退兵，对我军来说，无疑是一个最佳的攻击时机。"张良十分自信地道。

纪空手虽然在军事上远不如张良精通，但他对人性深刻的理解又远非张良能比。从目前的形势来看，的确对汉军有利，但汉军面对的敌人是项羽，此人作战经验非常丰富，用兵如神，完全不能以常理揣度，如果己方稍有轻敌的思想，就有可能被他逆转形势。所以，纪空手的脸色并不轻松，只是摇了摇头，道："荥阳一战，我军折损了两万人马，付出如此巨大的代价，让本王懂得了西楚军的强大与项羽的狡猾。所以，即使项羽选择了退兵，我们也不宜贸然进攻，而是应该坚定不移地执行我们既定的战略，拖垮项羽，再与之决一死战!"

张良不置可否，这也是他第一次在军事上与纪空手出现分歧。在他看来，战争的胜负往往取决于双方对战机的把握，水无常势，用兵亦是如此，只有根据战场形势的变化不断调整战略战术，才能最终将优势转为胜势。如果只是墨守成规，一成不变，战机稍纵即逝，就有可能将到手的优势转为劣势，甚至将胜利拱手让人，这当然不是他所想到的结果。

但是，以他对纪空手的了解，纪空手并不是一个固执己见的人，他既然坚持这种看法，必定有其道理，张良很想知道纪空手坚持的理由。

"这不需要理由。"纪空手的脸色显得十分冷峻，眼神中闪出一道异彩，缓缓接着道，"这是我的直觉，对危机将临时出现的一种感应。虽然听上去很玄，但我依靠这种直觉改变了自己不知多少次的命运。"

张良以愕然的目光望向纪空手，感到有些不可思议，这样的理由实在是过于荒诞，如果是从别人的嘴中说出，张良一定会认为说这种话的人肯定脑子有问题，但是此话自纪空手口中说出，就让张良感到了这话中的分量。

纪空手就是纪空手，他能迅速崛起于江湖，继而争霸天下，这是因为他具有一个优秀猎手所应该具备的所有素质。他比猛虎凶悍，比野狼冷酷，比山豹敏锐，比狐狸狡猾，他具有所有动物猛兽都不具备的思想，还有那种可以预判危机的直觉，像这样的一个人，张良没有理由去怀疑他的能力，更没有理由不尊重他的直觉。所以，张良选择了沉默。

纪空手冷冷地望着前方数十丈外所站的那一排骂阵的西楚军士，听着那夹杂在骂声中的隆隆鼓响，眉头皱了一皱："奇怪，真是奇怪。"

张良怔了一怔，道："大王莫非看出了什么异样？"

纪空手道："不是看到，而是听到，先生不妨闭上眼睛倾听一下，就自然会发现其中端倪。"

张良等人闻言无不闭目倾听，可是耳中除了喧闹鼓声，以及此起彼伏的叫骂声外，根本就没有其他的动静。

"你们听到了什么？"纪空手问道。

"鼓声。"张良等人答道。

“你们能否听得清楚这些人叫骂了一些什么?”纪空手接着问道。

众人俱都摇头。

“这就是让本王感到奇怪的地方。”纪空手缓缓而道，“既然是骂阵，那么就应该以人声为主，鼓声为辅，鼓助人威才对，可是我们听到的却是鼓声压过人声，根本听不到对方骂了些什么，这也太过反常了。”

“大王的意思是说，这鼓声其实压根不是为了助威，而是意欲掩盖一些动静?”张良蓦然醒悟。

陈平闻言，不由“哎哟”一声，惊叫道：“难道西楚军在挖掘地道?”

他的话音刚落，猛听身后一声巨响，震得城楼兀自摇晃，纪空手回头一看，只见距城门不远的一条大街上，烟尘弥漫，伴着阵阵呐喊声，显得异常喧嚣。

纪空手脸色一变，明白敌人正源源不断地自地道中蹿出，展开了夺城之战。在这种紧要关头，容不得他有半点犹豫，必须在最短的时间内将地面上的敌人全歼，同时要遏制对方从地道中发动的攻势，一旦有半点迟疑，让敌军站稳脚跟，那广武失守就是迟早的事情。

“樊将军，本王命你在三炷香的时间内全歼敌军，否则提头来见!”纪空手大喝一声，如在城楼上炸响一道惊雷，樊哙浑身一震，飞身跃向城楼，率领一队人马飞扑过去。

“咚咚咚……”便在这时，城下忽传三声炮响，蹄声正疾，呐喊声起，数十万西楚军如洪流掩至，在若蝗雨般的劲箭掩护下，开始邓攻城之举。

敌人来势如此汹汹，速度若惊雷一般，显见是有备而来，数十万人马如同一人行动，更显得训练有素。

他们以劲箭封锁城楼，遏制汉军火力，同时使用了过山梯、翻石车、撞墙木、火霹雳等有效的攻城工具，在瞬息之间攻至城下。

整个行动完全可以用一个“快”字涵括，箭快、人快、马快，一切都在快中进行，大多数汉军将士尚未反应过来，西楚大军已经兵临城下。

无敌之师的风范，在这一刻表现无遗，就连纪空手身后的那一班久经沙场的将领，见之也霍然色变。

面对敌军如此迅猛的气势犹能从容镇定的，是纪空手与张良，当他命令樊哙率部围杀入城之敌时，就时刻关注着城外敌军的动向，神情显得严肃而冷峻。在纪空手的身后，站立着一排号角手，正等待着他发出的指令。

“项羽能够成名，绝非侥幸，单是这用兵之道，世上就少有人及。”纪空手望着张良，一字一句地道。

“大王说得极是!”张良不明白纪空手何以能在大敌当前还聊起这样的话题，怔了一怔。

“可惜的是，他遇上了先生，这就是他的不幸!”纪空手悠然一笑，突然大手一挥，身后的号角声顿时响起。

号角声就是命令，是反击的命令，当号角声尚在空中回荡之时，城楼上喊杀声起，大汉军以更快的速度展开了有效的反击。

大汉军的反击从容而有序，一看就知道是演练了多次之后的结果，用之于实战，显得轻车驾熟。张良当然明白纪空手话中的意思，同时也听出了纪空手话中的感谢之意，因为，他为今天敌人的攻城战作了精心的准备，无论西楚军的攻势有多么的凶猛，都休想在他的手中占得便宜。

大汉军反击的工具既不是刀枪，也不是刀箭，而是城头上支起的上千口大铁锅，里面装满了滚烫的沸水，当号角声响起时，滚烫的沸水自城头上飞淌而下，如倾盆大雨，哗啦啦地浇在正在攻城的西楚将士身上。

“呀……”惨呼声起，哀号连连，城下顿时乱成一团，谁也没有想到，水在这个时候竟然成了最厉害的武器。

与此同时，城头上滚下无数巨石圆木，势头之猛，不可阻挡，许多西楚将士避之不及，要不是被砸肉酱，就是被压成面饼，只恨爹娘少给他生了两条腿，纷纷逃命。

但大汉军的反击并没有因为西楚军的退却而终结，空中蓦响“嗖嗖”之声，无数弩箭穿越虚空，直扑西楚将士的后背，一批又一批的将士为之倒下，一时间惨叫声、哀号声、嚎骂声……不绝于耳，闹得广武城下乱到了极点。

当西楚军退到百步之时，竟然停止了退却，一排旗帜迎前而来，向两边疾分，当中一骑若疾电般冲至前方，马是乌骓宝马，剑是开天巨阙，弓是射天弓，来者正是西楚霸王项羽！

项羽的出现，不仅止住了西楚军如潮水般的败退，同时也鼓舞了将士们几乎消亡殆尽的士气，大军重新整队而立，只不过用了一炷香的时间，又恢复了先前的有序。

当项羽森冷的寒芒缓缓划向城头时，数万大汉军将士竟然无人再敢作声，只是静静地观望着这位乱世的王者，仿佛都在同一时间为项羽霸烈的气势所震慑。在他们的心中，项羽不仅是一个高高在上的王者，更是战争的一代神话。

这一闹一静，使得广武城上静得可怕，就好像是大战还未开始一般，那沉沉的压力存留在每一个人的心中，有一种山雨欲来风满楼的紧张。

风，很轻，如情人的小手，拂过项羽刚毅而冷峻的脸庞，他没有感觉到温情，只感到心中一点点地发寒，眼前的一切都只说明了一个事实：曾经不败的西楚大军，又一次栽在了大汉军的面前。

他觉得不可思议，似乎无法接受这么一个失败的事实，此次行动按照用兵常理，奇、快结合，完全具备了大胜的条件，应该称得上是一个完美的战争范例，可是却在不到一个时辰的时间内，就被敌人打得以完败告终，这对项羽来说，无疑是一个可悲的结果。

第一百一十一章　王者之败

项羽无法找到失败的症结所在，是以心里一片迷茫，甚至在心中不停地问着自己："难道这是天意?"

他不敢深思下去，只是当他的目光移到城下的那一汪犹在冒气的沸水时，这才霍然明白，自己失算了一件事情，而这件事情让自己败得简直无话可说。

以沸水攻敌，这无疑是亘古未有的一个创举。古往今来，以水制敌的范例不胜枚举，但以沸水作为武器，这是第一次。

项羽不得不佩服对手，同时也为自己的失算而懊悔。当他找到了自己失败的原因时，又为如此简单的原因感到不甘心。

就在这时，城头上突然响起一阵若海潮般的欢呼，项羽闻声而望，只见城头上扬起一杆大旗，大旗之下，一个飘逸的身影出现在百万人前，其举止是那般的从容，其神情是那般的镇定，挥手之间，真有一股君临天下的王者风范。

"刘邦!"项羽的眼睛几乎眯成了一条细缝，从缝中逼射出来的寒芒犹如利刃一般穿越虚空，直射向那人的脸上。

那人的脸上没有杀机，有的只是一种胜利者的微笑，这种微笑让项羽有一种似曾相识的感觉，却又想不起来究竟在哪里见过，因为无论项羽的想象力有多么丰富，都想不到眼前的刘邦竟是纪空手所扮。

"好久不见了!故人重逢，却没有故人生逢时的喜悦，实是遗憾。"纪空手淡淡而道，两人虽然相隔百步，但声音中挟带内力，听起来就像近在咫尺。

“这只因为我们是仇敌，天生就注定的仇敌！”项羽深深地吸了一口气，让自己冷静下来。

“到了现在，你一定很后悔，因为你曾经有不少机会可以将我这个天生的仇敌击杀，却最终放弃了。”纪空手明白，此时此刻，虽然两军的战斗已经结束，却是两个王者比拼的开始，这是一场没有硝烟的战争，却远比硝烟弥漫的战争更加残酷。因为，这是一场气势的比拼，它的胜负甚至可以影响到天下未来的走势。

“你的确善解人意。”项羽冷冷一笑，“你更应该明白，我既然有过很多次机会，就一定还会有最后一次机会！到那时，我想我不会放弃！”

“你错了！”纪空手非常自信地道，“你让我想起了一个故事，说有一个佛教徒，总是祈求佛祖保佑他，有一次遇上了水灾之年，他爬上了一棵树，当洪水淹到他的腰间时，从上游漂来一截木头，但他放弃了，因为他坚信佛祖一定会来救他。当洪水淹至他的胸口时，从上游又漂来一个木盆，因为同样的理由他又选择了放弃。当洪水淹至他的颈项时，来了一艘小船，船上的人拉他上去，他不肯，依然坚信佛祖会来救他。就这样，他死了，死后见到佛祖，他很生气，质问佛祖为什么不来救他，佛祖说，‘我给你送来一截木头、一个木盆、一艘小船，你都不要，我又有什么办法呢？’这个故事听起来好笑，但同时也说明了一个道理，那就是机会一失，永不再来！”

“我一定会记住你这个故事的。”项羽的目光如炬，冷冷地盯在了纪空手的脸上。

自鸿门一别之后，项羽与纪空手在南郑还有一次照面，在那次刺杀中，项羽只是象征性地出了一下手，其意就在于迷惑对手，让纪空手以为自己精心策划的刺杀已经结束了，却让真正的拳圣、棍圣、腿圣藏于暗处，伺机而动。

这个计划扣中有扣，结构严谨，同时也透出了项羽的远见卓识。他当然不认为仅凭自己与西楚三圣的力量就可以在众目睽睽之下将刘邦击杀，所以，他一逃离南郑，就在等待西楚三圣的消息。

只是他最终都没有等到西楚三圣得手的消息，也从此不知西楚三圣的下落，虽然他弄不清楚西楚三圣是否等到了机会，但刘邦一直好好地活着，这是一个不争的事实。

他的确很后悔，后悔自己没有在鸿门时一剑击杀刘邦。此时眼前的这个刘邦，不再对自己有任何谦恭之相，脸上带着一丝淡淡的微笑，仿佛有一种观花赏月般的从容，他的身上没有透发出一丝杀意，但项羽却感到了那种无处不在的压力。

能让项羽感到压迫感的人，在这个世绝不会超过七个，纪空手当然名列其中。其实，当纪空手站到项羽面前时，他的确有过与之一战的冲动，毕竟在号称“天下第一高手”的项羽面前，任何武者都会生出一较高下的想法。

齐赵两国作为西楚的属国，拥有自己的军队，总兵力达二十万之众，齐王田广是项羽打败田横之后另立的新君，按理说他对项羽应该是忠心耿耿，然而，今日他突然接到了一封信函，让他的心里顿时产生出另外的想法。

信函来自于韩信，而今天正是韩信北上的第十天，齐国的大片土地已经被江淮军占领，田广率领二十万大军龟缩于黄河以北的一段狭窄的空间，正凭借着地势之利企图负隅顽抗到底。

在这种形势之下，韩信在信函之中分析了天下大势，陈说利害关系，游说田广反叛楚国，与之订立和约，以期共同攻打项羽。田广读完信函后，心里着实矛盾，彷徨无计之下，召集手下的群臣商议。

但这种朝会并没有收到很好的效果，反而让田广更加拿不定主意。群臣之中分成两大流派，一派支持田广忠于楚国，不要贸然行事；另一派则支持田广反叛楚国，与韩信联手伐楚。这两派各有各的理由，说起来都是振振有词，这让田广一时之间难下决断。

就在这时，周殷、英布率部攻楚的消息传来，终于让田广心生反叛之意，他决心率领二十万大军出城相迎韩信。

这个决心未免有些唐突，但田广认为，唯有如此，才能显示自己的诚意，所以他不顾一干臣子的反对，出城十里，静候韩信大军的来临。

他没有空等，等到的是韩信无情的杀戮！韩信所率的江淮军首先截断了田广入城的路线，然后以迅雷不及掩耳之势，将田广的二十万大军围而歼之。

这是一场没有悬念的战争，不仅实力悬殊，在士气上也有天壤之别，加上田广事先没有任何的准备，使得齐国军队根本无法与江淮军抗衡，最终田广只带出了万余人败走高丽，韩信由此征占了齐国全境，势头一时无二。

静，静至落针可闻！楚汉两军上百万人的目光几乎聚焦一点，而焦点就是遥遥相对的项羽与纪空手。

这是两个今生注定会成为宿命之敌的人物，就像两颗运行于苍穹极处的星辰，绚烂而美丽，而他们所拥有的运行轨迹也注定了他们会碰撞到一起，磨擦出激情四射的火花。两人手中掌握的权力，让他们代表了各自一方的极巅，为了争取更大的权力，他们注定会在今生成为宿命之敌。

两道森冷的目光，无声地穿梭于虚空中，在碰撞中擦出道道有形的电火，杀气在虚空中弥漫，杀机在无声中酝酿，两者之间，虽然相隔百步之遥，但他们似乎可以相互听到对方的呼吸与心跳。

压力若山岳推移，给这段空间注满了窒息般的杀意。

“我不仅会记住你的这个故事，更记得你曾经说过的话。”项羽面对这种强力的气势，并没有感到十分的紧张，而是淡淡地笑了起来。

“我说过什么话，竟然会让你如此刻骨铭心？”纪空手也笑了，他已看出项羽不甘心今天的失败。

“当年你我遵怀王之命，各领一支军队攻打关中，你曾言，你之所以揭竿起义，是为了天下百姓。”项羽冷然一笑。

“不错！我的确是说过这样的话，也正是这样去做的。今日我以扶持正义的军队联合诸侯讨伐于你，正是为了天下百姓。”纪空手凛然而道，他并不知道当年刘邦是否说过这样的话，也不知道刘邦说这句话时心里是怎么想的，他只知道自己争霸天下是为了完成五音先生未遂的夙愿，更是为了天下受苦的百姓，是以他问心无愧。

项羽嘿嘿一笑，脸上露出一丝不屑之意，道：“虚伪，实在虚伪，你让我也想起了一个故事，说是有一个信佛的屠夫，口口声声说自己信佛，甚至常年吃斋，可是他每天都宰杀一头猪到集市上去卖。有人问他，‘你既然信佛，又何必杀生呢？’他振振有词道，‘我杀生其实是为了救生，若不杀猪，我岂不唯有饿死？’”

他的话音一落，引起了众人一阵笑声。

纪空手的眼芒一横，全场顿时一片肃静。

他深深地吸了一口气，道：“你们认为这个屠夫说的话好笑？其实不然，在这个屠夫的眼中，人的生命远比畜牲的命更重要，杀掉畜牲就能拯救一个人的生命，这样的善举又何乐而不为呢？善恶之间，来缘于人的一念之间，同样是杀人，只要你杀的是坏人，纵算杀他千个万个，你也是善；如果你杀的是好人，那么就算你只杀了一个，也是为恶。今天，我率部讨伐于你，正是替天行道，除暴安良。”

项羽冷然一笑：“什么是善？什么是恶？什么是好？什么是坏？这似乎并不是你说了就能算的，你说你是替天行道，这岂非是一个天大的笑话！你能走到今天的这一步，难道杀的人还少吗？”

这是一个非常深刻的问题，至少对纪空手来说，是一个不易回答的问题。他不得不承认，自从踏足江湖以来，自己所杀的人不计其数，在这些人中，并不能保证就没有一个好人，善恶与好坏其实是很难鉴定的，当一个人真正步入江湖之后，就很难做到问心无愧。

纪空手没有说话，只是紧紧地盯着项羽冷峻的脸庞，良久之后，才运气发音，缓缓而道："我杀的人的确不少，也难保其中就没有错杀，但与你相比，我觉得我应该是一个好人，而你——却有十条罪状可以证明你是一个残暴的贼子！是一个冷酷的屠夫！"

"哦?"项羽一怔之下，哈哈笑了起来，"我倒要洗耳恭听！"

纪空手的声音不大，却回荡在整个战场之上，使得每一个人都听得清清楚楚："当初你和我一同接受怀王的命令，约定谁先进入关中，谁就在关中称王。到了关中之后，你背弃约定，不仅没有让我在关中称王，反而将巴、蜀、汉中三郡贫瘠的土地封我，这是你的第一条罪状！"

这是一个众所周知的事实，项羽只是冷笑一声，并未反驳。

"项梁死亡，怀王封宋义为上将军，你不仅不听命于宋义，反而假传诏令，将之杀害，篡夺上将军之位，这是你的第二条罪状；进攻关中之前，你奉怀王之命为赵国解围，大胜之后，本应回师述职，可是你却擅自强迫诸侯随你入关，目无君主，这是你的第三条罪状；怀王在大军未入关中之前，约定进入秦境之后不许施暴掳掠，你却烧毁秦宫，挖掘始皇坟陵，将秦国的财富据为己有，这是你的第四条罪状；而你的第五条罪状，是杀了秦国投降的子婴；又用欺诈的手段坑杀了秦国降卒达二十万之众，致使新安三年犹闻血腥之气，这是第六条罪状；你的第七条罪状是，分封诸侯不公，使之成为祸乱天下的根源；更把怀王逼出彭城；为自己多占土地，甚至派人暗杀怀王，担负弑主之罪。这九条罪状天下共知，相信你也无话可说。"纪空手一口气列出了项羽的九条罪状，显得激情高昂，甚为悲愤，大有替天问罪的气概。

项羽的确是无话可说，因为纪空手所说的都是不争的事实，他并不觉得自己做错了什么，也并不因此而后悔。在他看来，乱世之中，在非常时期采取非常的手段，这根本算不了什么，要成为一个真正的王者，就必须做到两字——无情！

无情二字，说来简单，做来却不易，因为真正的无情不仅是针对别人，有时候也必须针对自己。

“你既然给我安下了九条罪状，那么，还有一条呢？”项羽显得很平静，就仿佛这九条罪状只是他记忆中渐渐淡去的片断，偶然被人重新翻出来一般。

“总之你身为人臣却弑杀君主，诛杀降卒，处理政务不公，主持盟约又不守信用，这些都是天下人所不能容忍的，更是大逆不道，就凭这些罪状，已足以让天下人共诛之！”纪空手大义凛然道。

“啪啪……”项羽没有恼羞成怒，反而拍起掌来，道，“精彩，着实精彩，你这么一说，倒让我记起了我所做过的一切事情。可是，这又有什么用呢？你敢站出来与我单挑吗？”

他的脸上带着一种不屑之色，更有几分轻松，以挑衅的目光盯着纪空手，加重语气：“你既然要替天行道，那就来吧，我等着你！”

纪空手只感到自己的热血仿佛在刹那间沸腾起来，有一种不顾一切的冲动。身为武者，而且是像纪空手这种一流高手，当然无法容忍别人对自己的这种挑衅，然而理智告诉他，对付项羽这样的对手，关键不在于武力，而在于智计，毕竟项羽身为流云斋阀主，天下第一的名头绝非吹嘘，完全是凭实力挣来的。

纪空手唯有忍，也只能忍，他绝不会逞匹夫之勇，如果是那样的话，他就不是纪空手。所以，他淡淡地笑了，道：“你可以等，但我却不会来，因为我曾告诉过你，机会一失，永不再来！”

“只怕未必！”项羽的脸上突然闪现出一丝莫名的笑意。

“轰……轰……”就在这时，纪空手所站的城墙之下传出两声巨响，爆炸过后，沙石横飞，烟尘弥漫。

“快救大王！”城头上传来一阵惊呼，情形一时大乱。

“哗……”就在距城墙不远的地面上，泥土翻起，一排势大力沉的弩箭呼啸着向烟尘最密处飞射过去。

“杀呀……”数十条人影同时破土而出，如无数灵活的地鼠般飞快地向城头逼近，动作之利落，无一不是高手。

这些人能够跻身于项羽的流云斋卫队，当然都是一等一的高手，再加上有项庄这种土木高手，使得这次偷袭从目前来看，显得格外成功，但是，项羽目睹着这一切，脸上并没有任何惊喜，反而眉头皱了一皱。

他的眉头之所以一皱，是因为他看到了一个人，烟尘尚未散去，这个人也不在烟尘之中，而是静立于一杆大旗下，神态依然从容镇定。

这个人竟然是纪空手，这让项羽感到有些不可思议，甚至不得不重新估量其实力，毕竟这次偷袭十分突然，要想化险为夷，就必须拥有超越人体极限的反应，当纪空手毫发无损地出现在自己的面前时，项羽的心中难免一惊。

不过，只过了瞬息时间，项羽的眸子里重新闪动出一丝异彩。纪空手还是受了伤，虽然神态如常，但项羽还是从纪空手微微颤动的身形中感觉到了这一点。至于伤势如何，谁也不清楚，但只要纪空手受了伤，对项羽来说，已经够了。

所以，项羽没有犹豫，大手一挥，身后的数千名神射手在最短的时间内发出了精准快速的劲箭，目标只有一个——挤入纪空手周边的十丈范围！

虚空中蓦生呼啸，空气仿佛被无数利刃分割撕裂一般，显得极为恐怖，每一个观者的心中都有一种紧缩不定的悸动。

“呜……”一声怪异的锐啸突然响起，其声之烈，甚至压倒全场，就在这时，项羽出手了！

他必须出手，因为他心里十分清楚，单凭这些神射手的劲箭，是不可能对纪空手构成任何威胁的，他们的作用只能是限制纪空手躲闪的空间，要想置其于死地，还得要自己出手。

云涌，风起，一阵风雷蓦生，虚空之中多出了一道耀眼夺目的强光，使得这天地为之一暗。

是箭，是射天弓发出的惊人一箭，这箭以极速穿越虚空，与空气磨擦出如银蛇狂舞般的电火，带出了无尽的杀气，就仿若一只欲吞噬一切的魔兽。

箭过处，卷起一道狂野而霸烈的风暴，气旋飞转，势不可挡。

纪空手的眼睛不由跳了一跳，双手迅速在胸前画出一道弧，其速之快，极为惊人，旋绕出一个由气流构成的黑洞，突然隐入其中。

天地变得暗淡，刹那间变得静寂无边，云涌、风起、电闪、雷鸣，这些异象无一不在，却成了一种无声的画面，给人以最不真实的感觉，犹如梦幻。

“轰……”一声惊天动地的爆响，仿佛来自虚空，又似来自于苍穹极处，远比山崩地裂更让人惊心动魄，随即一道电光擦过虚空，耀眼夺目的光芒闪跃在暗黑中的每一个角落。

那无边的黑洞蓦然裂开，吸纳着那一道飞泻而来狂野的风暴，光芒亮至极处，发出哧哧的异响，一柄无形的刀自黑洞的中心而生，电光石火般出没于虚空之中。

云动，风动，风云俱动，乌云密布，以压城之势倾向广武战场的上空，空气中的密度愈来愈大，压力也急剧增升，那种动态的壮美，紧张的氛围，几乎让所有人都呼吸急促，忘记了这是一场人类之间最残酷的搏杀。

“砰……”无形的刀突然碎了，就在风暴进入黑洞的刹那，那无形的刀片片碎裂，刀气在虚空中飘散，就像是漫天的雪。

那白白的雪中，抹出一道残霞，残霞若血，那血红的残霞映着满天的白雪，显得那么森然，又是那么的不和谐。

项羽的眼睛一亮，残霞如血，其实不是像血，而根本是血，是纪空手身上的热血。在项羽的射天弓下，尚没有人可以躲过一箭，纪空手也不例外！

城头上顿时响起一片惊呼，人影乱蹿，刀戟乱晃，已是一片混乱。

“刘邦已死！凡我西楚将士，马上攻城！”项羽大手一挥，高声叫道。

他相信在自己的射天弓下，“刘邦”纵然不死，也要落得重伤下场。然而，他在未知纪空手死活的情况下，抢先散播出“刘邦已死”的死讯，是想使眼前的形势更加混乱，并起到瓦解敌人军心的作用，所谓兵不厌诈，项羽当然不会轻易放过这种稍纵即逝的战机。

数十万西楚将士同时发一声喊，如潮水般向城下涌去！在项羽亲自督阵的情况下，所有西楚将士无不士气高昂，争先恐后，所过之处，涌动出无尽的杀气，以势不可挡之势再一次展开了攻城之战。

那数十名流云斋卫队的高手更是一马当先，冒着枪林箭雨，迅速抢上了城头，与城头上的大汉将士展开了近距离的搏杀。

“呀……呀……”一声声惨呼此起彼伏，响彻于城头上空，一具具尸体从城头上抛将下来，更引得西楚将士阵阵欢呼。但是，就在他们感到振奋之时，心中却隐隐感到有些不对劲，仔细一看，这才发现那些从城头上抛下来的尸体竟然是流云斋卫队的高手。

项羽心中一惊，他非常清楚自己流云斋卫队高手的实力，所以才会让他们担负这次突击的任务。攻城之战，其实就是攻坚，只要能够突破一点，敌人的防线就会在顷刻间崩溃，项羽正是深谙此道，才在这广武之战中动用了西楚军最精锐的部队——流云斋卫队！

事实证明，项羽的决策没有错，这数十名高手就像是一把锋利无比的尖刀，面对又宽又深的防护河，面对三四丈高的城墙，总是一纵而过；面对敌人的飞箭流石，亦是闪避自如。在项羽的计算中，只要他们登上城头坚持半炷香的时间，自己的大军就可以源源不断地接济而上，从而大破广武，大败汉军，结束这长达数月的相持局面。

但是，这数十名高手登上城头之后，并非如项羽想象中的那么顺利，等待他们的，是龙赓、阿方卓等一大批江湖精英！龙赓诸人完全占据了人数上的优势，在实力上也根本不弱于这些流云斋的高手，所以这场发生在城头上的近距离肉搏并没有坚持多久，在尚未开始之时就已结束。

项羽目睹着这一切，已知道攻克广武是一个不可能完成的任务，大汉军并不因为它的主帅受到伤亡而乱了阵脚，这一点出乎项羽的意料之外。在他看来，今日一战最好的结局就是鸣金收兵，倘若一味强攻，不仅徒劳，而且代价不菲。

广武未被攻克，项羽心中着实不畅，坐在大营之中听着卓小圆弹琴唱曲，可他的思绪早已被寨上成堆的军情急报所牵，根本没有了那份雅兴。

广武一战，对于项羽来说最好的消息就是汉王身负重伤，卧于病床，除此之外一无所取，即使汉王负伤，也是项羽以一万二千余名将士的生命所换取的，暗地里盘算下来，项羽不得不承认这是一笔亏本的买卖。

但这还不是最坏的消息，最坏的消息是韩信的大军已经北上，并且攻克了齐国，项羽所封的齐王田广居然逃到了高丽。与此同时，彭越、周殷、英布也一齐进兵，屯兵西楚边境，直接威胁到西楚后方的安全。在这种形势下，项羽不得不派出大将龙且，分兵十万，让其进入齐国迎击韩信。

龙且身为西楚名将，用兵如神，一向为项羽所器重。按理说，项羽应该可以放心了，但是不过半月时间，龙且竟然不敌韩信，在韩信门下的骑兵将领灌婴的有力冲击下，十万西楚军几乎没有还手之力，就遭到了西楚史上最大的一次惨败。

这让项羽感到了从未有过的震惊，更觉得有些不可思议。当他听完了龙且的整个用兵方略后，并不觉得其中有什么不妥之处，但用之实战，却处处受制，连项羽也无法找出原因。

他当然找不到原因，因为韩信用兵，更多的是依赖他在问天楼刑狱地牢中所见到的那场蚁战，无意之中洞察到先机，自然可以在用兵上做到事事领先，料敌如神，龙且之败，也就成了一种必然。

而更让项羽感到愤怒的是，韩信攻占齐国之后，自立为齐王，显然不把项羽放在眼中。项羽权衡再三，派出使者武涉前往游说韩信，却被韩信派人在半路上截杀！是可忍，孰不可忍？项羽一怒之下，决定率军亲征。

他之所以敢作出这样的决定，是基于两个原因，一是西楚军在广武的防线十分严密，深沟坚垒，地势险峻，只要不贸然出兵交战，坚守一个月的时间并非难事，而到时项羽相信自己一定可以平乱而归；二是汉王的伤情十分严重，据项羽安插在汉军中的耳目密报，自广武一役之后，汉王有半月的时间没有出来巡视军队，这在平日，是绝对不可能的事实。

项羽做事一向雷厉风行，一旦拿定主意，立刻召来了大司马曹咎，分兵十万，并再三叮嘱道："本王此次平乱，先攻彭越，再战韩信，用时在十五天之内，一来一回，需要一个月的时间。本王将广武大营交付于你，只许坚守，不许迎战，只要不让汉军东进，就是大功一件，否则的话，你就唯有提头来见！"

他将事情交代清楚之后，当夜便率领三十万大军东去，以迅雷不及掩耳之势，一路攻占了陈留、外黄，打得韩信、彭越两支军队节节败退，眼看胜利在望，一个惊人的消息传来，顿时让项羽大惊失色，几乎气晕过去。

广武大营竟然被大汉军所破，这是项羽做梦也没有料到的结果，不仅曹咎与十万人马覆灭，就连广武大营中储备的军需粮草也悉数被大汉军缴获。

这样的结果的确出乎项羽的预料之外，他之所以会把留守广武大营的重任交给曹咎，是因为以曹咎的稳重与精明，并且对自己的命令向来都是不折不扣地执行，只要曹咎不主动出击，广武大营根本就不可能为汉军所破。

项羽却没有想到，他千算万算，还是算漏了一着，那就是纪空手在他的射天弓下不仅未死，且连一点轻伤也未负，毫发无损，看来他大大低估了纪空手。

其实，西楚军的动向一直为纪空手所掌握，就在项羽东去的第三天，无论是汉军还是楚军的军营里，开始流传着汉王已死的谣言。紧接着，有关汉军准备退兵的消息也传到了曹咎的耳中，曹咎认为，如果这两种情况属实的话，无疑将是一个千载难逢的机会，虽然项羽的叮嘱犹在耳边，但他觉得，但凡一代名将，就要懂得审时度势，见机行事，而不是一成不变，墨守成规——如果自己错失了这个机会，只怕今生都难以原谅自己。

所以，当他探明广武已成空城之后，没有犹豫，当即率部追击，一日之内连赶三百里，终于在汜水河边追上了阵容不整的汉军。当他下令大军渡河未久，就在这时，汉军突然掉头反击，与早已潜伏在汜水两岸的伏兵前后呼应，对西楚军形成包夹之势，大败楚军。

此时项羽人在睢阳，闻听广武大营失守，不敢有半点耽搁，当即率军返回，等到他赶到广武时，汉军把持着险阻地带，又与西楚军形成了对峙的格局。

但这一次对峙，比之先前，形势对汉军大大有利。汉军的兵力经过几次大战之后，几乎没有什么折损，军需粮草也显得十分充足，而西楚军来回奔波不下千里，不仅将士疲惫，粮草军需也极度匮乏，在这种情况下，汉王提出，以鸿沟为界，中分天下，割让鸿沟以西的土地划归汉室，鸿沟以东的地区划归楚国。项羽最初不肯，直到彭越率部断绝了西楚军的粮道之后，无奈之下，他才接受了这个约定，迅即领兵东撤。

但是，项羽万万没有想到，这只是纪空手的一个谋略而已。当他的军队东撤之时，遭到了汉军的穷追猛打，两军交战十余次，互有胜负，虽然一时难分高下，但西楚军的实力正一点一点地削弱，不到半年时间，项羽手中的兵力锐减到十万。

而此时，纪空手在城父发出了会盟令，韩信、周殷、英布、彭越四路人马集结于城父。几经恶战之后，终于将项羽的西楚军主力围在了一个名为垓下的小城中。

公元前 204 年，也就是大汉立国的第五年，经过了城父会盟之后，纪空手亲率韩信、彭越、周殷、英布等诸侯的军队与自己的汉军一道，会师于垓下，与项羽的十数万西楚精锐展开了决定天下命运的一场大战。

这是一场实力悬殊的决战，面对项羽十数万西楚精锐的，是一支总兵力达到了八十万之众的军队。虽然汉军一方在人数上占有绝对的优势，但项羽所率的是一支从来未败的铁军，无论是纪空手与各路诸侯，还是他们手下的将士，没有人会认为自己就已经胜券在握，反而每个人的心里，都感受到了大战将临的那种非常紧张的气息。

山雨欲来风满楼，也许这正是此时垓下最生动的一个写照。

站在垓下城前的一座高高的山巅之上，纪空手的脸上一片肃然。经过了长达数年之久的东征之后，虽然他没有在与项羽的交锋中占到上风，然而随着战事的发展，他的实力不仅未损分毫，反而有日趋壮大之势，而纵观项羽的西楚军，却在连年征战中兵力锐减，从原来几达百万的军队，直到此时只剩下十数万人，如此此消彼长，使得战争的主动权已然易主。

直到此时，纪空手才由衷地感到张良的战略思想是多么的正确与英明，如果在东征之初，不是张良力排众议，坚持楚汉之争是一场持久之战，纪空手也不会将这场真正的决战拖到今日才进行。

他的目光瞟向张良，微微一笑，道："两年多的时间里，我们经历了大小战役上百起，从低谷到波峰，又从波峰到低谷，几经波折与磨难，总算有了今日大好的局面，若是先生泉下有知，也足可告慰了。"

在纪空手的身后，除了张良之外，陈平、龙赓也肃然而立，闻言无不心中一凛，想到即将完成五音先生一生追求的未遂事业，顿有恍如一梦之感。

张良踏前一步，缓缓而道："若是公子真想告慰先生的在天之灵，此时依然还不是下定论的时候，今日垓下之战，我们虽有八十万大军，但真正隶属于我大汉的军队，兵力不过四十万，而韩信的江淮军亦有三十万，加上其他诸侯的十数万人马，看似人众，却形同散沙，难以形成一股强大的合力，若想借此战胜龟缩于一城之中的这十数万无敌之师，似乎是一种妄想。"

纪空手怔了一怔："子房何以要长别人的志气，灭自己威风呢？不管怎么说，今日垓下之战我以八倍于敌的兵力对垒项羽，就算他真是一个从来不败的战神，其记录也会因垓下之战而改写！"

他显得非常自信，这种自信是建立在他此刻所拥有的实力之上。此刻的垓下，不仅云集了天下最精锐的各路军队，而且，还汇集了一股隐形于各军之中的力量，而这，就是当今江湖上最活跃的一股精英。

在他们之中，既有隐身于韩信军中的问天楼人，亦有以汉王后身份来到军前的吕雉以及她的听香榭精英。除此之外，还有几支神秘的力量已经藏身于垓下的山水之间，他们的目的就只有一个，那便是全歼项羽的西楚铁军，更要让垓下成为霸王项羽的葬身之地！

经过了这数年的军旅奔波，纪空手目睹了天下百姓饱受战争带给他们的疾苦，心里已然有着一种深深的负罪感。他争霸天下的初衷就是为了建立起一个太平盛世，让百姓安居乐业，与世无争地生存下去。若是因为自己的所作所为而让天下百姓陷入一个更深痛的困境之中，这当然不是纪空手所愿意看到的结果，也违背了当日五音先生鼓动纪空手争霸天下的初衷。

所以，当他面对垓下之战时，就意识到自己的机会来了。无论如何，他都必将毕其功于一役，让这垓下之战成为楚汉相争的最后一战。或者，也是这乱世中的最后一战。

这是他心中的一个美好愿望，能否付诸实现，他无法测算，但是他坚信一句老话，那就是谋事在人，成事在天，只要自己努力了，此生也就无憾。

他的自信感染了他身边的每一个人，其中也包括了张良。但是，对张良来说，他需要以冷静的心态与非常理智的思维作出正确的判断，而绝不能凭着一时的意气用事影响到整个战略大计的完成。所以，他不得不在纪空手兴致最高的时候替其泼上一点凉水，让纪空手的头脑得以尽快地清醒过来。

“我这不是长他人志气，灭自己威风，对于将士来说，士气可以鼓舞，这样可以平添不少战斗力，但对于一方统帅来说，就必须要保持清醒的头脑作出他的每一个决断。须知，他的每一句话，不仅可以影响到战局的最终走向，更关系到成千上万的将士生死之大计，事关重大，岂能视作儿戏？我身为公子身边的谋臣，必须时时刻刻提醒公子，否则，这就是我张良的最大失职。”张良的神情十分凝重，态度也异乎寻常的坚决，因为他深知，垓下一役似乎已是楚汉之争的最后一战，但风云变幻无定，在胜负未决的时刻没有到来之前，谁也无法预料这一战谁会成王，谁会成寇，王寇之间，其实都尚是未知之数。

面对张良如此严肃的表情，纪空手的心中不由一凛，忙道：“子房所言极是，若是照你来看，我们还应该在大战之前作些什么准备?”

张良见纪空手发问，显得胸有成竹：“自古用兵的法则，讲究的是有十倍于敌人的兵力就包围敌人；有五倍于敌人的兵力就进攻敌人；有一倍于敌人的兵力就设法分散敌人；有同敌人相等的兵力就要设法分隔敌人；而兵力不如敌人就要善于摆脱敌人。这是兵家所崇尚的用兵之道，经受了上千战役的考验，已成经典，但具体的战例依然要具体地分析，将经典活学活用，才是真正的制敌之道。”

顿了一顿，他抬头望向纪空手：“以公子所见，今日这垓下一战，我军的兵力将是敌人的数倍，又将适合哪种法则方能达到制敌的目的?”

纪空手想了一想方道：“从表面上来看，我们此刻的兵力八倍于敌，本可采取围歼的方式，但若是如此，子房也不会向我提出这样的问题。”

他见张良微一点头，不由笑道：“诚如子房所分析的那样，我们真正的可用之兵其实只有大汉军队的四十万人马，就算加上彭越、周殷、英布等人的军队，满打满算，也不足六十万人，而与此同时，我们还要在利用韩信这三十万江淮军之际，提防他在关键时刻按兵不动，坐收渔翁之利。如此算来，形势对我们来说的确是不容乐观，至少，并非胜券在握。”

“公子能够想到这一层，可见这几年来的军旅生涯已将你从一个江湖豪客磨炼成了一军统帅，真是可喜可贺。然而，我们此次垓下之战，不仅要提防到韩信按兵不动，更要提防到他在关键时刻反噬一口，唯有如此，方能掌握整个战局的主动。”张良深邃的眼眸中闪出一道智者的光芒，冷峻的脸上不着声色，缓缓而道。

“你真的认为韩信能够做到舍弃凤影?”纪空手的眼中流露出一丝疑惑。

“韩信是一个聪明人，他已经意识到了自己此时的处境，若要他全力效忠于大汉王朝，那么他这数年来的努力无疑是为了他人而打拼，这样的结果当然不是他愿意接受的。而一旦他心生反心，就应该十分清楚，当项羽灭亡之后，我们的矛头最终必会指向他，所以他必然会为自己设想到一条退路。”张良似乎对这个问题考虑了良久，早已做到心中有数。

纪空手相信以韩信的为人与性格，纵然他对凤影的感情的确是出于一片至诚，但当他个人的感情与他一生所追求的名利发生冲突之时，韩信很有可能会选择后者。所以纪空手并不认为张良的话是危言耸听，而是点了点头，陷入沉思之中。

“或许，韩信一直隐忍不发，其实也是在等待着一个机会。也许，他也认定这垓下一战是他决定命运的最后一战!”纪空手缓缓地抬起头来，望向山下连绵不绝的军营。在垓下城正面的军队，正是韩信所统率的三十万江淮军。

张良心中不由一震，显然被纪空手的假设有所触动。韩信必反，这已是他和纪空手都有的共识，但城府极深的韩信会在什么时候反?又会在什么地点反?这却是他一直无法揣度的，倒是纪空手这看似无心的一句话，使他在陡然之间找到了答案。

他沉吟了足足有一炷香的工夫，这才与纪空手眼芒相对，沉声道:“如果我所料未差，当楚汉之争进入尾声之时，也是韩信起兵反叛之际!正如公子所言，这垓下一战对于每一个有志于一统天下的人来说，都是一个绝佳的机会，谁也无法抗拒这良机来临的诱惑!”

陈平听得心惊，神色凝重，道：“这么说来，这垓下之战岂非成了一个乱局，而我们随时都有可能身陷两线作战的困境？”

“这种可能性并非没有，所以我们才要防患于未然，在攻击项羽的同时，必须分兵制约韩信的江淮军的行动。”张良提出了自己的建议。

纪空手淡淡一笑，道：“如此一来，我们就无法对项羽形成必胜之势。”

他的眼芒陡然一寒，冷笑道：“韩信既然打好了坐山观虎斗的算盘，我就偏偏不让他如意！到时将正面攻打垓下的重任交到他的身上，他纵想置身事外，只怕也不可能！”

“这不失为一个办法，只要将韩信拖入水中，他再想上岸也就难了。”张良微一沉吟，点点头道。以韩信的聪明，他当然不会在大战将即之时违抗军令，授人以柄，而一旦战事爆发，他再想到抽身而退，就已由不得他了，毕竟战争是一场互动的游戏，绝不会以人的意志而转移。

“如今大军已成围城之势，照子房来看，选择在哪一天攻城最为有利？”纪空手俯瞰大地，心中已燃起一股熊熊的战意。

“围城攻坚，其实打的就是一场消耗战，既要比双方的实力，又要比双方的军需粮草。我已经得到确切的消息，垓下城中的粮草，可以供十万大军半年之需，这么长的时日，显然不是我们能够等得了的，唯一的办法，就是派人潜入城中，烧掉敌人的粮草，逼得项羽早日与我军作战。”张良缓缓而道，似乎一切俱在他的算计之中。

第一百一十二章　亲征天下

纪空手的眼睛陡然一亮："此计甚妙，若能烧掉敌人的粮草，对其士气也是一个极大的打击，而我们趁机进攻，必可收到事半功倍的奇效。"

"但问题在于，垓下城中戒备森严，要想潜入进去，必然会冒极大的风险。而且，既然我们能够想到这一点，想必项羽也能想到，在他的身边还有忠于他的流云斋卫队，势必会增加我们放火的难度。"张良眉头皱了一皱，话语中似有一股隐忧。

他的担忧不无道理。

他之所以提出这个问题，是因为他实在想不出一个上佳的办法潜入城中，烧毁敌人的粮草，唯有寄希望于纪空手。

说到用兵之道，也许无赖出身的纪空手并不内行，他能走到今天的这一步，第一是仰仗张良为他运筹帷幄，决胜于千里之外；第二则是他知人善任，身边有着一大批人才，有了这些人的襄助，纪空手才能在楚汉之争中最终掌握主动。

但是若论智计，放眼天下，敢与纪空手一较高低者实在不多，就连张良也不得不甘拜下风，自叹不如。正是借于这一长处，使纪空手踏足江湖以来，仅凭一个无权无势的无赖之身，竟然成为了叱咤风云的人物，这不得不说是一个亘古未有的奇迹。

然而当张良的目光望向纪空手时，此时的纪空手脸色沉凝，一时之间也难以想到更好的办法。

"此事还须从长计议，容我细细琢磨才行。"纪空手脸上露出一丝苦笑。

而与此同时，在垓下的城楼之上，项羽正带领着他身边的一干将领，在流云斋卫队的簇拥下，登高俯瞰着眼前这八十万大军。

连绵百里的营寨，如一道山梁横亘于垓下城前，一望无边的旗海，在劲风中呼呼而动，犹如无数条各色不一的苍龙，显得极为壮观。

一队一队的大汉军队，扼守着每一条通道，将整个垓下围在其中，形成了有若铁桶般牢固的阵线，就连许多身经百战的西楚将领见到这种惊天动地的架势，也不由得霍然色变，无不将目光盯注在项羽的身上。

项羽冷峻的脸上不动丝毫声色，极目四顾，眼芒穿越虚空，一点一点地望将过去，似乎不敢对敌情有半点的遗漏。

他与刘邦的大汉军队已经不是第一次交手了，而且以往也有过以少胜多的经典战例。可是这一次，他却发现战情并非如他想象中的那么简单，他所面对的大汉军队远比以往所见的更有士气，更有活力，虽然相距尚有数里之距，但他已经闻到了那种剑拔弩张的气息，更看到了那涌动于军营之上那如云团般的杀气。

他不由得暗自心惊。

如果他知道统领这八十万大军的统帅不是刘邦，而是纪空手的话，他也许就不会有这种惊诧之感了。因为自楚汉交战以来，经历了大小数十战役，汉军居然无一胜迹，这本身就是一件不可思议的事情，而在这不可思议的背后，其实只是纪空手所用的舍弃之道。

这舍弃之道的目的，就是牺牲局部的战役换取整个战争的胜利。面对强大的西楚军，假如纪空手一开始就采取与之硬抗的策略，绝非明智之举，所以他用一败再败的战术，先让西楚军对汉军心生小视之心，使之成为骄兵，再以敲打战术，一点一点地消耗掉西楚军的元气，最终逼得项羽在垓下与之决战。

项羽脸上的肌肉抽动不已，在蓦然之间，似乎明白了对方的用心。然而，他却凛然不惧，因为，他坚信自己的实力，既然自己带兵以来从未败过，相信这一次也不会例外。

他转过头来，森冷的寒芒缓缓地向身后的每一个人望去，这一干将领谋臣大多是追随了他多年的属下，其忠心是毋庸置疑的，这足以令项羽感到欣慰，正是有了他们的存在，所以项羽才能够保证自己的战意始终不灭。

龙且、项庄、臧荼、尹纵、萧公角……这一个个响当当的名字，都代表着一个个辉煌的过去，正是由于有了他们的骁勇善战，才最终谱写了项羽从来不败的神话，然而当项羽的目光从他们的脸上一一划过之时，他的神情依然有几分失落。

因为在他们之间，已经没有了亚父范增，这是项羽心中最大的痛，当日由于纪空手与张良用计离间，使得项羽开始怀疑范增与汉王有着私下的联系，一怒之下，将之驱出军营，等到项羽心生后悔之时，范增却被人击杀于枫叶店中。

若非如此，项羽也不会落到今日垓下被围之局。随着范增的死去，西楚军虽然在连年征战中连连告捷，攻城掠地，战功彪炳，但在每一场胜利的背后，都见证着大批将士的死亡，以至于项羽当初伐齐所带来的六十万大军，到了今日的垓下，唯有十万而已。

倒是大汉军屡败屡战，却未伤根本，未动元气，反而日趋壮大，这令项羽大感不解，隐隐觉得自己仿佛正一步步地步入对方为自己设下的一个陷阱之中，沉沦而难以自拔。

但是项羽毕竟是项羽，纵然是面对这场实力悬殊的战局，也依然不失王者之霸气。

当他的眼芒再一次望向敌营之时，紧皱的眉头为之一松，冷峻的脸上不自禁地流露出一丝淡淡的笑意。

“大王莫非看到了汉军的软肋，有了克敌的必胜之道?”萧公角是西楚军中最善于谋略的将领，心思转动极快。他捕捉到项羽脸上那种如释重负的表情，赶忙趋前一步问道。

项羽的视线依然停留在正前方那片广阔的空间，并未因为萧公角的询问而转过头，沉声道：“的确如此，难道你们都没有看到?”

萧公角等人无不一怔，道："属下愚昧，还请大王示下！"

项羽的脸上微有得色，道："从表面上看，今日我军以十万之数遭受刘邦八十万大军围困于垓下一城之地，无论从哪个角度来看，似乎都处在绝对的下风，但是为将之道，在于冷静，越是置身逆境之中，就越要冷静分析敌情。唯有如此，我们才可以在复杂的、看似毫无胜算的情况下找到一线生机。"

项庄皱了皱眉，道："但今日之垓下，敌我实力悬殊，只怕难有胜算可言，不如属下等人拼着一死，保护大王突围而去，回师西楚，等到日后再报这垓下被围之辱！"

项羽摇了摇头，道："如果真是这样的话，那么本王就真的死定了。此时汉军士气正旺，又占据着人数上的绝对优势，倘若我欲与之交战，岂不正中刘邦下怀？"

项庄闻言脸色一变，想来项羽所言也有道理，若是真的照自己的意思而行，不过是逞一时之勇罢了，不仅未必能突围而去，若是一旦被人截住后路，反而会失垓下这块立足之地。

项庄诺诺连声，退后一步。

项羽的眼芒缓缓地从他们的脸上一一划过，然后轻叹一声："平心而论，你们几位都是真正的大将之才，不仅有胆有识，而且天生神勇，能被本王收归己有，实乃我西楚之大幸。可惜的是，这数年来你们一直追随于我，难有独当一面的机会，是以在战略目光上没有卓越的成就，就拿今日这垓下之战来说，虽然我们在人数上处于劣势，但你们却都没有看到我们的优势所在，这的确是一件让人感到遗憾的事情。"

他身后的一干将领无不噤若寒蝉，无人敢于辩驳，反而脸上尽现羞愧之色。

"兵不在多，而在于精。从表面上看，刘邦携八十万大军与我决战，看上去的确是声势浩大，然而从他们的旗帜番号来看，这八十万大军却是由刘邦的大汉军、韩信的江淮军为主，辅之于各路诸侯的军队，人数虽然众多，但未必就能齐心协力。而我军虽然兵力仅有十万，却是久经沙场的精锐之师，其忠心更不待言，只要我们坚守垓下半年时间，这胜算就自然会出现在我们这一边。”项羽的整个人显得精神了许多，很是自信，仿佛在他的眼中，已然看到了胜利的结局。

这绝非是项羽的狂妄之言，也并非是他安抚军心的一种方式，而是他的确把握了可能出现的胜算！之所以能够如此自信，在于他对韩信此人的了解。

当年鸿门之时，刘邦举荐韩信，项羽其实已然洞察了其用心。然而迫于当时的形势，在刘邦没有公然造反的情况下，项羽为了取信于诸侯，只能放刘邦一马。

项羽明知此举乃是纵虎归山，却不得已而为之，实属无奈之举。但是他在听取了范增的建议之后，还是积极地采取了一些弥补措施，首先就是将刘邦从关中调往巴、蜀、汉中三郡，企图借险要的地势阻止刘邦称霸天下的决心。而另一个措施，就是扶植韩信。

这的确是一个十分冒险的举动，在明知韩信是刘邦心腹的情况下，项羽敢如此为之，显示出他身为霸王的魄力。

表面上看，扶植韩信的势力，无异于是壮大了刘邦的声势，但项羽却明白，韩信并不是一个甘居于人下的忠义之人，而是一个极富野心的能人。当此人的势力发展到一定规模之时，没有人可以对他形成遏制，造反只是迟早的事情。到了那时，他无疑便成了自己手中一颗牵制刘邦的棋子。

这是项羽当年在鸿门之时埋下的一个伏笔，极富远见，到了今日，他不得不有点佩服起自己的胆识来，因为他已算定，当韩信眼见西楚军面临绝境之时，必然会有所动作，而这就是他项羽希望看到的一种局势。

萧公角听完项羽对大势的分析之后，信心十足道：“固守垓下并非难事，一来垓下地势险峻，城墙坚固，只要精心布置，即成易守难攻的城池；二来垓下一向是我西楚的粮仓，城中粮草足以维持我十万大军半年时间。守城成败看粮草，只要粮草有了保证，要坚守半年并非是不可能完成的任务。”

项羽点了点头，道："本王之所以定下半年之期，预见敌军不战而乱，也正是从粮草的角度审视全局。兵多有兵多的好处，能够以泰山压顶之势，追求速战速决，然而当战局处于僵持状态时，兵多的一方未必就能占到便宜。别的不说，单是这八十万大军每天所需的粮草，就足以让刘邦头痛了，更何况以刘邦之聪明，不可能没有洞察到韩信的野心，必然会为韩信而分心。"

萧公角由衷赞道："大王的目光的确不是末将等人可比，所看到的尽是刘邦之要害，我们只要对症下药，这垓下之围必将不战而解。"

项羽的脸上流露出一丝得意，然而，他的头脑并不因此而发热，失去清醒，反而更加冷静起来。

"本王此刻所想的问题是，既然我们能够看到粮草乃决定垓下一战的关键，以刘邦之见识，他难道没有看到这一点吗?"项羽此言一出，众将无不心惊，因为他们十分清楚地知道，一旦城中的粮草遭人破坏，必将影响到守城将士的军心，军心一乱，这垓下便难以坚守下去，势必逼得西楚军选择突围一途。

"属下这就加派人手，加强戒备。"龙且正是守护粮草的将军，当下上前一步道。

项羽深深地看了他一眼，道："你的部队一共有多少人马?"

龙且禀道："属下所辖共有一万一千五百人，每一个士兵都有数十场大战的经验!"

"本王知道你所辖军队乃是我西楚军的精锐之师，所以才会将守护粮草的重任交付到你的手中。"项羽很满意龙且的回答，然而他问话的用意并不在此，是以话锋一转，继续问道，"可是你是否想过，一旦刘邦针对我军粮草而动，你将面临的对手会是一些什么人?"

龙且没有丝毫的犹豫，傲然道："不管对手是谁，不管有多少人马，属下都有自信让他们有来无回!"

项羽皱了皱眉，道："要毁我粮草，无须人多，只要有一把火就足够了。正因为如此，所以才会让人防不胜防，你且说说看，你有什么办法可以防范敌人的火攻之计？”

龙且显得胸有成竹道：“属下自从接管这看护粮草之职以来，就已预见到了敌人会以火攻之计，所以在粮仓附近的地域尽伐其木，数百步之内，不存一草，同时派人掘池修渠，在粮仓四周各筑水池，引城中活水流入，并在每座池边置放五百杆水枪，一旦粮草失火，可在最短的时间内将之扑灭。”

项羽闻言，脸上顿时显露出一股满意之色，即使以挑剔的目光去审视龙且的准备计划，也难寻其破绽。

然而项羽想了一想，道：“你手下这一万余人马，对付一般军士绰绰有余，但要想应付一些江湖高手，却似有不足，为了保险起见，本王从流云斋卫队中调拨一批精英，供你差遣，你看如何？”

龙且大喜道：“若能如此，那是再好不过了。属下也曾想过，敌军若用火攻之计，所派之人绝非寻常之辈，如果能得流云斋高手襄助，那么这粮草便可确保万无一失。”

项羽的脸色陡然一沉，道：“这粮草之事关系重大，不容有失，若是出现半点差池，本王有言在先，必将拿你的人头是问！”

龙且心中一凛，道：“是！”

他相信项羽能够做到，所以心头一沉，整个人的神经也为之绷紧，意识到自己接手的是一件并不轻松的差事，直接关系到自己的生死。

不过，他还是有自己应有的自信，因为他所采取的防范措施不可谓不严密，实在想不出敌人会用什么手段放火烧粮。

垓下之围的第十天，战事没有任何的进展，虽然在楚汉之间发生了一些零星战斗，却始终没有形成大规模的战役。

主帐之中，纪空手正独自一人坐在书案前，在他的眼下，摆放着整个垓下城防的地图，上面以红笔勾勒的地方，便是西楚军的粮仓。

随着战事一天一天的过去，纪空手所派遣的纵火队在这十天之中接连潜入垓下达三次之多，但最终都以失败告终。

让纪空手感到棘手的是，这三次行动，己方的人都是在还没有靠近粮仓之前就遭到了西楚军强有力的狙击，几乎全军覆灭。

这似乎表明，项羽对粮草的问题也有所察觉，加强了戒备，增大了汉军放火计划的难度。

能让纪空手感到束手无策的事情，在他这一生中并不多见，无论是在当初逃亡之际，独对流云斋众多高手，还是当日在登高厅中，面临那么复杂的局势，他都从来没有像今天这般无助。

在地图的旁边，还有一叠厚厚的各地战报，以及几封密函。随着汉军向东不断扩张，整个天下除了西楚之外，基本上已经安定，完全控制在大汉王朝的统治之下，从种种迹象表明，这垓下之战已然决定了整个天下未来的走势。

然而自陈胜、吴广起义始，天下便战火连连，未曾断过，百姓饱受战争的折磨，致使民间资本空前匮乏，官库空虚，就连未被战火殃及的巴、蜀、汉中三郡，也因大汉数十万军队的这数年来所费的军需用度感到吃紧，渐有难以维持之感。

其中的一封密函正是来自萧何亲笔。

他在信中言道："臣思量再三，为了大王一统天下的大计不因臣的过失而有丝毫影响，还是决定不计个人之得失，直言上书。这数年来，由于连年征战，百姓已难以承受赋税之重，倘若为战事而搜刮民间，恐怕会激起百姓惊变，使我大汉立国之初便有重蹈大秦亡国之虞。虽然大王想前人所未想，一统关中嫖赌业，从中牟取大量军需用度，但是随着战事的深入，兵员也剧增数倍，一增一减之下，使得国库已然空虚，再难支撑多久，所以微臣斗胆直言，倘若垓下一役不能在一月内结束，则能和便和，否则因军需粮草接济不上而引起兵中惊变，非臣之罪也。"

以萧何如此稳重的性格，写出一篇措辞这般激烈的文章，这完全出乎纪空手的预料之外，这只能说明，军需粮草的供应的确成了大汉军目前最棘手的问题。

纪空手皱了皱眉，急召张良问计。军政事务并非是他所擅长，每每当他要作出决断之时，总是感到头大如斗，厌烦至极。

张良细细地观阅了萧何的信函，一脸冷峻，显然，他也意识到了问题的严重性，摇了摇头："我军几乎是费尽九牛二虎之力，才将项羽围困于这垓下的一城之地，如果这一次不能将之全歼，无异于是养虎为患，所以这'能和便和'四字，断不可取！"

"我知道，所以才召先生前来商议。萧何信中所言，也属实情，以他、陈平、后生无这三大理财能手尚且难以维系我军的每日军需，可见我军的军需之大的确惊人，除非另辟蹊径，否则难以解决问题。"纪空手点了点头。

"照大王来看，在一个月之内真的难以攻破垓下？"张良望向纪空手道。

纪空手自然知晓张良的话意，垓下能否攻克，关键在于粮草，可是项羽对粮草防范极严，让人根本没有下手放火的机会，纵然纪空手智计过人，也唯有徒呼奈何。

"如果在一月内不能攻克垓下，那么，我们恐怕只有向关中百姓借粮，开始征收关中赋税了。"张良眼见纪空手没有作答，终于提出了自己的意见。

这是无奈之举，其时距关中免税三年之期只有半年时间了，一旦征收赋税，就难免失信于民，这对大汉王朝的未来殊无好处。张良深知其中利弊，继续说道："当然，这只是无奈下的权宜之计，我们着重于'借粮'二字，公示天下，一旦渡过难关，由官府出面偿还，这样一来，也算不失信于民。"

纪空手沉吟半晌，一脸肃然，道："如果我们真的这样做了，不仅失信于民，也会失信于天下。此时韩信、周殷、彭越、英布四路人马能与我们并肩作战，靠的是什么？还不是一纸盟约！而盟约讲究的是信义，如果我们失去了它，只怕未到垓下城破时，我们自己反成了一盘散沙，这岂非得不偿失？因此，我们必须在一月之内攻下垓下！"

"可是我们又有什么办法可以做到这一点呢？"张良惑然。

"我们应该感谢英布。"纪空手吸了口气，淡淡一笑。

张良更惑，不明纪空手是何意思，但见纪空手笑容，显然已是成竹在胸。

“英布为本王请来了二十万匈奴的客人，现正赶往垓下，我们的老朋友蒙尔赤亲王也来了！”纪空手悠然道。

张良先是一惊，陡地又明白了什么，失声道：“大王是说英布秘密请来了匈奴军？”

“不错，这英布真该死，幸好是蒙尔赤亲王领军，我们或可借机扭转战局，若是运用得当，或可在一月之中攻下垓下！”纪空手道。

张良微沉吟了一下，道：“以师尊与蒙尔赤亲王的关系，大王应该亲自去见蒙尔赤。”

“不错，所以，我要离开军中两日，待我回来之时，便是攻打垓下之日！”纪空手满怀信心地道。

这一系列的悬疑，让纪空手难以放心的，还有韩信及其三十万江淮军。韩信多变的性格总是让人无法琢磨，作为与西楚军正面作战的主力部队，江淮军的营寨仅距垓下不过一里之遥，一旦生变，完全可以在瞬息之间改变整个战局。

所以，为了稳住英布，纪空手故意秘密召见了彭越和英布。这两人所统人马正好在江淮军的一左一右，担负着与江淮军一起协同作战的任务，一旦江淮军军情有变，纪空手要求这两路人马立即在最短的时间内作出反应，起到制约江淮军行动的作用。

一切安排妥当之后，又有张良主持大局，纪空手这才略略放心了一些，领着陈平等人悄然离开了大营。

英布的话让韩信大吃了一惊，因为向匈奴借兵，此举不啻于引狼入室。匈奴大军的野蛮与残暴天下皆闻，其吞并中原的野心人皆尽知，如果英布的话属实，无异于玩火自焚。

“这……”韩信沉吟而道，似乎正在权衡此举的利弊。

英布的目光如利刃般直射韩信的脸上，意欲看透对方的心思，显得极是咄咄逼人。

其时匈奴屯兵塞外，早对中原虎视眈眈，大秦始皇甚为苦恼，征兵百万，修筑长城以拒匈奴军士的骚扰，可见当时匈奴的气焰已是十分嚣张，而且匈奴铁骑一向赫赫有名，数十年横行塞外，所向披靡，战斗力之惊人，比之项羽的西楚军有过之而无不及，如果英布真的能够借得这二十万铁骑，对垓下战局将有着决定性的作用。

但韩信却在犹豫，对他来说，这是一个两难的抉择——他有太多的理由让自己冷静地思考，权衡其中的利弊。

在中土百姓的眼中，匈奴是一个蛮夷民族，它的军队曾经给中土百姓带来了太多的灾难。韩信尚在很小的时候，就体会到百姓对匈奴那种刻骨铭心的仇视心理。所以，如果他与匈奴合作，不论最终是否能得天下，他都将成为民族的罪人，为天下百姓所唾弃。

这是韩信之所以犹豫的一个最大的理由。平心而论，韩信的智慧与远见并不在他人之下，尤其是在这种大是大非的问题面前，他不得不为自己将来的声名多加考虑。

“如果我换作是侯爷，就绝不会犹豫，因为，这是你我唯一可以夺得天下的机会。”英布看到韩信眼中游移不定的目光，不由为他打气道，“我可以为侯爷算算这笔账，汉军在垓下的兵马共有五六十万之众，一旦攻破垓下，歼除西楚军这十万人马，所损兵力最少也在十万到二十万之间，而此时，侯爷与我的兵力共有四十万人，加上匈奴二十万铁骑，无论在人数上，还是在战斗力上，我们都占据了绝对的优势。既然如此，我们若不动手，更待何时?”

“幸好你不是我!”韩信似乎拿定了主意，冷然一笑，“你只看到了事情的一面，却没有看到更深层次的东西。在我们家乡有一句老话，叫作请神容易送神难，匈奴铁骑从苦寒的荒漠之地来到土地肥沃的中原，你想他会轻易地离开吗？也许我们忙活了一阵，最终只是为他人作嫁衣。”

“这不可能!”英布犹豫了一下，“我与冒顿单于有言在先，他不可能失信于我。当然，他也绝不会毫无好处就答应出兵，我已承诺，一旦事成之后，割燕赵五郡之地作为他出兵的酬劳。”

“五郡之地，实在不多，比之整个天下，五郡又算得了什么？”韩信冷冷而道，“但问题在于，匈奴人未必守信，得寸进尺的事例也多得不胜枚举，如果他们出尔反尔，请问大王将如何应付？”

英布顿时哑口，他的确没有考虑匈奴人一旦得胜，会不会撤出中原的问题。在这个关键时刻，能够从冒顿单于手中借得二十万铁骑，他认为这已经是一个不小的成就，又哪里去想过更深层次的东西？

这倒不是英布缺乏见识，生性愚笨，实在是急功近利的思想让他一时迷了心窍。此时冷静下来，他觉得韩信的推断出现的可能性不仅存在，而且很大，的确是值得自己深思的问题。

“不过，现在说什么都已经迟了，他们正在赶往垓下的路上，最多不过七日，他们就会出现在垓下附近待命。”英布的眉头紧皱，忧心忡忡地道。

“塞翁失马，焉知非福？”韩信显得十分深沉，狠声道，“其实祸兮福所依，福兮祸所伏，有的事情看上去是大祸临头，只要你操纵得当，未必就不能将它转化成为一件好事。”

英布被韩信的话吓得一惊一乍，渐渐地已没有了自己的主张，目光紧盯在韩信脸上，问道：“依侯爷高见，我们究竟该怎么做？”

“一句话，宁可我负天下人，也不能让天下人负我！”韩信的脸上似乎多出了一股狰狞，在烛光飘摇下显出几分鬼魅之气，令英布冷不丁打了一个寒噤。

“侯爷的意思是……”

“只要我们把握时机，充分利用战场的纵深，就能够让这二十万匈奴铁骑为我所用，先行与大汉军死拼，然后，我们在适时加入战团，就可一举坐收渔翁之利！”韩信冷然道。

“你确定英布进了韩信的大营？”张良惊问道，在他的面前，正是樊哙。

“不错，昨夜三更时分，我的手下亲眼看到英布带着几名亲信进了韩信的大营，整整密谈了一夜。”樊哙的脸上显得十分冷峻。

“这可真是山雨欲来风满楼啊！”张良不由感叹道，他最担心的就是韩信与各诸侯联手起事，想不到竟是既成事实。

“不过，这还不是最让人担心的，我已接到密报，在距垓下五百里的北方郡县出现了大批匈奴铁骑，有化整为零的迹象，这似乎不合匈奴骑兵行动的常规，我们看来应该早作提防。”樊哙缓缓而道。

张良心中一喜，暗忖：“看来大王的消息确实准确。”但却不想让太多的人知道纪空手和蒙尔赤的秘密，故意道：“这的确是一个值得注意的动向，一旦垓下战局有匈奴人的介入，形势对我们就不容乐观了。”

樊哙沉吟半晌，请战道：“要不我率部北移，建立防线，以拒匈奴铁骑的介入？”

张良摇了摇头，道：“现在行动为时已晚，而且此时调兵，容易影响军心，是以并不可取。我所担心的是，匈奴铁骑真正的来意，究竟是来相助项羽，还是前来助韩信一臂之力？只有弄清了这个问题，我们才好对症下药。”

樊哙怔了一怔，道：“他们和谁是一丘之貉，这似乎并不重要，因为都是我们的敌人，就应该对他们防患于未然。”

张良微微一笑，道：“虽然都是我们的敌人，但在项羽与韩信之间，却存在着太大的差别，其他的暂且不谈，单是他们加入战团的时间，就有着一定的差异。”

樊哙身为大汉少有的名将，深谙战争的取胜之道在于对战机的把握。战场形势千变万化，胜负转换之快，也许只在眨眼之间，是以他对张良的话十分赞同。

“既然如此，还是我亲自走上一遭，摸清敌情，再下决断。”樊哙意识到问题的严重性，当下请缨。

“你能亲自走一趟，那是再好不过了，只是一路上要多加小心。”张良再三叮嘱道。

当纪空手赶回垓下之时，樊哙也带回了确切的消息，一切都寓示着，大汉军在垓下所面临的敌人不仅仅只有项羽，还有韩信、英布以及匈奴那二十万铁骑。

形势变得如此复杂，垓下的气氛也变得空前紧张，但纪空手似乎并没有感受到太大的压力，反而一脸轻松，从路途带回了一个来自楚地的戏班，在自己的中军帐中摆下了一道酒宴，宴请各路诸侯。

韩信与英布虽然心怀鬼胎，但经过合计之后，认为汉王在酒宴上动手的机率不大，便各带一队亲信赶来。让他们感到疑惑的是，时下大战在即，正是鼓舞斗志的时候，汉王何以一反常态，却以歌舞娱乐诸侯?

经过这数年来的明争暗斗，韩信似乎明白了一个道理，那就是汉王看似信手拈来的每一个举动，其实都暗藏玄机。这一次，韩信倒想看看汉王究竟在玩什么样的把戏。

其实除了韩信、英布之外，就连纪空手身边最亲近的几个人也看不懂他的葫芦里究竟卖的是什么药。众人坐到中军帐里，面对桌上的美酒佳肴视若无睹，倒是将目光聚到了纪空手的脸上。

这是纪空手与韩信难得的一次近距离接触。自纪空手替代刘邦成为大汉之主争霸天下以来，一直避免与韩信面对面的机会，他心里十分清楚，以韩信的精明能干，以及对自己的了解，自己在他的面前很难不露出一丝破绽，而这丝破绽一旦被韩信抓住，就将使自己前功尽弃，命运顷刻翻转。

纪空手是一个自信的人，但他从不自负，尊敬自己的每一个朋友，同时也尊敬自己的每一个对手，也许这就是他能得以成功的秘诀。

酒已斟满，菜香扑鼻而来。众人到齐之后，纪空手缓缓地扫视全场，开口说话道："垓下被围已是半月有余，军旅生涯难免枯燥，今日请各路诸侯前来，是想让各位轻松一下，欣赏一番妙绝天下的楚戏，是以大家不必拘谨，一定要尽兴。"

韩信瞟了英布一眼，没有说话。

英布明白韩信是要自己打头阵，当下站起身来道："汉王的好意我们心领了，只是大战在即，谁也放心不下，特别是在下最近听到了一些传闻，对我们联盟攻楚甚为不利，正好今日当着众人的面，向汉王求证一下。"

"什么传闻本王倒想听听？"纪空手佯装惊奇，却一眼看出这是韩信与英布在试探虚空。

英布为自己留了一手，沉声道："我听说汉王这几日并不在军中，在此非常时期汉王独去，实让我等纳闷！"

"你所听的并非谣传，而是确有其事，我也正要向大家解释。"纪空手淡淡而道，答应得非常干脆。

"本王此去是因为得到了消息说，有一支匈奴铁骑正在南下，距垓下不过数百里。匈奴人一向生活在北域，过着游牧生活，在这个时候进兵中原，必有深意，所以我亲自去查探清楚。此刻证明确有其事，我们垓下之战恐得重新安排了。"纪空手不紧不慢地道。

韩信的额头上顿时渗出丝丝冷汗，有一种被人窥探的感觉，颤声道："匈奴铁骑一向剽悍勇猛，战斗力惊人，项羽得到这样的强援，对我们来说实在不是一个好消息。"

"如果匈奴铁骑真是应项羽之约而来，本王还不甚担心，本王所担心的是请来这支匈奴铁骑的不是项羽，而是别有其人，那就让人防不胜防了。"纪空手的脸上极为严峻。

韩信的脸不由一红，道："另有其人？那会是谁呢？"

"不知道！"纪空手淡淡地道，"本王今日召各位诸侯前来，听戏是假，求计是真。面对匈奴铁骑，我们不能没有一点防范，当务之急是要派一支精兵调往北面，随时注意匈奴铁骑的动向。"

"不错，正该如此。"韩信点头道。

"既然淮阴侯赞同本王的意见，那么照淮阴侯的意思，本王当派何人前往最为合适？"纪空手望着韩信道。

韩信心中一动，瞟了一眼英布，道："汉王既然问起，本侯也就冒昧地说上几句。匈奴铁骑之厉害想必是众人皆知，如果随便指派一人是很难对其起到震慑作用的，所以在人选问题上必须慎重。本侯认为，九江王英布倒是一个不错的人选，不知汉王意下如何？"

英布心中禁不住跳了一下，骤然明白了韩信的用意所在，如果汉王真的能够采纳韩信的建议，那么匈奴铁骑就可以在自己的配合下，神不知鬼不觉地出现于垓下的战场上，作为一支奇兵给大汉军造成极为致命的威胁。

"九江王英勇善战，又精通谋略，当然是个不错的人选。"纪空手沉吟片刻，却又摇摇头，"然而匈奴铁骑善打恶仗，如果兵力太少恐怕难以对它构成威胁。"

英布忙道："兵在精而不在多，如果汉王没有意见的话，本王愿意率本部人马前往！"

纪空手道："扼制匈奴铁骑南下，是关系到垓下战局能否最终取得胜利的大事，为了保险起见，本王还是想让淮阴侯辛苦一趟，即刻回营调兵前往。"

韩信没想到纪空手竟会如此安排，不由喜出望外，与英布相视一眼之后，应道："本侯这就回营，此行定当不辱使命！"

张良心中一动，似乎也明白纪空手如此安排的用意。

纪空手微微一笑，道："淮阴侯亲自出马，本王最是放心不过，只是你们的行动要快，布防之后，尽量避免与匈奴铁骑交手，只要将他们拖在原地不动，本王就为你记上首功！"

"遵命！"韩信点头道，便欲领命而去。

英布忙道："本王起事之前，曾在匈奴的聚居地生活过几年，对匈奴的风土人情、禀性风俗都有所了解，趁着送行之便，本王可以为淮阴侯出些主意，不知汉王意下如何？"

纪空手哈哈一笑，道："如此甚好！就请九江王辛苦一下，代替本王为淮阴侯送行吧。"

出了汉王的中军帐，韩信与英布一路同骑，半晌无语，都觉事情进展得十分顺利，顺利得让他们有点不敢相信。

进了江淮军大营，韩信下达了部队开拔的命令之后，两人这才凑到一起，嘀咕起来。

“这是否是汉王对我们起了疑心，采用的欲擒故纵之术？我始终觉得今日的事情进行得太过顺利，一切都按着我们所希望的进行着。”英布的眉间显出一丝忧虑。

“我也有这样的感觉。”韩信冷静地思考着问题，眼中闪过一道慑人的异彩，缓缓接着道，“出现这种现象，只有两个原因，一是正如你所担心的，这是汉王设下的一个圈套；还有一个原因，就是天意如此，上天终于将它的厚爱眷顾到了你我身上。”

“照你来看，哪一种可能性会更大一些？”英布问道。

“我看不出来。”韩信道，“我只知道，假如我是汉王，又对你我起了疑心，是绝对不会派你我两人中的任何一人去对付匈奴铁骑的，因为谁都清楚，这是引狼入室！”

他指着桌上的那张地图，点在了距垓下不远的鸿沟上，道：“此处之所以取名为鸿沟，是因为它长约百里，宽约五里，深陷于两大平原之间，如同一条巨大的沟渠，每到战争之时，便成易守难攻的战略要地。如果本侯率部在此设立防线，进可攻，退可守，如鱼得水，而它更像是垓下的一道门户，一旦打开，匈奴铁骑便可长驱直入，所向披靡。”

韩信顿了一顿，目光变得深沉起来：“汉王目光敏锐，善打大战恶仗，当然不会看不到这一点，必然会派最信得过的人担负这项防御任务。而我虽然不是他最信得过的人，但我的实力摆在这里，他不可能视而不见。只要他对我不起疑心，我无疑就是最佳的人选。”

“你认为汉王迄今为止还没有怀疑到你我的头上？”英布心中仍然觉得不太踏实。

“是的，这是唯一的理由，也是天意。”韩信的表情变得复杂起来，沉声道，“当上天都要帮助你的时候，你没有任何理由拒绝它的好意。所以，本侯已然决定调兵鸿沟，与匈奴铁骑一起静观事态的发展，一旦时机成熟，你我里应外合，必会成功！”

“据你估算，汉王会在何时开始对垓下的攻击？”英布问道，他的脸上泛起一丝兴奋的油光，面对眼前的大好形势，他显得是那么迫不及待。

韩信掐指算道：“汉王这个人行事一向是神龙见首不见尾，看他刚才那副成竹在胸的样子，攻垓下应在近日，否则粮草也会成问题。不过，你既然留在这里，一切都不是问题，毕竟攻打垓下不是小事，一旦行动，必然会留下蛛丝马迹，完全有足够的时间让你把消息传递出去，到那个时候，我们就可以悄然完成战略转移，然后出其不意地进入到大汉军的阵营之中。”

他的算计的确缜密，就连老谋深算的英布也佩服得五体投地。不过，英布此时的心里还有另外一个疑惑：“事成之后，我会不会忙活半天，却为他人作了嫁妆衣裳？”

带着这个疑问，英布离开了江淮军的军营，重新回到了汉王的中军帐。此时帐内已是歌舞升平，长袖飘香，一曲带着楚国民风的俚曲正绕梁而去，换来的是众人的一片欢呼称赞声。

当英布缓缓落座之后，从后帐又舞出一队婀娜多姿的少女，踏着轻盈的舞姿，随着极富韵律的节拍，唱起了一首思乡的小曲，让人在不知不觉中多出了几分惆怅与伤感。

英布并没有沉湎于这种歌舞中，而是一门心思都放在了纪空手的身上，而纪空手似乎陶醉于莺歌燕舞之中，竟然没有发现英布的回来。

“难道这真是天意？”英布开始相信韩信的说法了，因为他从来没有看到过精明的汉王也有糊涂的时候。当一个人对酒色感兴趣的时候，他的反应自然也不会灵敏。

他兀自胡思乱想，却没有意识到一种潜在的危险正悄悄地向他逼近，俚曲一首紧接着一首在唱，烈酒一杯紧接着一杯在喝，英布却发现自己的背上一点一点地发寒，这种寒意不是冰雪般的寒冷，而更像是站在了地狱的刀口处，感受着阴风的幽寒。

他的心神冷不丁地颤动了一下，猛然回头间，却看到了一双眼睛，一双森冷得可以刺骨的眼睛，那眼睛深处闪动的异彩，就像是一个老猎手面对猎物时所表现出来的冷静。

纪空手！纪空手竟然在他毫无察觉的情况下来到了身后，而此时的纪空手，居然与刚才判若两人。

英布的心陡然往下一沉，冷汗倏地自额上冒出，直到这时，他才意识到情况不妙，以最快的速度拔腰间的佩剑！

英布绝对是一个用剑高手，所以他拔剑的速度绝对不慢，然而，当他的手伸向腰间时，却发现另一只手已经抢在他之前握住了剑柄。

这只手当然属于纪空手，同时他冷漠的声音也适时响起："九江王一向是个聪明的人，相信不会做出傻事来。你应该知道，到了这种地步，无谓的反抗只会让你的生命消失得更快！"

英布深吸了一口气，道："我有何罪？你居然要对付我！"

所有人都为纪空手的举动感到不解，就连那些歌女也被这突来的惊变吓得止住了笙歌曼舞。

纪空手的目光缓缓扫视全场，微笑道："本王一向不做没有把握的事情，既然动手，就有确切的证据证明本王有动手的理由。"

"哦，那我倒想听听，如果你拿不出证据，必会让天下人寒心！"英布冷然一笑，显得镇定了一些。他自问行事机密，除了韩信之外，绝无第三者知道自己企图逆反之事。

他之所以镇定，还有一个更大的原因，就是汉王竟然当着彭越与周殷的面拿自己开刀，这显然犯了各路诸侯的大忌。谁都明白，这些诸侯依附汉王，最担心的一件事就是害怕汉王兼并自己的军队，以至于大权旁落，被人吞并。

但彭越与周殷并没有因为这次惊变而感到情绪失控，而是显得非常平静，似乎早就知道了会有这样的结果。

"本王当然有让你信服的证据。"纪空手目光咄咄紧逼在英布的脸上，道，“你身为一路诸侯，意欲争霸天下，成为乱世共主，这原本无可厚非，正如当年陈胜王所说，将相王侯，宁有种乎！每一个人都可以有自己毕生的追求，每一个人都有机会得到他所想得到的一切。但是你既然加入了我们这个灭楚同盟的行列，就必须遵守同盟的规矩，在不影响同盟利益的前题下才能做你想做的事情。”

英布道：“我并没有影响同盟的利益，也没有做任何不该做的事，我和我的军队完全是按照事先的约定布防，如果你非要强加罪名于我，那也由得你了。”

纪空手冷冷一笑，道：“难道还是本王冤枉了你不成？看来你是不见棺材不掉泪，好！既然如此，本王就问你几个问题，你只要能给本王与在座的各位诸侯一个满意的答案，本王就为现在所作的一切向你致歉。”

英布呆了一呆，望着纪空手非常坚决的脸，心中拿不准对方是否抓住了自己的把柄，冷哼一声：“你如此侮辱于我，只怕不是道歉可以解决得了的吧？”

“只要事实证明本王错了，要剐要剐，悉听尊便！”纪空手断然答道。

英布望了一眼坐在自己身边的周殷与彭越，又看了看自己那几名已被龙赓等人制住的亲信，硬着头皮道：“这可是你说的，在座的诸位都见证了，希望你不要出尔反尔！”

纪空手淡淡一笑，眸子里闪出一道深邃的精光，悠然而道：“本王是那样的人吗？你未免太小瞧了我，本王如果没有十足的把握，又焉能夸下如此海口？”顿了一顿，沉声问道，“本王很想知道，就在三天前，你潜入江淮军大营，与淮阴侯密谋了一些什么事情？”

英布顿时松了口气，淡淡而道：“我与淮阴侯一向交好，闲着无事探访一下，这难道也是罪过吗？这可奇了，我们两人谈谈风月，喝点闲酒，竟成了密谋，汉王未免也太多心了吧？”

“诸侯之间的正常交往，是理所当然的事，本王自然不会多心，但今日淮阴侯力荐你去狙击匈奴铁骑，只怕是事出有因吧？”纪空手话锋一转，显得咄咄逼人。

英布忍不住轻笑一声："如果汉王认为淮阴侯此举乃是事出有因，又何必让淮阴侯担负狙击重任？既然你认定淮阴侯与我同属一路，这岂不自相矛盾吗？"

他所言的确很有道理，这也是他有恃无恐的原因，但纪空手似乎并不以为然，只是淡淡笑道："本王之所以要调韩信前往，当然有本王的良苦用心。其实，你难道不觉得奇怪吗？本王既然已经怀疑你与淮阴侯有逆反之心，何以刚才还要派你前去送行？"

这的确是让很多人都感到不解的问题，面对英布满怀疑虑的目光，纪空手冷然道："这只因为本王不想打草惊蛇，我一定要让淮阴侯确信，我还不知道你们与匈奴铁骑勾结串通的阴谋！"

英布浑身一震，禁不住打了个寒噤，刚刚放下的心倏地一下又悬了起来，惊道："你胡说！"

"我没有胡说！"纪空手凛然而道，"你们要夺取天下，我并不认为这是一种过失，但你们为了夺取天下而出卖民族，引狼入室，那就是不可饶恕的大罪，更是历史的罪人！"

英布近乎疯狂地吼道："你血口喷人！"

纪空手缓缓地自怀中掏出一件物什，"唰"的一声摊在英布的面前，淡然笑道："这就是证据！"

所有的人都看到了，纪空手手中拿的是一封信，只是一封普通布帛写下的书信，没有人知道它的内容，但是英布看到它时，整个人仿佛瘫了一般，一屁股坐在了地上。

"它……它……它怎会落到了你的手中?!"英布的声音极小，却带着一种不可抑制的惊惧。

"这才是天意！"纪空手一字一句地道。

英布的整颗心仿佛陷入到了一个无底的沼泽中，直到这时，他才似乎有些明白，自己与韩信的一切所为，根本就在纪空手的控制范围之内。

他不得不承认，这场豪赌，是以自己的失败而告终了。

中军帐内，已是一片静寂，所有人的目光都聚于纪空手一人身上。

除了纪空手之外，再没有人知道那封书信的来历与内容，而纪空手显然没有要让众人知道的打算，重新将它置入了自己的怀中。

“韩信走了，英布也已为我控制，接下来，我们应该做些什么呢？”纪空手的目光从每一个人的脸上缓缓划过，不怒而威，使得每一个人都已经意识到纪空手将要有重大的决定宣布。

“有的人会说，接下来我们当然是饮酒看戏。”纪空手自问自答，显得很是从容，“如果你们真的这么认为，那就错了！本王请来这个戏班，并不是让你们纵情酒色的，只是因为它来自于楚地，它里面的每一个人都熟谙楚国的乡音与俚曲。”

所有人都为之一怔，似乎都无法理解纪空手此举的用意，却听得纪空手自顾接着道：“作为对手，作为敌人，本王这些年来一直在研究项羽，始终无法洞察当年项羽作出的一项决策，那就是他打入关中之后，明明可以定都关中，却最终选择了彭城，这项决策无疑是一个致命的失误，以项羽之精明，他不会不清楚这一点，然而是什么原因让他不可为而为之呢？”

张良直到这时才微微一笑，似乎已明白了纪空手的用意。

诚如纪空手所分析的，当年定都彭城，而不是山川险峻、富甲天下的关中，是项羽这一生中最大的失误。关中位居天下的中心，进可攻，退可守，乃军事要地，向东可俯瞰齐楚大地；向西可制约巴蜀诸郡，一旦重兵布防，将可震慑各路诸侯，为天下局势的稳定起到不可估量的作用，然而，项羽却无视于关中的战略位置，最终将西楚的国都定在了彭城，这其中当然有其苦衷。

项羽的西楚军战斗力惊人，所向披靡，这很大程度上在于它的将士全部来自于楚国的子弟，讲究协同作战，精密配合，士兵之间紧密团结。当他们进入关中，剿灭大秦之后，在军营之中流传着一种情绪，就是不想长时间地待在异乡！因此而生出浓浓的思乡情绪。为了不影响大军将士的士气，无奈之下，项羽才作出了定都彭城的决定。

这种决定在当时来说，也不能说是一个错误的决定，毕竟当时各路诸侯都对天下虎视眈眈，项羽必须仰仗自己这数十万兵马。然而时至今日，这个决定的弊端就完全显露出来，而大汉军正是攻占关中之后，才有了与西楚一决高下的资本。

张良身为谋臣，自然对项羽当年的这个决定有所权衡，也明白这之间的原因。他心中一动："纪公子突然提到当年的这段历史，绝非事出无因，可是一个小小的戏班和这些往事又怎会有必然的联系？"

纪空手缓缓而道："一支军队，靠的是将士，决定战争胜负的，是将士的士气。只要打击了敌人的士气，那么未战已占三分先机。当年项羽之所以选择定都彭城，是因为他不想让自己的士兵因为思乡情绪而造成士气低落，同样的道理，只要我们能让这些远离家乡的士兵重新勾起思乡情绪，那么垓下一役我们就有了三分把握。"

张良突然拍起掌来，笑道："我明白了，我一直奇怪大王何以带回一个戏班，想不到里面暗藏如此玄机！"

两人这么一唱一合，倒让众人更糊涂了，彭越一向耿直豪爽，笑咧咧地叫了起来："张先生既然知道了汉王的用心，就别卖关子了，老子可是憋得极为难受！"

第一百一十三章　姬别霸王

张良微微一笑，道："有一句俗话，叫作老乡见老乡，两眼泪汪汪。一个人离开家乡久了，自然而然会生出思乡之情，这是人之常情。当一个人来到异乡，吃上一盘家乡菜，听到一句乡音，往往都会激动不已，半天都不能平静，那么各位可以想一想，当这个人突然在夜深人静时听到一曲来自家乡的俚曲，他又会是怎样的反应？"

众人这才知道，纪空手带回的这个戏班，竟然能够起到这么重要的作用，无不佩服纪空手的心机之深，着实是世间罕有。

谁都可以想象，当数万名军士身陷重围，在凄凉的夜色下突然听到一段来自家乡的俚曲，这不仅可以勾起他们对家人的思念，更会勾起他们对家人的担心，因为每一个人遇到过这种事情，第一个问题就是在敌军中怎么会传来原汁原味的乡曲？

是人，就会有思想，一经联想，就难免方寸大乱，而一支方寸大乱的军队，当然就不会有高涨的士气，所以纪空手这看似毫不起眼的灵感，其实蕴含了他对人性极为深刻的认识。

"本王说了这么多，绝不是废话。"纪空手的目光显得异常冷静，一字一句地道，"这只因为我已决定，就在今夜，进攻垓下！"

所有的人都浑身一震，显然纪空手的决定大大出乎了他们的意料之外。

张良更是感到惊诧，道："就算我们能够打击敌人的士气，这个决定依然显得太冒失了，毕竟，要想真正摧毁敌人的信心与斗志，还在于粮草！"

“如果我真的以为凭一个戏班便可打败曾经无敌于天下的西楚军的话，就不仅仅是冒失，更是一种幼稚了！”纪空手的语气平静得就像是不波的古井，让人感觉到极有自信，“其实，我已有了放火烧粮之计，就在今夜，垓下的粮草将尽数化为灰烬！”

此话一出，虽然每个人都觉得有些离奇，但是没有人怀疑它的真实性。在他们看来，纪空手的眼中根本就没有办不到的事情。

然而张良还是皱了皱眉头：“既然如此，你就更不该让韩信狙击匈奴铁骑，这无异于放虎归山，假如我们攻克垓下，得到便宜的就是韩信！”

“你真的以为韩信能捡到便宜吗？”纪空手笑了，但一笑即过，脸上更多的是一股冷峻，“众将听令——”

夜，已深，这是一个月黑风高之夜。

暗黑的夜犹如一头蛰伏的魔兽，森冷得让人不寒而栗。垓下城中的一座高楼之上，虽然燃起了一串灯火，却衬得这夜色更加暗黑，更加无边无际。

一条如铁塔般的身影被灯火拉得很长，随风而动的灯影给了这条身影一丝动感。但事实上，这条身影一动未动，伫立于窗前已有很长时间了，就像是一尊石刻的雕塑。

他，就是项羽，曾经纵横天下、叱咤风云的西楚霸王！

他的脸上，流露出一丝从未有过的落寞，还有一种无奈的表情。他实在弄不明白，自己这支曾经无敌于天下的西楚军，竟然会落到今日被人围困于弹丸小城的这步田地。

“这真是虎落平阳遭犬欺呀！”他的心里好生感慨，却又不得不接受这个事实。

不过，他并不认为这就是自己的绝境。相反，他对自己最终的突围充满了信心，一连数天，他都对龙且森严的布防进行了试探与考验，最终的结论是粮草的安全的确可以做到万无一失。

所以，他相信，坚持就是胜利！

可是，今夜的他，总是心神不定，心中生起一种烦躁不安的感觉，这让他有所担心。

经过了这两年的交锋，他对自己的敌人似乎多出了一种难以琢磨的陌生感。他一直以为，刘邦虽然是一个不错的人才，但无论从智计上还是谋略上，未必就能够与自己抗衡，可是这两年的事实告诉他，自己还是看走眼了，像刘邦这样的枭雄，根本不能以常理衡量，他往往可以在最平静的时刻攻出致命的一击。

一阵轻盈的脚步声自身后响起，项羽没有回头，已然听出了来者是谁，心中那份烦躁不安的感觉顿时被一股柔情所冲淡。

“夜深了，大王还不休息吗?”卓小圆双手环住项羽的腰身，贴伏在他的背上，柔声道。

“我睡不着。”项羽轻轻地叹息了一声，道，“还是请爱妃为我弹奏一曲吧。”

卓小圆坐到一台古琴旁，调试数声之后道：“听曲还须静心，心不静，大王如何能成为琴的知音？既无知音，这曲子不弹也罢!”

项羽默然无语，卓小圆说对了，他此刻哪有心情听琴?

“大王此刻也许最需要的不是琴，而是另外一种东西。”卓小圆的声音如水，显得极是柔媚。

“哦?”项羽不由一怔，“什么东西?”

“大王回过头来就能看到了，又何必问呢?”卓小圆淡淡一笑。

项羽缓缓回过头来，便见灯影之下，一条明晃晃的胴体在琴台上横陈，琴台下是一堆零乱的罗裳，勾勒出一幅涌动着激情与亢奋的画面。

这是一幅极富动感的画面，让项羽感到亢奋的，不仅是因为画面给他带来的强烈视觉刺激，还在于在画面之外，有一种让人心动的声音，仿似无病呻吟，又如怀春少女的梦呓。

这样的一个暗黑之夜，如此的一座高楼之上，柔美的灯影，诱人的胴体……这一切都让项羽感到了亢奋，不管是生理上，还是心理上。如果他不认识这胴体的主人，也许会以为自己遇上了狐仙。

而此时的卓小圆，比狐仙更诱人。她能一直受宠于项羽，很大程度上是因为她懂得项羽的心理，所以她明白要让一个男人变成一只没有理性的野兽，自己究竟应该怎么做。

在卓小圆摄人魂魄的叫春声中，项羽已经感觉到自己的鼻息一点一点变得粗浊起来，似乎难以抗拒这种来自视觉与听觉上的双重冲击。在这一刻，项羽也曾有过瞬间的清醒，那就是他突然意识到，自己已经有很长时间没有与女人有过肌肤之亲了。

做这种事情是要讲究心情的，心情的好坏决定着做这种事情时的质量。对于每一个男人来说，这不仅仅是一个满足的问题，更是一个面子的问题，特别是面对自己心爱的女人，男人通常都不愿意在这一方面示弱。

项羽一向以强者自居，但这段时间的战局急剧恶化，让他已经无心对这类事情再感兴趣。然而，当这刺激而惊艳的画面突然展现在自己的面前时，他意识到卓小圆的话并非没有道理，也许此时此刻他最需要的正是一场毫无保留的发泄。

他不再犹豫，大踏步向前而行，眸子深处闪烁着一种兽性的异彩，毫无忌惮地分解着眼前这艳情的画面：迷离的眼眸，微张的红唇，白里透红的脸蛋，挺立丰满的乳峰，如蛇般扭动的腰肢……这一切就像是一浪紧接一浪的潮水，仿佛欲淹没项羽头脑中的最后一点理智。

“你不是人，是人就绝不可能这么迷人，这么勾魂。”项羽终于来到了玉体前，如醉了一般，喃喃而道。

“来吧，这既是你想要的，就全部拿去。”卓小圆一改往日的羞涩，双手环住项羽的颈项，眼眸半闭，凑上鲜红的嘴唇。

项羽怔了一怔，似乎感到有些不对劲，但那一团明晃晃的肉体散发出来的鲜活气息，让他头脑发晕，轻哼一声，以最快的速度解衣露体，直扑而上……

纵情之后，项羽除了一丝应有的倦意之外，浑身上下却感到了一种说不出的舒坦。他闭着眼睛，鼻间似乎还留有女人特有的余香，正当他沉湎于刚才的欢娱之时，忽然闻到了一丝淡淡的酒气。

他睁开眼来，便见卓小圆已经穿上了衣裙，双手托住一个托盘，端上两杯美酒，妩媚一笑："大王何不喝上一杯？"

"美酒佳人，正该如此。"项羽翻身坐起，微笑而道，"虞妃，你我喝杯交杯酒吧。"

两人将杯中的美酒一饮而尽。

卓小圆突然幽然一叹，道："我不是你的虞妃，从来都不是，其实从一开始，我就是虞姬的一个替身。"

项羽浑身一震，却没有太大的吃惊，只是凝视着卓小圆毫无表情的俏脸，良久才缓缓而道："那又怎样？"

"难道你一点都不感到吃惊吗？"卓小圆不由愕然道。

"本王所奇怪的是，你为什么要把真相说出来？"项羽的眼中闪过一丝痛苦之色。

卓小圆娇躯一颤，道："莫非你早已知道了真相？"

"我的身份和地位决定了我必须对身边的人完全信任，所以在很早以前，我就派人去调查了你的底细。你应该明白，这种小事对我来说并不难办到。"项羽冷然道。

卓小圆惊诧道："你既然知道我不是虞姬，何以还要留下我？"

"你真的不明白我的用心吗？"项羽的目光逼视过去。

卓小圆神情黯然，道："其实对我来说，明不明白已经没有多大意义了，一切都已经晚了！"

项羽怔了一怔，深情地道："我所爱的，是你这个人，而不是'虞姬'这个名字。当我意识到你也许并不是真的虞姬时，就中断了对你的调查，因为从那时起，我就发现喜欢上你了，根本就不可能再离开你，你难道一点都没有感觉到我对你的这份感情吗？"

卓小圆缓缓地将目光投向项羽，凄然一笑，道："你能这么说，我很感激，这至少证明我没有做错。能为自己所爱的人去死，我这一生也算无憾了。"

"你胡说些什么？"项羽大惊道，一把将卓小圆揽入怀中，却见她那粉嫩的眉间泛起一层淡淡的青绿，正是中毒的征兆。

“这是怎么回事?!”项羽一时慌了神，高声叫道：“来人，快来人!”

卓小圆淡淡地笑了：“晚了，已经晚了，这是汉王特意送来的毒药，融入酒中，可以无色无味，最多一炷香的工夫，就能置人于死地!”

项羽顿时明白了一切，心中感动之余，眼中泛起血丝：“你纵然不想害我，也不必自己服毒，难道堂堂一个西楚霸王，还不能保护好自己的女人?”

“我别无选择，因为我曾经是汉王的女人。”卓小圆的呼吸开始变得有些急促起来，“就在刚才，我还起过害你的念头，然而回想起你这几年来对我的恩宠，我突然发现，自己所深爱的人竟然是你，而不是汉王，这叫我怎么忍心去害自己所深爱的人呢?”

“不！你不是刘邦的女人！你是我的！是我项羽的女人!!”项羽近乎歇斯底里地吼道，将卓小圆紧紧地搂在怀中，摇着头道，“你不会死的，不会的！我项羽能够纵横天下，就一定可以将你从死神的手中抢回!”

一行泪水从卓小圆的眼眶中滑出，缓缓地从她的面颊流过：“有些事情是老天早就安排好的，它注定要我悲惨结局，人力是不可改变的，如果你真的对我好，就为我舞剑一曲。”

项羽强忍住泪水，点了点头，将卓小圆缓缓地放到地上，然后站起身来。

他此刻不着一缕，古铜色的肌肤在灯光映射下显得铮铮发亮，整个人融入夜色中，仿若一座大山挺拔。当取剑在手时，他看上去是多么的强大，正与卓小圆将死的凄凉构成了一个鲜明的反差。

正是这种反差，才让这一切显得悲壮。

“力拔山兮气盖世，时不利兮骓不逝，骓不逝兮可奈何，虞兮虞兮奈若何?”项羽剑舞半空，高声而唱，显得慷慨悲昂，一连唱了数遍，这才停下。

“我不姓虞，我姓卓。”卓小圆近乎挣扎地说出这一句话之后，缓缓闭上了眼睛。

眼看着心爱的女人死于自己的面前，却无计可施，这让项羽在心痛之余，同时感到了内心的软弱与无助。

他一直以为自己是一个坚强的人，更是当今世界的强者，但卓小圆的死让他认识到自己性格上的弱点，并且认识到了刘邦的可怕。一个连自己的女人都可以利用的人，不得不让项羽打心眼里感到一股寒意，更有一种说不出来的恐惧。

这种感觉对他来说，从未有过。当他有了这种感觉的时候，禁不住在心里问着自己："难道我老了吗？如果不老，何以会变得这么多情？又何以会变得如此胆小？从来只有别人怕我，可到了今天，我怎么怕起刘邦来了？"

即使屡战屡败，直到垓下被困，他也从来没有把刘邦放在眼里，面对这位曾经是他的部下的这个对手，更愿意将自己的失败归结于时运不济，但卓小圆的死让他意识到，也许自己的失败，与运气无关，关键还在于自己过于轻敌。

一阵嘈杂的脚步声传来，尹纵、萧公角带着一批流云斋卫队的高手闻声而来，看到楼上这副场景，无不骇然。

"大王，发生了什么事？"尹纵惊问道。

项羽没有说话，只是缓缓地穿上衣服，走到卓小圆的尸身前，凝视良久，才一摆手道："替我厚葬了她。"

说完这句话，他的脸色一暗，仿佛苍老了许多。

夜风吹过，他冷不丁地打了个寒噤，突然怔了一怔，侧耳倾听。

他似乎听到了什么，却又不能确定，倾听了一会，抬起头道："你们听到了吗？"

"听到什么了？"萧公角不禁惊诧地道，他什么也没有听到，只是觉得项羽今夜的举止十分古怪，仿佛梦魇了一般。

"箫声！"项羽沉声道，"一段非常哀婉幽咽的箫声。"

萧公角一怔之下，凝神屏气，果然听到城外传来一段时断时续的箫声，随着夜风而来，声音细微，如果不是刻意倾听，根本辨不出来。

“你不觉得奇怪吗？这么晚了，尚有人吹箫，而且吹的是我们楚国的俚曲。”项羽的头脑似乎清醒了一些，觉察到了事情的不妙。

他的话音刚落，突然箫声一沉，从四面八方传来瞭亮的歌声，层层叠叠，足有千人之众，唱的竟然全是楚国民歌。

所有的人都为之一震，项羽更是霍然变色！

“这歌声明明来自城外，怎么会有这么多的楚国人出现在大汉军的军营之中，难道……”项羽简直不敢再想下去，大手一挥，率领属下向城头而去。

项羽现在最需要的就是稳定军心，是以他必须及时地出现在自己将士的视线范围内，因为垓下被围已有一些时日，与外界消息完全隔绝，此时四面楚歌响起，谁都会以为一定是大汉军攻占了楚国，掳掠楚人前来瓦解西楚军的军心。

登上城楼，歌声愈发显得清晰，这些此起彼伏的民歌既有男欢女爱的情歌，也有楚国各地的山歌小调，无一不是西楚将士耳熟能详的曲调。

项羽沿途所见，心中惊骇不已，他分明从每一个战士的脸上读出了思乡与怀旧的感情，如果任由这种情绪蔓延开来，后果实在不堪设想。

“传令下去，所有将士一律不准……”他当机立断，正欲采取强有力的措施以杜绝这些民歌所带来的危害时，一声猛烈的巨响突然自城中传来。

这巨响来得如此突然，让项羽的心一下子揪得紧紧的，有一种喘不过气来的感觉。随着这声巨响过后，项羽听到了城中传来的惊叫声与锣鼓声，暗黑的夜空就像是撕开了一道口子，变得一片血红。

“起火了，起火了！”一阵阵带着惊慌的呼叫声传入了项羽的耳朵，他的心陡然一沉。

他最担心的事情终于发生了，发生得如此突然，又是如此地不可思议，让他没有任何的思想准备，因为这失火的地点，正是龙且所把守的粮仓。

粮仓乃是项羽可以抗衡大汉军的根本，更是西楚将士的心理底线，如果粮草失火，毁之一旦，那么项羽之败就是无法避免的定局。

“随我来！”项羽脸色显得异常冷峻，大喝一声，如风般向粮仓方向冲去。

张良人在城外的一处高地，透过暗黑的夜空，密切关注着垓下城中的一切动静。

在他的身后，是一排剽悍的鼓手，每一个人都显得那么孔武有力，他们所担负的任务就是按照张良的吩咐击打响鼓，不能出现半点误差，以鼓语传达张良攻城的命令。

虽然夜色深浓，但张良仿佛看到了数十万大汉军蓄势待发的场面，心中有一种说不出的激动。眼看着数年的努力马上就要出现结果，他的确感到自己肩上责任的重大。

今夜，就在今夜，一场决定命运的大战即将打响，而他却成了这场大战的主角，这的确让张良有些始料不及。

这场大战的主角本来应该是纪空手的，作为军师，张良从来都是幕后策划。然而，纪空手这一次却将张良推到了前台，而他自己却躲到了背后，这只因为，他还有更重要的事情要做，那就是进入垓下，烧毁西楚军的粮草。

从某种意义上说，能否烧毁敌人的粮草，已经关系到这场决战的成败。

张良从来都非常相信纪空手的能力，但在这件事情上，他对能否成功产生了极大的怀疑。因为在此之前，大汉军的许多高手都曾经作过尝试，最终不是无功而返，就是命丧黄泉，由此可以想象西楚军对粮草的把持是何等重视，其戒备又是何等的森严。

但纪空手将全军的指挥权交到张良的手中，却显得相当自信，只说了一句：“城中火起之时，就是攻城的开始，切记莫误！”

张良虽然对能否烧毁敌军粮草抱有怀疑，但他却不折不扣地对兵力作了有效的部署。此时此刻，万事俱备，只待火起——他所要做的，就是耐心地等待下去。

决战垓下，张良几乎绞尽了自己所有的智慧，制订了一个近乎完美的决战计划。在他看来，只要纪空手真的能够破敌粮草，那么胜利就是指日可待。

在他的这个计划中，彭越、周殷各领本部人马，封锁住垓下的东西两线，而大汉军作为攻城的主力，自南北两线夹击，对西楚军形成瓮中捉鳖之势。这样的计划，不仅权衡了各部的实力，同时也估算到了敌人背水一战时有可能爆发的战斗力。以攻守互补、强弱结合使整个战局变得紧凑、有序，是非常符合兵家之道的，为此，张良为这次行动计划取名为四面埋伏。

纪空手却认为，四面埋伏虽然天衣无缝，可以置敌于死地，但这种大胜的背后，所付出的代价将是无比惨重的。考虑到攻城之战只是整个垓下战局的一个前奏，而韩信的江淮军与匈奴铁骑尚在鸿沟一线虎视眈眈，就必须要对四面埋伏作出有效的改动，否则也许就真的会让韩信捡到一个大便宜。

至于这个改动到底是什么内容，张良心里也没有数，他只知道，纪空手将这个改动后的计划称之为十面埋伏。

救火刻不容缓。

从城头赶到粮仓，需要一炷香的时间，但项羽十分清楚，如果自己在这段时间内才赶到粮仓，火势必然无法控制。

所以，他没有再顾忌自己的身份，轻啸一声，施出轻功提纵术，带着一帮高手如风般扑向粮仓。

一路望去，火势愈发猛烈，数尺长的火苗犹如魔兽般张牙舞爪地吞扑着粮草，呛人的浓烟中，不时爆发一串一串的火星，和着噼里啪啦的爆炸声，形势极是危急。

龙且率领数千人拿着沙土袋、水枪、桶盆，正以最快的速度扑击火势，每个人的脸上在惊慌中都带着一丝睡意，显然被这突发的事件弄得有些不知所措了。

一切显得非常有序，这说明龙且对突发事件的应变能力的确无可挑剔，但火势之大，使得这有序的扑救显得徒劳。当项羽赶到现场时，大火已无法控制。

项羽的脸色一片铁青，望着一脸尘埃的龙且，冷然道："你误了我的大事，可知罪?"

"末将自问戒备极为森严，连一只苍蝇也休想蒙混过关，可是……"龙且的声音很是惶恐，似乎感到了自己将要面对的结局。

"如果连苍蝇都飞不进来，这火又是自何而来？难道是天火不成?"项羽的手已握住了剑柄。

龙且硬着头皮道："这火的确来得非常古怪，末将以为，只有两个原因。一个是不排除我的队伍中出现了内奸，趁夜深之际，纵火烧粮。但是这个原因的可能性实在不大，末将早就下令，凡是负责防卫粮仓的将士一律不准携火种进场，一日三餐，只能吃冷食充饥，违令者斩，所以末将倾向于这第二个原因。"

"哦?"项羽冷哼一声，觉得龙且的话不无道理。能够被选中派来护守粮仓的将士，无一不是他信得过的心腹亲信，无端怀疑他们，实在说不过去，所以他望向龙且，冷笑道："本王倒想听听你的第二个原因。"

"这第二个原因，就不能排除一些人力不可抗拒的可能。譬如说雷击、闪电、地火、自燃……"龙且的话尚未说完，便听到大火之中传出几声惨叫，和着几声清脆的剑击之音。

项羽的目光若利刃般扫在龙且的脸上，淡淡而道："看来，你这两个原因都可以排除了，虽然本王对起火的真相不甚明了，但有一点可以肯定，确实有敌人闯过了你认为连一只苍蝇都飞不进的防线，放火烧粮!"

龙且的脸色"唰"的一下变得惨白，他已从飘忽的火影中看到了两道身影，而这两人，无疑就是纵火者。

项羽冷冷地盯视着蹿跳于火影之中的两道身影，突然心神一震，因为就在这时，他认出了这二人的身份。

"你带人迅速救火，以期将功赎罪!"项羽深深地吸了一口气，让自己保持镇定。然后，他近乎是咬牙切齿地一字一句道："这两人，就交由本王亲自处置!"

他的确有些激动，更感到一股杀机由心而生，自然而然便有喷薄之势。他怎么也没有料到，这放火之人竟然是汉王刘邦！于公于私，他都没有理由再放过这个敌人。

鸿门之时，项羽没有听从范增之计，击杀刘邦，这在他以后的日子里，一直为此事耿耿于怀。当机会再一次来到项羽身边时，他当然不会任由这个机会又一次从自己的手中溜走。

为了自己，为了自己的西楚军，更为了死去的"虞姬"，项羽决定出手了！当他的大手缓缓地握在剑柄上时，除了满腔杀机之外，他的心中还有一个悬疑："他是如何出现在这里的?"

这的确是一个令人不可思议的问题，至少对项羽来说，确实如此。他并不觉得龙且的话夸大其词，在众多精锐高手的防范之下，就算是一个会飞的苍蝇也休想逃过这些人的耳目。那么，汉王刘邦又是怎么接近粮仓，继而从容纵火的?

项羽想不通，想不通汉王刘邦为什么能出现在这里，正因为他给自己找不到一个合理的解释，心里突然生出了一丝不祥之兆。

事实上，纪空手能够出现在西楚军的粮仓中，这看上去确实像是一个奇迹。

毫无疑问，西楚军对粮仓的布防滴水不漏，就算是一只会飞的苍蝇也逃不过众多高手的耳目，但是，如果是一个会飞的人呢?

这个世上当然没有会飞的人，在人们的记忆中，只有传说中的神仙魔怪才会飞。所以，不论是项羽，还是龙且，他们都没有想到进入粮仓还有一个重要的途径，那就是自天而降!

纪空手最初也没有想到这一点，虽然小的时候，他在梦中给自己安上了一双翅膀，若鸟儿一般自由地遨翔天空，可是一到梦醒，他才明白一个道理，人是不可能有翅膀的，所以人绝对不会飞!

正因为如此，所以纪空手一开始也是束手无策。面对西楚军如此严密的防范，他甚至放弃了烧粮的计划，而将重心放在了筹集粮草之上，准备与项羽打一场旷日持久的消耗战。

但此次去见蒙尔赤前他突然想到了五音先生，想到当日那让他逃出霸上的气球，使他从中悟到了进入垓下、放火烧粮的唯一途径——从天而降！

所以，他离开军中前的第一件事就是找到红颜，让她制作出一个可以载人的皮球。与此同时，他为最后的攻城战作好一系列的准备：一回来便调离韩信，软禁英布，兵力重新布置分配……当这一切完成之后，他将大权悉数交到张良手中，却与龙赓一起登上了垓下周围最高的一座山峰。

充气的皮球鼓得盈满，悬浮于离地数尺的空中，当风向转往垓下时，纪空手与龙赓登上了竹篮，然后熄火而行。

一切似乎都经过了精确计算一般，皮球在纪空手的驾驭下向垓下滑行过去。在这暗黑的夜空中，他们就像是浮游中的幽灵，正一点一点地向自己的目标接近。

此刻的纪空手，心中的紧张就如一张紧绷的弓弦，密切地注视着风向与脚下的动静。他已经注意到了城中一处全无灯火的地方，经过目测之后，他确定那里正是自己要降落的目标——西楚军的粮仓。

确定自己要降落的目标，这只是纪空手行动的第一步，而要做到非常精准地降落，却有些麻烦。他心里清楚，充气的皮球熄火之后，完全是靠着自高峰下滑的惯性支撑，所以留给他的时间并不多，他只能充分利用这点时间驾驭皮球的降落，不能出半点差池，否则一切都会前功尽弃。

所以，他竭力让自己保持冷静，在注意风向的同时，让龙赓密切观测风速。当皮球下滑了足有百丈之后，地面上的建筑在几点依稀的灯火下，隐现轮廓。

纪空手探出头来，仔细辨认之后，不由吃了一惊："不好！如果按此刻的风速，以我们现在所处的高度，只怕到了粮仓上空时，距离至少有三四十丈，我们根本无法降落！"

"从三四十丈的高空往下跳，不死即伤。"龙赓同意纪空手的判断，虽然他与纪空手绝对是天下一流的高手，但他们终究是人，并非不死的神仙。此时人在半空，又无借力之处，如果贸然往下一跳，那么结果可想而知。

纪空手意识到了问题的严重性，不由为自己一时的疏忽感到懊恼。他没有想到自己千算万算，最后竟然栽在这么一个小细节上。

“这难道是天意?”纪空手禁不住叹息一声，如果错失了今夜这个机会，那么垓下的形势必将变得复杂起来，因为大汉军的敌人不仅仅只是项羽，还有韩信。

若是韩信得到了英布遭软禁的信息，他将会有怎样的动作？这像是一个谜，充满了无穷变数，但却不是纪空手此刻考虑的范围。

“但就算是天意，我也绝不甘心！”纪空手的脸色变得异常冷峻，“再过一会儿，我就从这里跳下去，下面既然是粮仓，就必然有不少的粮草，只要我摔在粮草上，应该不会有太大的问题。”

“可万一你没有摔在粮草上呢?”龙赓的目光紧盯在纪空手的脸上。

“那就是天要绝我了！”纪空手知道时间非常紧迫，自己必须作出决断，否则皮球飘过降落的范围，一切将无从谈起。

龙赓突然笑了，从篮筐外抓起一件东西，在纪空手的眼前晃了一晃，道：“天若要绝你，那就是老天瞎了眼了，因为你不孤独，在你的身边，还有红颜，还有无数朋友！”

纪空手这才看清，龙赓手中所拿的竟是一根如儿臂粗的绳头，麻绳密密匝匝地缠在篮筐之外，足有数十丈长，只要将长绳的一端牢牢固定在皮球上，他们就可以攀着长绳滑行而下。

“想不到你还有未卜先知的本事，竟然早有准备。”纪空手一颗悬着的心放了下来，脸上露出了非常灿烂的笑容。

“你不应谢我，要谢，你应该多谢红颜。”龙赓微笑道，“她知道这些日子来你为攻城大计煞费苦心，忙得晕头转向，难免会对一些小事疏忽，所以她充分考虑到了你此行将要遇到的风险，特意为你准备了一些应急的东西。”

纪空手的心里顿时涌动出一股热流与暖意，为红颜表现出来的体贴关心而感动，喃喃道：“她难道没有说点什么吗？”

龙赓微微一笑，道：“她说了，她这么做，只希望你能为了她们几个姐妹和无施全身而退，保重自己。”

纪空手坚决地道：“我一定能够做到！”

他不再犹豫，将长绳迅速放下，摸了摸怀中的火石，道：“我先下去，你带上那两个竹筒跟着下。”

第一百一十四章　天弓空射

龙赓这才注意到自己的身边还立着两个尺长的竹筒，以蜡所封，极为严实，不由怔了一怔，道："这里面装的是什么东西？"

"黑油。"纪空手抓住绳索道，"有了它，纵火就变得容易多了。"

当两人顺绳而下，终于跳到一堆草垛上时，四周一片暗黑，除了远处几点灯火之外，整个粮仓显得非常静寂，根本不见半个人影。

但纪空手心里明白，平静的背后，往往蕴藏着更大的凶险，说不定此刻正有数千双眼睛在密切关注着粮仓周围的一切动静。

所以，留给纪空手放火的时间并不多，也许，就只有一刹那！

直到这时，龙赓才明白黑油的好处了，一旦将粮草上洒上黑油，则油助火势，可以迅速蔓延开来，就算敌人发现得早，也将扑救不及。

事实也正是如此，纪空手点燃火石之后，"砰……"的一声，顿时蹿出数尺火苗，席卷向如山堆集的粮草，其势之烈，若火魔肆虐，不过片刻功夫，已映红了半边天空。

静寂暗黑的夜为之打破了它原有的平静，数千条人影仿佛自地底下冒出一般，敲锣报警的，手持水枪的，肩扛沙袋的……所有人都慌作一团，扑打着这突来的火焰。

但火势既起，不可抑制，纪空手与龙赓眼见大功告成，相视一笑，正欲趁乱而退时，突然一阵刀风响起，竟然袭到他们的身后。

刀，绝对是一把普通的刀，完全可以在兵器铺里随处可见，但用刀的人却并不普通，单听这凛厉的刀风，纪空手可以断定对方是个高手。

不过，无论是谁，在纪空手与龙赓的眼中，已没有太大的区别。当世之中，还没有人可以挡得住他们两人的联手一击。

所以，刀还没有挤入他们三尺范围时，其主人便如断线风筝般跌入火窟，随即惨叫一声，一命呜呼。

也正是这一声惨叫，暴露了纪空手与龙赓的行踪，很快，又有三把刀、四柄剑围住了他们。

“当……”刀断、剑碎，人影翻飞，纪空手与龙赓同时出手了！在这个时候，他们出手已不留情，劲气纵横，遇者立毙。

但还没等纪空手杀得兴起，陡然间，他忽然感到自己的眉间一跳，心中为之一惊。

他不得不感到惊骇，因为，每当他眉锋跳动之时，就意味着有真正的劲敌出现。

他没有猜错，这一次的劲敌，居然是有天下第一高手之称的西楚霸王项羽！

烈火熊熊，横于纪空手与项羽之间，两人的眼芒在虚空中悍然交错，随着腾升的火焰而起的，是两道惊人的杀气。

杀气浓如烈酒，更似寒冰，虽然人在火场，但寒意从所有人的心中渗透而生，依然让人不寒而栗。

西楚军的将士全部退到了十丈之外，就连龙赓也不得不退了几步，似乎无法抵御来自纪空手与项羽身上散发出来的浓烈杀机。

不可否认，这将是亘古未有的一战，其霸烈、残酷，都将超出人们的想象，更脱离了生死的范畴。

所以，无论是纪空手，还是项羽，都没有急着出手，而是在对峙中等待，等待一个可以置敌于死地的时机。

高手对决，只争一线。

更何况这是当世两大绝顶高手的对决！

熊熊烈焰如魔兽般张牙舞爪，吞噬着如山的粮草，显示出疯狂的动感。而对峙中的纪空手、项羽两人，却挺拔若山，静默如山，任由疯狂的火苗从身边窜过，依然巍然不动。

静动之间，显示出两人超凡的定力，这种静默的背后孕育着风暴的来临。

“杀啊……冲啊……”就在最静的一刻，突然自四面八方爆发出惊天动地的呐喊声，如海啸般席卷过垓下的上空。

正在扑火的西楚将士无不一怔，项羽的眼中更是闪过一道异样的色彩，他们很快就意识到，大汉军开始攻城了！

虽然距城墙还有一段距离，但惨叫声、爆炸声、厮杀声、号角声……接二连三地传来，让每一个人都听得清清楚楚。尽管他们没有看到厮杀的场面，但他们都是久经沙场的战士，单听这些声音已可推断出战事之惨烈。

就在这时，纪空手的身形突然动了。

就如同闲庭信步一般，他的步伐显得轻缓从容，每一步迈出，间距与频率都惊人的相似，几乎没有一点误差。然而，虚空中存在的压力却随着他步伐的前进一点一点地加强，犹如山岳般向项羽缓缓推移而去。

他选择这个时候动，恰到好处，因为他相信项羽听到攻城的号角声时，会多多少少地分一点心，而这无疑是他的机会。

项羽不仅分心，同时也大吃了一惊。他已从远处传来的声音中听出自己的将士竟然抵挡不住大汉军疯狂的攻势，大有节节败退之势，这让他有点不敢相信。

毕竟那是一支无敌之师，身经百战创下了从来不败的纪录。随着这两年的事态变化，虽然西楚军最终被困垓下，但项羽始终坚信，这只是一时的困境，要不了多久，它又将纵横天下。

这支被项羽寄予厚望的部队，竟然不堪一击，这多少出乎项羽的意料。其实，如果不是纪空手以四面楚歌瓦解了西楚将士的军心，又纵火毁粮冲破了西楚将士心里的最后一道底线，否则西楚军纵然不敌，也不至于兵败如山倒。

项羽深深地吸了一口气，知道今夜败局已定。然而，他不甘心，目光最终落在了纪空手的身上。

“唯有杀了此人，或许才能改变战局！”他心中一动，仿佛看到了一线生机，就像是一个溺水者抓住了一根稻草般，他没有理由再放弃。

项羽没有拔剑，而是取射天弓在手——他对射天弓就像是对自己的剑一样，充满自信。

箭在弦上，弓如满月，弓弦构筑出一个浑满的圆，就像是充满无尽引力的黑洞，仿佛欲吞噬虚空中的一切。

纪空手的眼中寒芒乍现，就像是划过天边的一道闪电，紧紧地锁住那森寒的箭镞之上。当项羽取弓在手时，纪空手不得不再次停下脚步，因为他发现，此时他与项羽相隔的距离，还有十丈，而十丈的距离，是弓箭出击的最佳距离。

对纪空手来说，他用的是剑，而十丈距离对一个剑手来说，还是远了一点。

这说明项羽绝非浪得虚名，也无愧于天下第一高手的称号。在不知不觉中，他已将这一战的先机把握在手中。

弓、弦、箭三者合一，在虚空中形成一个完美的整体，静悬不动，但在这三者之间的空间里，万千气流绕行流动，一动一静，喷射着无穷杀气。

这箭尚未出手，似乎已达到了武道至高的境界。但对项羽来说，自己的出手是否合乎武道的精髓并不重要，重要的是他要击杀对方，击杀眼前这个他今生最大的宿敌。

卓小圆的死勾起了项羽心中的仇恨，局势的失利更让他心生杀机，虽然他从来没有与刘邦交过手，更明白刘邦真正的身份是问天楼阀主，但铁弓在手，已没有任何理由可以阻住他出手。

不！也许还有一个理由可以阻止他的出手，那就是当他知道眼前的刘邦不再是刘邦，而是另有其人时，相信他不仅不会出手，更会大吃一惊。然而，这只是一个假设，此刻的项羽注定无法破译这个秘密，所以的确没有任何理由可以阻住他的出手。

“哧……”弦响如跳动的音律，骤然而生。

弦虽然响了，却不见箭影，难道这一箭的速度之快，已到了可以隐形的地步？

让所有人震惊的是纪空手，他居然敢在面对项羽的神箭之时，没有作出任何反应，莫非项羽的射天弓真的快到了连纪空手都无法闪避的地步？

就在众人惊呼之时，项羽开口说话了，眸子之中闪过一丝异彩，似乎感觉到有些不可思议。

“你怎么知道本王射的是空箭？”项羽的声音很冷，让人无法听出他的心绪，但那种仇恨的情绪蔓延到空气之中，谁都可以感觉到那种刻骨的滋味。

“凭直觉，我相信自己的直觉，也了解一个绝顶高手面对挑战时应有的心理。”纪空手淡淡一笑，其实正是因为他刚才的冷静，才化去了必杀一劫。

“连本王都有点认不出你了。”项羽冷哼一声，“当年你在本王的手下为将，也看不出你有多么的聪明能干，想不到风水轮流转，今天你竟然敢与本王唱起对台戏了。”

纪空手微笑道：“这或许就是你失败的原因！你太骄傲了，所以你总是轻视你的每一个对手。其实，人与人之间并没有太大的差距，也并非注定了你就要高人一等，当你非要站到高处俯视他人之时，已经为自己的失败埋下了伏笔。”

“你在教训我？”项羽冷然道。

“不敢！我只是就事论事罢了。”纪空手不卑不亢地道，“就拿你刚才所放的空箭来说，高手相争，气势为先，弦响而箭不出，是因为你也有所忌惮，是以想先打扰我的视听，然后在我作出反应的一刹那，施出必杀绝技，所幸的是我了解你，因此没有作出任何的表示，这倒让你反而不能出手了。”

项羽的脸上依然阴沉，心中却吃了一惊。纪空手分析得丝毫不差，自己的确是过于考虑杀人的技巧了，反而失去了杀人的气势，而一旦纪空手识破了自己的用心，那么自己的出手便要弱了三分，根本不能构成致命的威胁。

“冲啊……”一声如惊雷般的巨响之后，远处的喊杀声如潮水般涌来，项羽陡闻一阵“嘚嘚……”马蹄声，抬头一看，只见萧公角和十余名战将犹如一阵狂风般飞奔而至，每一个人的脸上都明显带着一丝慌乱。

“城破了！城破了！”其中一员战将来得最快，骑上一匹快马，一路狂呼而来。

“哧……”项羽的眉头一皱，大惊之下，眉间闪出一股怒意，一箭蹿出，竟然直扑那员战将的面门。

“啊……”惨呼声中，那员战将翻身坠马，等到萧公角等人擦身而过时，惊见那员战将头盔上插了一枝羽箭，自头颅上对穿而过。

萧公角赶到项羽身边，刚欲开口说话，却听项羽沉声道：“关键时刻大呼小叫，简直是蛊惑军心，当真该死！”

众人闻声无不心中生寒，这才知晓竟是项羽亲手杀了那名战将。

其实项羽心里明白，这员战将所说的是既成事实，他所恼怒的是这员战将不该大呼小叫，瓦解军心。越是到这种紧要关头，就越需要冷静，一个人的表现往往会影响到整个战局，此时此刻，项羽必须镇定，同时他也要求自己的将士保持镇定。

在项羽的身后，数千将士都将目光聚集在项羽身上，没有人说话，也没有人再显示出慌乱的神情。每一个人都散发出一股不屈的战意，更慑于项羽那种咄咄逼人的杀人之威。

纪空手的心中一寒，不禁在心中问着自己：“此时此刻，如果换成我是项羽，该怎么做？事实证明，在这种情况下，杀一儆百是最有效的方法，可以在最快的时间内稳住阵脚，震慑军心。然而，当该杀之人是追随自己多年的爱将时，我是否能做到像项羽这般无情?”

他不知道答案，心头突然涌起了一丝倦意，仿佛在刹那之间对这种打打杀杀、斗智斗勇的游戏充满了厌倦，而对自己曾经度过的市井生活平生几分向往。

项羽的目光依然盯视着纪空手，他在权衡，在计算。他已从纪空手刚才的表现中意识到一个问题，那就是这是一个不容易对付的敌人，就算自己能够战胜，也必然要耗费太多的时间。

而时间对于此刻的项羽来说，弥足珍贵，点滴之间就可以改变生死，改变命运。他权衡之后，终于明白，现在自己最该做的事情不是杀人，而是逃命。

留得青山在，不怕没柴烧，项羽有这个自信，只要让他逃出垓下，必然会东山再起，卷土重来。所以，他的注意力开始从纪空手的身上转到了萧公角身上，希望能从萧公角的嘴中得到目前垓下的局势。

萧公角既是西楚名将，也是项羽极为器重的流云斋高手，能在项羽帐下拥有这样的身份与地位，说明他不但有实力，而且是一位极具智慧之人。所以当项羽的眼睛盯住他时，他只说了一句话：“从南门走。”

项羽心中一惊，从南门而去，正是西楚！大汉军既然要置自己于死地，就应该断掉自己的归路，派重兵设防才对，何以却反其道而行呢?

“也许这是敌人的疑兵之计，但事已至此，别无选择，就算这一路凶险颇多，我们也唯有硬闯一途！”萧公角虽是建议，但脸上表情却十分坚决，因为他心里明白，项羽再不作出决断，他们将连这最后一搏的机会也会失去。

项羽点了点头，将射天弓抄于手中，指向纪空手道：“本王真想杀了你，可惜的是时不我待，且将你的人头记下，日后再取也不迟!”

纪空手的脸色始终不变，就连眼神也是依然如故，淡淡笑道：“杀不杀我是一回事，杀不杀得了我又是另外一回事。其实你我心里都十分清楚，你若真想要我的人头，那我就得奉劝一句，千万不要保不住你自己的人头!”

项羽心中的怒火“腾”地急升而起，但理智告诉他，现在不是逞口舌之利的时候，当下冷哼一声，高呼道:“随我来!”

他一马当先，率领领萧公角、龙且等数千人马迅速向南门方向奔去。虽然身处劣势，但这支人马依然行动如风，有条不紊地急奔而行，只刹那间便自纪空手的眼中消失。

“虎死不倒架，无敌之师终究是无敌之师啊!”纪空手忍不住轻叹一声，不得不佩服项羽的确是带兵有方，不过眼见自己的大敌从眼前消失，他并没有追击，甚至连追击的意思也没有。

从四面八方传来的喊杀声响彻整个垓下，很快，龙赓便看到大汉军的将士们进入了自己的视线范围。

“如果你选择出手，也许项羽根本就没有逃走的机会了!”龙赓似乎有些惋惜。

纪空手盯着项羽退走的方向，目光显得非常深邃，缓缓而道:“如果我选择动手，或许，我们才真的没有机会了。”

龙赓不解地问道:“项羽真的这么厉害吗?”

“你听说过卓小圆这个名字吗?”纪空手不答反问。

龙赓一怔:“我听张良提过这个名字，据说她是作为虞姬的替身而成为项羽的宠妃的，其实她的真正身份是刘邦安插在项羽身边的一个卧底。”

“不错!她做得非常成功，成了项羽最宠爱的一个女人。当项羽出现在我的眼前时，我才知道，她的卧底做得其实并不成功，而这种失败往往意味着死亡。”纪空手叹息了一声，心中生出一分内疚，因为他知道，卓小圆的死与他有着莫大的关系。

“你是说她已经死了?”龙赓看着纪空手道。

“在此之前，我以刘邦的名义要她对项羽下毒，并给她送去了听香榭的奇毒之药，这种毒不仅没有解药，而且无色无味，即使是行家高手也根本无法识破，只要卓小圆将它下入酒中，递给项羽，那么项羽纵有九条命也唯有死路一条。然而，项羽并没有死，这只能说明卓小圆失败了。”纪空手的神情显得十分冷峻，深深地吸了一口气，“虽然我不明白失败的原因，但其中必定有什么变故，只是我们再也无法得知。而以项羽对卓小圆的宠爱，在这种紧要关头却不把她带在身边，这只有一个理由，那就是她已经死了。”

他说完这些话时，整个人似苍老了许多，回过头来直视龙赓：“你是不是觉得我很卑鄙，居然利用一个女人达到自己的目的？”

“这种手段的确有些卑鄙，但我相信你一定有这样做的理由。”龙赓微微一笑，他似乎感到了纪空手有些伤感的情绪。

纪空手轻轻地叹息一声：“我其实反复想过，这种手段虽然卑鄙，但若能成功，今日的垓下就不会有太大的伤亡。尽管这场大战不可避免，但我想的是如何将将士的伤亡降到最低限度，一看到这种血流成河、尸积成山的场面，我总是觉得自己有不可推御的责任。”

“你的做法是对的！”龙赓道，“为大计着想，有时候用些卑鄙的手段也无可厚非，可我还是不明白，卓小圆的死似乎与你是否出手并没有直接关系，你为什么要提起这样的话题？”

纪空手若有所思地道：“这两者之间其实大有关系，你我都是男人，应该明白失去自己最心爱女人时的那种痛苦，而这种痛苦必将让一个人的心境生乱，无法做到心若止水。可是，当我面对项羽时，却发现他出奇的冷静，几乎没有给我任何出手的机会，这只说明，他对流云道真气的领悟已达到了出神入化的境界，再也没有任何东西可以让他的心乱神分。”

龙赓禁不住倒吸了一口气，道：“这么说来，普天之下还有谁可以置他于死地？”

纪空手望向项羽南逃的方向，坚定地道：“能够置他于死地的人，普天之下，唯有一个，那就是他自己！”顿了一顿，随即又意味深长地说了一句，“这也是我为什么要他从南门逃亡的原因。”

当项羽自南门杀出时，身后只有八百铁骑追随，虽然付出了沉重的代价，但对他来说，已经达到了突围的目的。

此刻已是四更，夜色之浓，几乎不能视物，项羽等人凭着记忆，拍马扬鞭，向南飞驰而去。

项羽始终觉得，大汉军的兵力之所以在南门一线比较空虚，绝不是一时疏忽，而是一个圈套。所以，一路上他吩咐属下小心提防，随时准备应对突发事件，而他的大手始终不离自己的剑柄。

然而，一直到了天亮时分，一路上并未出现项羽所担心的埋伏，甚至连一个汉军将士也没有，这让项羽心生诧异，似乎有些不明白对方的动机了。

坐在马上，看着自己身边仅存的这八百铁骑，项羽有恍如一梦的感觉。就在一夜之间，他那支曾经威震天下的无敌之师就此消亡，七万将士的生命也就此打上了一个句号，这对他来说，是极为残酷的！

这是他与大汉军争霸天下唯一的本钱，想不到会输得如此彻底，想起昨夜所发生的一切，他真不敢相信那是事实。

他不敢相信，是因为他没有料到敌人会以四面楚歌瓦解自己将士的军心，连他也认为，西楚已在大汉军的掌握之中；他同样也没有想到敌人竟然会突然出现在戒备森严的粮仓之中，纵火烧粮，从而彻底攻破了自己将士的心理底线，无心应战，以至于败势早定。而最让他感到痛心的是，自己最心爱的女人居然就死在自己的眼前，他却无能为力。而这个女人，竟然是自己宿敌的女人，这让项羽的自尊几乎荡然无存。

项羽并不是一个多情之人，在他的一生中，从来不缺女人，可真正让他可以投入感情的，恐怕就唯有卓小圆一个了。他也曾追求过红颜，但他对红颜的追求，更带着一种功利的目的，所以，即使他曾为红颜列兵十万相迎，也不能说明他对红颜有太多的痴迷。

然而，他对卓小圆的感情确已到了痴的地步，为了能够见到她，他甚至不惜打破常规，将卓小圆携入大营之中，以便可以朝夕相处。当卓小圆为他饮毒自尽的刹那，项羽伤心之余，才发现卓小圆对自己的爱竟然远胜于自己对她的付出。

翻过一道山口，队伍明显地放慢了速度。此时他们从垓下逃出已有数个时辰，至少赶了百里夜路，人疲马乏，加上人人都如惊弓之鸟，在身体和心理上都负荷了难以承受的极限。所以，项羽没有催促，信马由缰，慢慢调整。

迎面吹来的清风，十分凉爽，但项羽显然无心领略，眼见拐过一道密林，前方突然出现了一个三岔路口，所有的人无不一怔，停住了前进的脚步。

这条路的确可以通往西楚，但却不是垓下通往西楚唯一的路径。所以，在场的每一个人对这条路的路况都陌生得紧，根本辨不出这岔出的两条路到底哪一条可以通往西楚。

项羽没有犹豫，当即吩咐属下四处搜索，就近寻找当地的土著村落，以求问路。

就在这时，一道高亢的歌声自对面的山林响起，伴着歌声出来的是一个二十来岁的樵夫，他肩挑一担湿柴，正要往另一个方向走去。

“那位老哥，请留步!”项羽高声叫道，声音里隐挟内力，回荡于山林之间。

那位樵夫回头望了一眼，扔下柴禾，拔腿向林中跑去。

“截住他!”项羽扬鞭一挥，四五名属从立即拍马追去。

龙且深知自己的失粮之罪是最终导致败局不可收拾的主要原因，以项羽的行事作风，未必能放过自己，但他还是硬着头皮上前：“大王，你不觉得这位樵夫的出现太奇怪了吗?”

项羽的目光盯着前方，冷然道：“这不过是一个巧合，有什么奇怪可言?”

“也许是末将多虑了！”龙且小心翼翼地道，“末将只是觉得，敌人的追兵来得不紧不慢，似乎算到了我们会有此劫一般，而这位樵夫在我们最需要他的时候出现了，难道其中没有蹊跷吗？”

项羽冷哼一声，没有理会龙且，其实他并不认为龙且的话没有道理。但此时此刻，他更愿意将这位樵夫的出现看作是一种天意，取天不绝我之意，以鼓舞自己与将士的士气。

但他并非一味强调这样的心理，这样做也有他自己的理由。

其一，就算敌人知道这里有一个三岔路口，也不一定会料到自己所有人都不识路途；

其二，虽然两者相距不远，但项羽看出这位樵夫丝毫不会武功，如果硬把这样的人当作是敌人布下的一个陷阱，那么自己就实在有些草木皆兵了。

当几名属下连拉带拽地将那名樵夫带到项羽的身边时，项羽宽慰了他几句，然后从萧公角的手中接过百两黄金，在樵夫的面前晃了一晃，道：“你只要回答我的一个问题，这钱就是你的了。”

樵夫的眼睛陡然亮了起来：“真的？”显然，他觉得有些难以置信。

“不过，你一定要想好了再回答我。”项羽冷冷地盯着他，眼神中带出一道咄咄逼人的寒光。

“一定！一定！”樵夫不迭声地答道，生怕这是一个梦，回答迟了黄金就会不翼而飞一般。

项羽伸手指向那三岔路口，道：“如果我要到西楚，是向左还是向右？”

樵夫笑了起来，一把接过项羽手中的金子，道：“当然是向左。看来，算命先生说得没错，活该这几天我要发笔大财。”

他的话音未落，从远处隐约传来马蹄声与喊杀声，令项羽的脸色变了一变。

“敌人来势之猛，只怕有上万骑兵，我们迅速启程！”项羽扔下那名樵夫，长鞭一扬，座下的乌骓马惊啸一声，当先奋蹄而去。

这一路紧赶慢赶，又走了数十里地，山路开始变得崎岖起来，翻山越岭，穿沟蹚溪，到了一片灌木丛林前，前方突然无路了。

“他妈的，那小子果然不是一只好鸟！大王，你看我们现在应该怎么办?”面对绝境，龙且几乎破口大骂起来，只是碍着项羽就在身边，才有所收敛。

项羽冷然盯了他一眼，没有说话，只是环视了一下四周的环境。这是一片一眼望不到边的沼泽地，长满了矮小的灌木和茅草，不时还飞出几群鸟禽，甚至窜跑着几只狐狸。这种原始的宁静，不仅没有让项羽的心情放飞，反而沉了下去，因为他突然发觉，这种宁静仿若地狱般的死寂，寓示着某种不祥的征兆。

这还不是最主要的，让项羽担心的是，自己身边将士脸上的表情，那每一张又疲又倦的脸上，分明流露出一种绝望的情绪。

“这条路是否通往西楚，还是到此为止，我们现在都不清楚，此时后有追兵，退是无法退了，那么我们就唯有前进一途，也许穿过这片沼泽，前面就是一马平川的大路也未可知。所以，只要我们振作起来，就未必不能回到西楚。”项羽的目光缓缓从每一个人的脸上扫过，一字一句地道。

“大王说得极是，只要我们回到西楚，再树大旗，不出三五个月，必将卷土重来，报今日垓下之仇!”萧公角高声道。他无疑是项羽最忠实的拥护者，在他的眼中，项羽总是无所不能，所以他认为今天的败逃对项羽来说只是一个小小的挫折，他坚信项羽必将东山再起。

两人一唱一和，并没有鼓舞起将士们多大的士气，项羽狠了狠心，率先拍马入了沼泽。

沼泽的淤泥非常松软，马蹄落于上面，顿时深陷进下去。项羽加挥数鞭，乌骓马“希聿聿……”地嘶叫几声，不仅没有拔出蹄来，反而陷得更深。

“弃马!”项羽下令道。他此言一出，所有的人都为之一惊，因为他们谁都明白，这乌骓马乃是项羽心爱之物，视若生命，如果不是情非得已，项羽绝对不会作出这样的决定。

萧公角道："我们可以弃马不骑，但大王不能没有自己的座骑，末将这就派人将它抬出来。"

"你敢!"项羽怒吼一声，情绪似有几分激动，"这种非常时候，本王怎能为了一匹畜牲消耗战士们本就不多的体力?"

就在乌骓马长嘶哀鸣又起之时，项羽大手一挥，只见一道白光划过，剑锋舞起，马头跌落。

所有的将士心中一凛，无不弃马前行，向沼泽深处一步一步地挺近。

沼泽的尽头，是方圆几达数十里的一片密林。当项羽与他的八百将士看到这片密林时，大多数人几乎耗费了所有的体力。

这些人中，不乏有武道的高手，按理说有超乎常人数倍的精力，走完这十多里长的沼泽，不至于累到如此地步。但正是这仅有十几里长的沼泽，让他们走了足足五个时辰之多，每一步所付出的体力与艰辛，足以让他们透支体内的所有精力。

一阵欢呼之后，这些人几乎是爬出了沼泽，横七竖八地倒在地上休息。项羽眉头皱了一下，却没有说话，他觉得在这个时候下令队伍继续前行，对自己来，或是对这八百将士来说，都是一种残酷。

他也有了一丝倦意，斜在一棵大树上，想趁着这点闲暇休息一下。可当他刚欲闭上眼睛时，心中倏地一沉，似乎感到了这密林之中潜藏着一股杀机，正一点一点地向自己逼近。

这是一种直觉，一种高手的直觉，其实此时的项羽既没有看到什么，也没有听到什么，却非常真切地感应到了这种气息。他一个翻身，握剑在手，正欲提醒将士多加提范时，只听一声巨响，千百弦响同时骤起，惊变在突然间发生了!

"啊……啊……嗖……嗖……"惨呼声与羽箭破空声几乎在同一时间响起，千百支势猛力沉的劲箭犹如出筒的炮弹般直插向八百将士的胸膛!

有的反应快的，侥幸躲过这必杀的一劫；有的身手敏捷，一挡一拨，落个轻伤；而大多数将士则在顷刻间命归黄泉。

“随我来！”项羽大喝一声，向所剩的人马命令道。他不退反进，抢入林中，迅速向林中埋伏的敌人反击而去。

他这一手无疑是明智之举，在这个时候，任何退守都是徒劳无益，唯有进攻，置之死地才能后生。

不过，即使如此，他也并非一味莽撞，就在他扑向敌人之时，心中犹自在想：“这些人是谁？”

他的想法绝非多余，如果这些人是大汉军的伏兵，他们的箭头绝对不会这么精准，力道也绝没有这么雄浑。这八百将士已是西楚军中精锐中的精锐，绝大多数都是他流云斋的子弟，就算他们毫无戒备，也不至于被一些普通士兵所乘。所以，项羽基本上可以断定，这些伏兵必是武道中的高手，容不得自己有半点大意！

垓下在一夜之间就被攻克，西楚军几乎全军覆灭，这样的结果，似乎与楚汉决战不太相符，却是一个不争的事实。

在所有人的记忆中，西楚军是何等的显赫一时，以十万雄师镇守垓下，完全可以做到固若金汤，加上从来不败、位高权重的项羽，大汉军要想攻破垓下，只能是一个不可能完成的神话。

但，垓下毕竟已经易手，而且是在一夜之间，不仅城破，十万大军也全军覆灭，消息传开，让所有的人都感到这是一件不可思议的事情。

而制造这个神话的人，就是纪空手，一个总是可以不断创造奇迹的人，尽管他还没有得到项羽生死的消息，但他的目光已经开始转向鸿沟。

在那里，有三十万江淮军，还有二十万匈奴铁骑，当项羽败逃之后，韩信已成了大汉军的头号大敌。

项羽的身形之快，就像是一头俯冲的雄鹰，向一段看似无人的密林处掠去。

他的剑已在手，剑锋如白光闪现，涌动出最霸烈的杀气。

“呼……”狂风骤起于虚空，枝叶乱摇，层层叠叠，一股狂猛的劲浪飞扑而来，竟似要将项羽淹没其中。

对方的出手又准又狠，似乎计算到了项羽这一扑的路线与空间，根本不容项羽从容避让。

项羽吃了一惊，从对方的出手来看，已经印证了他的猜测，对方果然是武道高手。对于这一点，他早有心理准备，只是没有想到对方的出手气势之烈，功力之深，超出了他原来的想象。

“砰……”两道如洪流般强大的劲气悍然相接，虚空中顿时显得喧嚣不堪，带着爆炸性的气旋仿若猛兽，所到之处，将枝叶沙石旋飞空中，冲天而起。

黄叶飞旋，地上的沙石汇成一条苍龙，在林中蜿蜒蹿行，森然高大的树木向后倾斜，就像是遇上了风暴。

项羽的身形随着倒卷而回的气流飘然而行，一个翻身，整个人落在了一截树枝上，翩然而动。

在他脚下的地面上，“哗……”爆裂出一个巨大的黑洞，项羽心中骇然之下，不由得为对方显示出如斯霸烈的功力感到咋舌不已。

第一百一十五章　十面埋伏

爆响过后，林中窜出了九人，每一个人的脸色都略显苍白，气息急促，其中三人鼻息间渗出血丝，看来受了不轻的内伤。

项羽傲立于枝头，冷哼一声，这才知道刚才挡击自己流云道真气的，并非一人，而是来自多人之手。

流云道真气乃流云斋之绝学，它的重要性等同于百无一忌神功对入世阁的重要，有容乃大对问天楼的重要。而它的霸烈，它的雄浑，以及它出手时如行云流水的连贯性，似乎还在百无一忌、有容乃大之上，堪称是武道中的一朵奇葩。换在往日，项羽相信当世之中无人能挡，但自从经历了昨夜与今天太多的变故后，使他不禁有些怀疑起自己的实力来。

事实证明，双方的第一次交锋项羽不落丝毫下风，甚至这九人还吃了一个不大不小的哑巴亏，但项羽尚不满意自己的表现。在他看来，不能重创对手，或者置敌于死地，就是失败，因为他是项羽——天下第一高手！

不过这九人的实力也让项羽不敢小觑，特别是这九人联手一击时所表现出来的默契配合，以及那种横压一切的气势，让他感到了压力。

项羽没有犹豫，就在这九人现身的刹那，他的脚尖一点，整个人就像是从天而降的神龙，剑化漫天星斗，如网般直罩过去。

天地为之一暗，只有一道亮芒在虚空中幻灭无常。

那九大高手只是怔了怔，随即迅速联合结阵，布下了一道密不透风的防线。

他们反应的速度不谓不快，但问题在于，他们所面对的敌人是项羽，所以这一怔的时间已足以让项羽做出十七个动作，变易三次方向，从对方强大的气阵中穿隙而过，挤入了九人中心的盲点。

九人心惊之下，脚下的频率由急转缓，迅速变化出另一种节奏，企图化解项羽这一剑的攻势。

项羽心中禁不住叫了声好，剑锋一颤间，振出九道异彩，分袭九个方向。

直到这时，他才意识到这九大高手不仅本身功力不差，而且临场经验丰富，以改变节奏的方式打乱对方进攻的步骤，是超一流高手惯用的伎俩。这九人配合之默契，浑如一人，其威胁已在超一流高手之上。

“嗖……嗖……”数声弦响伴着破空之声蓦起，虚空中闪出数点幽寒的乌光，向项羽的身后飞袭而至。

“呼……”面对九大高手，又陡遇偷袭，换在别人眼中，几成死局，但项羽犹能应变，整个人突然如一道光柱绕飞起来，闪过九大高手的围击，反手将袭来的冷箭急弹而回。

“呀……”几声惨呼骤起，偷袭的箭手显然没有料到项羽在这种情况下犹能反击，毫无征兆地倒地立毙。

项羽这几个动作连在一起，正是经典的脱困反击，既没有一丝征兆，而且一招一式紧紧相扣，如流云飞瀑般潇洒明畅，大家风范显露无遗。

他的一招一式非常清晰，速度也不是非常的快，但那几大高手却有应接不暇之感，感到项羽的招式极为突然，根本无法揣度。

项羽一招得手，迅即飞退，身影犹如翩跃之魔女旋动飞舞，更像太虚梦境中虚幻的故事，让人永远难以捉摸到它的真实，它的存在。

九大高手同时跟进，可是出手却再一次落空。项羽的脚尖相互一点，从他们气浪的中心喷射而出，一时间，剑气充斥了整个虚空，不留任何缝隙。

只有剑气，没有人，在这一刹那间，项羽如花蝶般突然消失于众人的眼前。

他的消失是一种视觉的盲点，但他能进入到九大高手的盲点，而变得无形无影，这犹如神仙手笔，让人不可思议。

风乍起，树影如魔怪狂舞，枝叶横飞，劲流飞泻，使得这段空间压力重重，几欲让人窒息。

山雨欲来风满楼，这是暴风雨来临的前兆，沉闷之后，孕育着的是爆发，谁都意识到了这一点。

九大高手一字排开，每一个人的脸上都显得非常冷峻，同时还有一种自信。

这种自信，来自于他们这两年来非人的训练与刻苦的磨砺。他们都是问天楼与听香榭的精英，经过纪空手钦点之后，集中在一个非常隐秘的地点，全身心地演练着一套阵法，而这套阵法，纪空手将它取名为十面埋伏！

为什么要取这样一个古怪的名字，这是九大高手都在心中有过悬疑，曾向纪空手询问过，但纪空手只是笑了一笑，并没有回答这个问题。

明明只有九个人，何来的十面？就算每个人能够独当一面，这第十面埋伏又从何而来？看来，这的确是一个古怪的名字，也许，除了纪空手之外，谁也无法理解其中的深意。

当项羽的身影再次出现在虚空中时，他感觉到了一种变化，感觉到自己就像置身于一个完全封闭的空间，有强烈的束缚感。当这种变化出现的同时，他惊骇地发现，自己的脚下凭空多出了一个运动中的黑洞，深邃而悠远，透着无数未知的定数。

暗黑无边的黑洞，在高速中变化运行，看不到黑洞中的任何物什，却能感觉到那肃杀的气旋在虚空中飞涌、蹿动。

虚空仿佛在一刹那裂变，黑洞也就衍生而出，在旋动中内陷，急剧地破裂分解，扩张至无限。

项羽的心中一惊，陡感体内运行流畅的流云道真气出现了明显的呆滞现象，这才发觉，敌人的这套阵法竟然是专门为自己而设下的。当这套阵法一经运动时，就会克制流云道真气有效的发挥。

“轰……”项羽的身体犹如火箭般冲天而起，企图摆脱阵法中衍生的强大吸力，但他的身形只蹿升了数尺，一道闪电突然自他头顶劈落。

“电——”闪电过后，项羽听到了有人轻吟一声，显然这闪电不是自然现象，而是人为。

紧随电光之后，是一串惊雷，等到项羽躲闪过九大高手连番攻击之后，终于明白这九大高手所代表的，竟是金、木、水、火、土、风、云、雷、电。

九个名称，代表了九种攻势，这巨大的黑洞，只不过是九大高手所布下的杀气密不透风，使得这段空间完全封闭，不容任何光芒透入而形成。

杀气森森，逼得大树顿失生机，枝叶枯萎，地面裂出无数道龟纹般的裂痕，如此强大的压力，别说是人，就是铜墙铁壁，也会被挤压变形。

项羽没有选择硬扛，他知道，这九人的联手一击，其能量已胜过自己。他此刻所要做的，就是排除一切思想杂念，让自己如流云般自由，如流云般飘逸，如流云般轻柔，抑或干脆让自己化作一片流云。

千万寒芒在黑洞中织成了一张密不透风的网，而项羽的身形却在网外自由放飞。这是一种意境，一种让人无法了解和深入的意境，只有当一道亮光划过黑洞时，才将所有的人又拉回了现实。

光是剑光，是一把巨阙透发出来的紫光，或者，它不是光，而是一种有色彩的紫气，当它握在项羽的手中时，已是一件所向披靡的锐器。

流云过处，是炸响的风雷，或是来自九天之外，或是来自九幽地狱，抑或是来自每一个人的心中。

紫气自云端而生，喷裂成万千烟花，照亮了这天边的暗黑，犹如昙花之绚烂。

好美的一幅画面，美得让人炫目，让人失魂，在绝美的意境中，却透出要命的杀机。

剑如画，剑意仿若画境，当这一剑裂破虚空时，九大高手的自信也在这一刹那间裂成粉碎。

紫气纵横，杀机无限，眼见项羽这一剑便要尽毁虚空中的一切时，他的心中突然闪过一丝惊惧，意想不到的惊惧！

这种惊惧在他这一生中都极为罕见，对于项羽这等级数的高手来说，除非是遇上了可以对自己生命构成威胁的危机，心里才会产生出这种惊惧，否则他绝对不会有这种感应。

但这种惊惧的源头在哪里？项羽无法知道，他唯一可以确定的就是，这种惊惧的制造者绝对是一个绝顶高手，唯有如此，才能让他握剑的大手不可思议地出现了一丝震颤。

这不应有的震颤让九大高手死里逃生，虽然非常狼狈，但他们都已觉得万幸，因为在他们刚才所站的位置上，已被项羽凌厉的剑气轰出了一个数丈大小的深坑。

他们退得很快，但项羽的注意力已不在他们身上，而是微一转头，望向自己的左前方。

在他的左前方，一条人影立于一根拇指大小的树枝上，彩衣飘飞，仿若蝴蝶，丰姿绰约，更添风情，如果不是她手上倒悬了一支玉笛，倒是一道难得的风景。

这一定是一个美丽的女子，如果不是，她绝不会举止之间尽显风情，可当项羽望向她的脸时，他所看到的，只是一张毫无表情的面具。

那九大高手显然也为这个女子的出现感到心惊，同时又为这个女子的及时出现心生感激。当他们的目光盯视这名女子所站的方位时，突然明白了他们的那套阵法为什么要叫十面埋伏！

这女子就是第十面埋伏，她所代表的是人。所谓金、木、水、火、土、风、云、雷、电、人，只有如此，十面埋伏才名符其实。

项羽的目光最终落在了这名女子手中所握的玉笛上，眼神陡然一亮，情不自禁地叫了起来："怎么是你?"

这女子没有直接回答项羽的话，而是面向九大高手，淡淡地笑道："我既然来了，就该是你们走的时候了，你们已经完成了你们该做的事情，剩下的就交给我吧！"

九大高手同时惊道："姑娘可要小心了！"

"我没事，你们放心去吧。"这女子挥挥手，目送九大高手消失于林间，这才转过头来对着项羽道，“为什么就不该是我？”

项羽的脸上露出极为复杂的表情，摇了摇头：“我真没想到是你，因为我从来都没有把你当成是我的敌人！”

“是吗？”这女子冷然笑道，“其实，就从你对纪公子下手的那一刻起，你我就注定了今生互为对方的敌人！”

“你喜欢他，发自内心地喜欢那个无赖？”项羽感到有些不可思议，其实他已从那支玉笛上认出了这名女子的身份——就是他曾经列兵十万相迎的红颜！

“不，不是喜欢，而是爱！”红颜深情地道。在她说出这个“爱”字之时，脑海里又浮现出纪空手那满不在乎的样子。

“我一直不明白，我有哪一点比不上那个无赖，你当初竟然选择了他！否则，大秦江山早已属于我们的了！”项羽的语气中不无遗憾，虽然他最终拥有了卓小圆，可是他依然为得不到知音亭的相助而耿耿于怀。

“你真的想知道原因吗？”红颜道。

“当然！”项羽眼中有一种渴望。

“好吧，我就告诉你！”红颜缓缓而道，“他虽然是一个无赖，那只是他的出身而已。当他把自己的能量爆发出来时，他就会成为这个世界上最优秀的男子，不过我选择他，这不是主要的原因，而是因为他的真诚，爱是相互的，爱需要真诚，唯没有私心杂念的爱，才是我所追求的。”

项羽默然无语，他不得不承认，自己虽然非常喜欢红颜，但其中还有一个更大的目的，就是想让流云斋与知音亭通过联姻的方式，加强合作，继而争霸天下。

“我很感动，可是，我又不无遗憾，你那位世界上最优秀的男人，想必已经不在人世了吧？”项羽得意地道，他一直坚信，在自己的流云道真气攻袭之下，没有人可以幸免。

“你为什么会这样认为呢？”红颜的眉间闪出一丝怒意。

“因为，我已经很久没有听到有关他的消息了！”项羽幸灾乐祸地道。他这样做，并非是性格上有什么问题，而是因为男人都有这样的通病，那就是希望自己的情敌永远不如自己。

红颜人在高处，环视四周之后，淡淡地笑了："如果他真的死了，那么，你这几年又是和谁为敌呢?"

项羽浑身不自禁地震动了一下，几乎不敢相信自己的耳朵。因为，这简直让人不可思议，更超出了人类可以想象的范围。如果红颜所说的一切都是真的话，那么，这无疑是亘古未有的一个传奇。

回想起来，项羽的确发现这几年来的刘邦与自己记忆中的刘邦有种种不同之处，这些不同之处虽然非常细微，但一旦留意，未必就不能从中发现一些蛛丝马迹。然而，项羽将这些差别归之于刘邦地位的改变，从来就没有把它当一回事。

"你，你，你是说，现……现在的汉……汉王刘……刘邦就是……"项羽瞠目结舌道。

"不错!"红颜点了点头，"你只要想想，如果不是这样，我又怎么会在这个时候出现于这里呢?"

项羽闻言终于明白红颜所言非虚，他早已看出，刚才那九名高手之中至少有六名来自于问天楼，而另外三名则来自听香榭，如果当今的汉王不是纪空手，那红颜根本就不可能和他们成为一路人。

这对项羽是一个沉重的打击，特别是当着红颜的面，他感到自己作为男人的尊严正一点一点地消逝殆尽。恼怒之下，他已握住剑柄，冷然道："这么说来，你是来杀我的?"

"我不杀你，也不想杀你。"红颜看了他一眼，"你已经够可怜了。"

项羽忍不住一阵狂笑，半晌方止："笑话，我堂堂一代霸王，何须要人可怜我?只要我愿意，今日在场的每一个人都将成为我剑下之亡魂，其中也包括你!"

红颜缓缓地取下脸上的面具，露出那张清秀可人的小脸，淡然道："你可以杀了我，却依然改变不了你可怜的命运，只要你还有思想，就应该可以预见到你自己的结局!"

她跳下树枝，落到地上，悠然接着道："你好好地想一想吧，如果你不杀我，我想我该走了。”说完如一阵柔和的清风自项羽的身边擦肩而过，轻盈地消失在密林中，留下的，是一缕幽香，还有让项羽沉思的话语。

在垓下的行营中，纪空手稳坐中军帐，在他两边列队而立的正是各路诸侯和麾下大将，所有人的脸上都显得亢奋异常，其中不乏有几分冷峻。

这次攻克垓下，大破楚军，虽然在气势上完全压过了对方，但面对勇悍的西楚军，大汉军的伤亡亦不小，几乎付出了与西楚军同等的代价。然而，从将帅到战士，没有一个人会觉得这样的代价非常惨重，毕竟，他们取得了决定性的胜利。

经过了短暂的休整之后，各路诸侯和大将们便接到了汉王召集的命令，他们虽然不太清楚汉王为什么要急着召见自己，但知道汉王已将下一个目标对准了韩信的江淮军和匈奴铁骑。

毕其功于一役！谁都明白，只要再打赢江淮军的这一战，那整个天下就是大汉的，而他们都将作为功臣得到应得的赏赐。所以，在场诸将的心情都非常不错，未等三通鼓停，所有人都到齐了。

“大胜之后，无论是一方统帅，还是一名战士，都难免会有懈怠之心。”纪空手眼芒扫向全场，缓缓而道，“但项羽当年进入关中，正因有了懈怠之心，才导致了今日之败。所以，既有前车之鉴，就需要我们打起精神，面对与江淮军的这场大战，本王希望这一战是我们的最后一战，从此之后，天下太平！”

众人精神为之一振，纷纷附和。

纪空手大手一摆，道：“我们虽然有这个决心，但韩信未必就肯成全我们，所以明日一战，我们还须努力。”

樊哙站起道：“末将有一言，不知当讲不当讲？”

“但说无妨。”纪空手知道最先突破垓下城防的正是樊哙，他能立下如此首功，自然受到纪空手的偏爱。

“以末将的愚见，我们应该乘胜攻击，此刻我军将士士气正旺，对江淮军实施攻击，必事半功倍。如果将战事拖到明天，万一走漏消息，让江淮军有了准备，或是不战而逃，我们只怕要后悔莫及了。”樊哙清了清嗓音道。

“你说的并非没有道理。”纪空手点头道，“但发动夜战，需要充足的准备，一旦出现旗号不明之状况，就容易引起大的混乱，反而为敌所乘，这当然不是你我所希望看到的结果。所以，本王认为，只要不走漏消息，天明时分大军向鸿沟推进，才是最佳时机！”

“可是，谁也不能保证消息不会走漏出去，万一有人通风报信，让韩信得到消息，只怕他不战而逃，据守齐赵，到时又要打一场相持久远的消耗战了。”樊哙有些担心地道。

纪空手以嘉许的眼光看了他一眼，道：“你能这么想，说明军事才能非凡，颇有大将风范。不过本王已考虑到了这一点，所以早有防范，你大可不必担心消息会走漏出去。”

他转头望向彭越道：“英布的人马有什么动静？”

彭越道：“他们都在原地待命，没有异常的反应，而我的大军全部部署在他们营地的外围，一有异变，可以在最短时间内作出最快的反应，控制局势。”

纪空手非常满意彭越的回答，点了点头：“有罪的是九江王，而不是他的人马，对其麾下的将士，我们必须要以安抚为主，使其为我所用，而不是一味地强压。倒是九江王的一些死党贼心不死，可以采取强硬手段，或杀或囚，以免他们跳出来趁机作乱！”

彭越不是汉王嫡系，却肩负着监视九江王军队的重任，心下十分感激汉王的信任，当即禀道：“我的手上正有一份九江王死党的名单，共计一千七百二十三名，已经都在我的控制范围之内，大王不必担心。”

“这样最好！”纪空手拍掌笑道，目光随即又转向周殷。

周殷站起来道：“我奉汉王之命，就在大军攻城之前，率部向鸿沟挺进，密切监视江淮军的一举一动。我可以保证，只要江淮军一有风吹草动，我可以在第一时间得到消息，作出反应！”

“如果有人想向韩信通风报信呢？”纪空手所担心的就是这一点。

“除非他有翅膀，从天上飞过，否则要想通过我们的防御线，只怕比登天还难。”周殷非常自信地笑了起来。

樊哙听了这一问一答，才明白汉王早对自己有所担心的问题作了周密的部署，提前作好了应有的防范，当下有些不好意思地道：“原来大王早就有所准备，看来末将多虑了。”

“不!”纪空手一脸肃然，“身为一方统帅，事务繁忙，日理万机，凭一个人的精力，是很难做到面面俱到，不出现一丝纰漏的，要想做到滴水不漏，他的身边就需要一批敢于上书直谏的谋臣将军，随时提醒他的错误所在。唯有如此，才可以最大限度地减少错误，以最小的代价换取最大的胜利。所以，本王身边像樊将军这样人不是多了，而是少了，如果人人都能做到知无不言，言无不尽，那么，这个天下早晚都是我们的!”

张良点头道：“这也许就是大王之所以胜、项羽之所以败的主因吧!项羽只有一个范增，尚且不能容人，将之放逐，可见注定了他最终不能成事。”

众人无不笑了起来，笑过之后，大多数人心里冒出一个这样的问题：“项羽之所以能够无敌于天下，范增功不可没，假如范增不死，依然被项羽奉为亚父，这楚汉之争又会是怎样一个结局呢?”

纪空手此时在大汉军中的威望，已经高到了无以复加的地步，特别是攻克垓下一役，在所有将士的眼中，这本是一项不可完成的任务，但纪空手却在一夜之间大败西楚军，这不能不被人视为奇迹。

纪空手最大的好处，在于放权，他相信张良的军事才能、战略眼光，所以总是将排兵布阵、指挥作战的权力交到张良手中，而他自己却躲于幕后，审视战争的每一个进程，每一项步聚。他从来不打无准备之仗，在大战之前，首先做到知己知彼，其实就是通过考虑敌我势力的对比，从中找到突破口，最后果敢地发出致命一击。他坚信，以自己最强势的兵力攻击敌人最弱的地方，往往可以做到无往而不利。

当所有人领命而去之后，大帐内只剩下纪空手、张良、龙赓三人，纪空手的脸色再一次显得冷峻起来。

"是谁担负着追击项羽的任务?"纪空手的目光投向张良，一切行动计划虽然出自纪空手之手，但真正实施者却是张良，是以纪空手才有此问。

"陈平，他率领一万精锐骑兵自南门追击，按照大王的吩咐，我已严令他们不得过于靠近，只要随时让项羽感到压力即可，如有冒进贪功者，杀无赦!"张良谈吐清晰地道。

"吕雉、红颜她们是否已经到了预伏位置?"纪空手道。

"应该到了。"张良的眉头皱了一下，"我现在担心的是项羽会不会如我们所愿选择那条路?如果他自另外一条路上逃走，那我们此举无异于纵虎归山!"

"这就只有听天由命了。"纪空手淡淡而道，"如果项羽这一行人中真的有人识路，就是天不该绝项羽，我们也无法可想，但假如他们之中无人识路，那么这一次，项羽必死无疑!"

张良的脸上露出狐疑之色，道:"既然如此，我们何不主动一点，就在南门外设伏，也不至于有这份担心。"

纪空手的脸上露出一丝苦涩，缓缓而道:"项羽若是真的这么容易被人击杀，我又何必要如此用尽心机?他能够无敌于天下，就必然有无敌于天下的实力，尽管此刻他正拼命逃亡，但就算陈平与红颜他们前后夹击，也不可能将项羽置于死地!"

张良吃了一惊，道:"难道你与龙赓联手也不敌一个项羽?"

纪空手与龙赓相视一眼，道:"以我二人之力，只怕要想杀他犹难。所以，早在两年之前，我就精选了九名高手研究一套阵法，专门用来对付项羽，这套阵法的名字就叫十面埋伏!"

"十面埋伏?"张良怔了一怔，念道。

"不错，这套阵法就叫十面埋伏，而我们此次的行动也叫十面埋伏!所谓埋伏，就是采用隐蔽的方式攻击敌人，而我们这次行动，所用的乃是攻心战，针对项羽的性格心理对症下药，从而让他不战而亡。"纪空手显然对自己的计划充满信心，精神一振。

张良听得一头雾水，道:"你与九大高手研创的这套阵法难道还不能击杀项羽吗？若事实如此，这项羽岂不成了不死的妖怪？”

“项羽号称天下第一，其武功的确到了登峰造极的地步，我曾经与他有过交手，所以深知其厉害。”纪空手回想起来，犹觉心有余悸，缓缓接着道，“其实，在很早以前，我就认识到凭武功是不可能征服项羽的，之所以要研创十面埋伏这套阵法，是因为它只是我所用的攻心战中的一种。而真正的十面埋伏，是我针对项羽的心理设下的十个障碍，他只要绕不过去，就唯有自杀一途！”

张良和龙赓面面相觑，似乎谁也没有参透纪空手话中的玄机，唯有将目光紧盯在纪空手脸上，想从他的表情上读出一些东西。

“你们为什么不问问我为何要给这次行动取名为十面埋伏呢？”纪空手悠然问道。

“书中有云，四合八荒，意指天下。八方是指东、东南、南、西南、西、西北、北、东北，以八方替代八面，再加上天、地，合称十面，一旦人入其中，自然无处可逃。”张良似有所悟。

“不错，我当初将这套阵法取名为十面埋伏，就是要让项羽无处可逃，受困于此。然而我很快就发现，当世之中，无论是武功，还是阵法，没有一种是真正可以制服项羽的，以这套阵法来对付项羽，只怕也是徒劳。”纪空手微微一笑，“不过，有所失必有所得，当我在研究项羽这个对手时，却有一个非常重要的发现，那就是项羽的行事作风与性格上存在弱点，只要加以利用，未必就不能收到奇效。”

“在世人眼中，项羽是一个强者，他不仅是流云斋当代阀主，也是纵横天下的西楚霸王。按理说，他的心理素质应该远胜常人才对。”纪空手继续道，“可是，我却想起了小时候听过的一个故事，故事就发生在淮阴。有两个大户人家，在江淮城里都小有名气，他们之间唯一的不同就是各自的出身，一家是子承父业，依靠祖宗财产过活；另一家则是从小穷苦，依靠自己的双手打拼才挣下了一份家业。他们毗邻而居，两家相处得也不错，然而不幸的是，有一天他们所住的那条街遭遇了一场大火，竟然将这两家的财产烧得一干二净。”

张良和龙赓心中生奇，不明白这个故事与项羽的心理有何关系。纪空手的眼神却变得深邃起来，缓缓接着道："这两家遭受了同一劫难，按理说他们今后的命运应该相差无几，可是十年过后，这两家的命运却各不相同，甚至有着天壤之别，其中的一家沦为乞丐，而另一家则重新成了江淮城中小有名气的富户。你们知道这是为什么吗？"

直到这时，张良似乎才悟出了什么，眼睛一亮："我想，这位重新富了起来的人，一定是那位从小穷苦、依靠自己双手打拼挣下家业的人。"

"不错！"纪空手微笑道，"正因为他是白手起家，所以在遭到劫难之后，可以调整心态，重新来过。而那位世家子弟显然不能承受这种劫难带给自己的刺激，心态失衡，最终只能沦为乞丐。"

龙赓拍起手来，笑道："你所说的这位世家子弟我听起来怎么这样熟悉？细想一下，此时的项羽不正是落魄的世家子弟吗？"

"其实，这就是项羽心理上的最大弱点，一旦外部环境发生急剧的变化，他没有迅速适应这种变化的承受能力。"纪空手似是有感而发，"由穷入奢易，而由奢适应穷则难，这最能说明人性的弱点。当一个纵横天下、傲视群雄的西楚霸王突然在一夜之间沦为丧家之犬，谁都难以接受这样的现实。"

"你说得固然不错，可是，就算项羽不善于调整自己的心理，但他对武道的领悟已到了登峰造极的地步，意志坚韧，只怕不会如我们所愿绝望至自杀吧？"龙赓的眉头一皱，似想到了什么。

"所以，我才布下这十面埋伏，看他能不能突围而去！"纪空手淡淡地道，"这十面埋伏，其实是箍在项羽心里的十个心结，将他的心一点一点地缠紧，无法突破，最终感到一种绝望，一种对生的绝望！唯有如此，他才会亲手杀了自己。"

"何为心结？"张良与龙赓近乎异口同声地道。

纪空手深深地看了两人一眼，仿若佛唱般沉声道："心结是一张网，一副枷琐，抑或是无数看不见的尘埃，当你无法突破它的时候，它就是一条要命的绳索。"

项羽喃喃而道：“我可怜吗？我真的很可怜吗？”

他无法在心里回答自己，因为他始终找不到这个问题的答案，他只是觉得，这一切的发生就像是一场梦，让人无法相信它的真实。

昨夜所发生的一切来得是那么突然，那么紧凑，那么连贯，根本没有时间让他静心地想上一想。也许，他压根就在回避现实，即使有这个时间他也不会认真地深思下去。

让一个失败者面对现实，总是一件非常残酷的事情，尤其是这个人曾经从未败过！

但让项羽最不能接受的是，一直被他视作大敌的刘邦，竟然是纪空手所扮！这实在是太出乎他意料之外，让他有一种被人玩弄于股掌间的感觉。

项羽讨厌纪空手，更讨厌纪空手的出身，如果纪空手不是一个无赖，说不定他的这种厌恶感会减轻不少，这只因为，当年的红颜竟然选择了纪空手而并非他，他绝不能容忍自己输给一个无赖，不管是在哪一方面！

对于项羽来说，他出身于名将之后，又是流云斋的阀主，如此的出身养就了他天生的优越感。所以，在他的眼中，无赖只是一个遥远的名词，可以将之视为粪土，然而就在今天，红颜的出现告诉了他，他不仅在情感方面输给了这个无赖，就是在战场上，他也不是这个无赖的对手。

这简直就是一种耻辱！他已不敢再想下去。

一阵寒风吹过，项羽缓缓地回过头来，却见萧公角、龙且等二十八人正默默地站在自己身后，敌人早已退却，沼泽密林之中横躺着数百名尸体，乍一看，犹如地狱。

敌人来得突然，去得也快，就像一阵狂风吹过，大地显得极为零乱。若不是鼻间还依稀留着红颜身上的那丝丝幽香，项羽几疑这只是一场恶梦。

他的心中禁不住狂躁起来，脸上的青筋凸起，倍显狰狞。此时的项羽，就像是一头曾经肆虐横行、为所欲为的魔兽，突然陷入到牢笼之中所出现的反应，根本无法控制住自己的情绪一般，让萧公角等人看得无不心中生惊。

在萧公角的记忆中，项羽永远是镇定、冷静、无所畏惧的强者，即使在他十余岁的时候，给人的印象也是少年老成。当年新安一战，最初的形势并非对西楚军有利，甚至还有腹背受敌之虞，但项羽却临危不惧，只率领数百骑连夜闯入大秦主帅章邯的营帐，说服了章邯率部投降。此举一出，天下哗然，无人不赞项羽文武双全，胆量更可包天。

“这两个项羽是同一人吗？”目睹着项羽如此巨大的反差，萧公角简直不敢相信自己的眼睛，他甚至从项羽狂乱的眼神中看到了一丝惊惧，这让他在心里情不自禁地问着自己。

“大王，我们此刻是退……是退？”龙且面对项羽有些失常的表情，忐忑不安地问道。

风吹过，让项羽的头脑顿时清醒了一些，寒光扫出，从身后二十八人的脸上一一扫过之后，这才冷然望向龙且，道：“按你的意思，我们是该进呢？还是该退？”

龙且似乎没有料到项羽会有此问，呆了一呆，道：“如今大家非常疲累，再过沼泽，只怕体力难支，所以后退显然不成；但是若要向前，谁也预料不到敌人还有多少埋伏正在等着我们，看来这进也绝非良策。”

项羽的表情缓和了一些，轻叹一声：“你说得对，我们现在的确是有些进退两难了。”

他的情绪十分消沉，从一字排开的二十八人身前缓缓走过，步伐很慢，慢得近乎有些沉重，就好像他的身上背负了一个重重的壳，让他几乎难以承受其重。

当他艰难地从最后一个人的面前走过时，霍然转身，整个人如山岳般挺立，一字一句道：“既然进退都难，我们就原地等待，不是等死，而是等待战斗！”

萧公角等人无不精神一振，高呼道：“战斗！战斗！”

第一百一十六章　浴血战神

项羽大手一挥，缓缓而道：“自起事到现在，屈指算来，已有八年了，我亲身经历大小战役上百，各位都是这一记录的见证。这八年来，谁阻挡我，我就打垮谁；我攻击谁，谁就降服于我！可以说从未打过败仗，也因此才得以雄霸天下。然而，世事变化殊难预料，我拥数十万大军离开江东，直到今日，却只剩下你们二十八人侍候左右，并且陷入进退两难的困境。”

顿了一顿，他长叹一声：“唉，这是上天要灭我项羽呀，而不是我项羽不会打仗的过错！为了证明这一点，今天，我决定与各位在这里痛痛快快地打上一仗，不仅要砍杀敌将，毁敌军旗，更要冲出重围，全身而退！让天下人都知道，我项羽之所以败，并非是我的过错，而是天意如此呀！”

众人闻听，浑身顿觉热血沸腾，每一个人都高举手中兵器，迟迟不肯落下。

苍茫大地上，仿佛多了一股悲壮的氛围，残阳如血，映红了半边天。

决战鸿沟，兵分三路。

纪空手亲率数十万大汉军坐镇中路，有条不紊地向鸿沟开进；周殷、彭越各率本部协防左右，浩浩荡荡地如洪流般直奔鸿沟的两肋，构筑起三面夹击之势。

这三路兵力，已经是当世之中最强大的势力，兵多将广，士气高涨，挟大破西楚军的余威，直面韩信三十万江淮军。

待韩信得到大汉军向鸿沟推进的消息时，已为时晚矣，漫山遍野的大汉军在号角连连、旌旗猎猎之下，正源源不断地向鸿沟开来，车、骑、步各兵种相互协调，以整齐统一的步伐一步步地向前推进。

如果江淮军在这时撤退，无疑是极为不妥的，此时两军相距的距离只有二十里，根本不是撤退的最佳距离。

对于身经百战的将帅来说，撤退并无不可，有的时候，撤退也是一种谋略，一种艺术，关键就在于把握撤退的时机和距离。当两军相距的距离只有二十里时，没有哪位将帅会下达撤退的命令，这只因为这个距离太短，一旦大军撤退，敌军追击，不容易拉开距离，反而容易让敌军形成高山滚石之势，锐不可当。如此一来，撤退便不是一种谋略，一种艺术，而是招致败局的愚人之举。

韩信不是愚人，而是一个非常聪明的主帅，所以他没有撤退，而是集结大军，企图与大汉军在鸿沟决战。

这看上去是一场实力悬殊的决战，但韩信却不这么认为，在他看来，这一战胜负难料，犹有变数——

变数之一，鸿沟乃天堑之地，易守难攻，大汉军要想跨越鸿沟殊属不易；

变数之二，在自己身后不过十里处，二十万匈奴铁骑已经结阵待命，就算大汉军费尽九牛二虎之力跨越鸿沟天堑，也必将遭到江淮军与匈奴铁骑的致命反击。

让韩信感到自信的，不仅仅是因为这两大变数，还在于他对自己江淮军的战斗力相当满意。经过了北上征伐齐赵的一系列战事之后，当初那支只在训练场上操练的江淮军，已被鲜血洗涤为一支纪律严明、作战勇猛的铁军。

双方军队各以自己的节奏向鸿沟挺进，战鼓惊天，黄沙漫卷，整齐划一的脚步声震得地面咚咚直响。从高处往下俯瞰，就仿佛看见两道巨大的洪流自两端飞泻直下，欲以最猛烈的气势吞没对方一般。

天空也为之一暗，厚重的云层正一点一点地暗黑起来，团聚于鸿沟上空，风静，云止，气氛显得愈发凝重起来。

茫茫原野之上，突然断开了一道裂缝，长数里，宽数里，深近百尺，岩石悬空，犬牙交错，极度狰狞，就像是盘古开天时的一个失手，让巨斧在大地上划出一道轻痕，这就是鸿沟！

鸿沟无水，只有乱石、黄沙，狂风穿沟而过，如一只巨大的野兽发出的哀怨之声，让人不寒而栗。谁又能断定，这一战之后，鸿沟中流满的不是血，填满的不是尸体呢？

没有人敢断定！这只因为谁看到了这种阵势，谁的眼前就会晃过血流成河、尸积如山的画面，谁都坚信，这一战必定惨烈。

“呜……”一声凄厉的狼嚎，自远山遥传而至，那狼嚎声中的孤独、寂寞，让人心变得酸楚起来。

独狼立于高处，它在凄号什么呢？

项羽终于等到了，等到了这一场以二十九人对决万人的血战！

这绝对是当世之中实力最为悬殊的决战，对项羽来说，这不重要，当一个人将生死置之度外的时候，还有什么时候可以让他珍视的呢？也许，只有一样东西，那就是荣誉！

这的确是为荣誉而战，至少，项羽想在这一战中证明点什么，所以，当陈平率领万人铁骑向项羽等人包围过来之时，项羽的脸上没有任何惊惧，有的只是一种淡淡的蔑视！

在项羽的身后，二十八名将士已经蓄势待发——他们能够活到现在，这本身就证明了他们是西楚军中精英的精英，每一个人的脸上，同样看不到半点惊惧，有的只是激昂跳跃的战意！

当陈平看到这种场景之时，他禁不住怔了一怔，似乎没有料到项羽不仅没有逃亡，反而在这里等着自己，所以就在大军逼近项羽百步之时，他当机立断，下令所有的将士停止了前进。同时，他要求所有的弓箭手张弓待发，目标只有一个，那就是项羽！

这种静默的对峙没有延续多久，静态的平衡被项羽打破，他的目光冷冷地扫视着在场的所有敌人，那只如蒲扇般大小的手掌缓缓地、充满力度地伸向了自己的腰间。

“锵……”一阵近乎龙吟之音久久地在密林上空回荡，陈平只觉眼睛一花，再看时，便见项羽的手中已多了一把巨阙之剑。

此剑之长，世间罕见，剑背之厚重，犹如一道山梁。剑身上泛出一股淡淡的异彩，透发出一道惊人的杀机，当它跳入虚空时，谁都知道这绝非兵中凡品，乃神兵利器。

剑一出鞘，项羽的脸上露出一丝狰狞之笑，就像是来自阿鼻地狱的恶魔，浑身上下飙出一股非常张狂的魔意。

“你们终于来了。”项羽完全是以嘶喊的音调在高声叫着，“好！很好！”

他的声音就像是平地里炸起的一道惊雷，令所有人都情不自禁地后退了一步。当项羽跟进一步时，浓如烈酒的杀气迅即充斥了整个虚空，压力之大，让人几欲窒息。

“你别过来，就站在原地不动，否则的话，可别怪我不客气了！”陈平显然感受到了这种压力，立刻厉声喝道。

“凭你也敢命令我吗？真是笑话！”项羽冷然一笑，根本不理会陈平的警告，依然按着自己的节奏踏步而前。

陈平没有任何的犹豫，沉声对身边的弓箭营将军吕马童道：“只要他敢踏入五十步之内，立马放箭！”

吕马童应声领命，手执一面令旗拍马而出，冷冷地盯着正向自己走来的项羽。

三千支快箭已在弦上，目标只有一个！箭镞上反射出来的寒芒，显得异常耀眼。

而项羽却仿若不见，倒似在花丛之中漫步一般，神态显得从容而悠然，每踏出一步，都震得地面颤动几下，如战鼓般张狂出无穷战意。

陈平的眸子里不禁闪出一道异彩，眼神中充满着难以置信的表情。他实在不敢相信，身处绝境的项羽竟然还能有这样的自信，这样的战意！在他的想象中，连遭劫难的项羽就算没有沦落到如丧家之犬般张惶，也应该是意志消沉，慌不择路地逃命而去，可是他却只带了区区二十八人，竟敢与自己上万铁骑抗衡对立。

这实在是一件不可思议的事情，也出乎陈平的意料之外。惊奇之间，他突然想起了纪空手在临行前的再三叮嘱，不由佩服起纪空手的确有先见之明，更有对事态发展的预判能力。

行动中的项羽，与他身后的二十八人就像是一座缓缓推移的山岳，一点一点地给对手最大限度地施加着压力。当他们一步一步缩小着与汉军相距的距离时，所有的汉军将士甚至产生出一种错觉，那就是他们所面对的不仅仅只是项羽和他的二十八名属下，而是千军万马的气势！

当项羽一行踏入五十步之距时，吕马童手中的令旗终于挥下。

“嗖……嗖……”数千羽箭破空而出，如飞蝗流星般笼罩了密林的上空，其声势之烈，就像是天边响起的一串风雷。

“杀啊！”羽箭破空，没有人闪避，在项羽的带领下，那二十八人挥舞着兵器迎箭而上，若下山猛虎般直插汉军队伍之中。

箭雨在挡击下纷纷坠落改向，并不能给这一群武道高手带来真正的威胁，他们反而利用了箭雨障眼的这点时间，迅速与汉军拉近了距离。

陈平吃了一惊，就在他吃惊的同时，项羽等人已经冲入了汉军的阵营，所到之处，遇者立毙，鲜血飞溅，人头乱飞，杀得汉军如潮水般向后飞退。

连同项羽一起，这二十九人竟然在汉军将士之中穿行自如，发动起如水银泻地般的攻势。他们每一个人都是以最无情的方式出手，眼睛杀得通红，刀剑落下，如砍瓜切菜一般，只不过用了一炷香的时间，密林前竟然倒下了数百具尸体。

陈平惊骇之下，立刻组织将士就地反击。他采取分隔敌人、各个击破的战术，不惜一切代价地切割掉项羽的队形。

这种切割战术果然见效，在损失了足有上千将士生命的同时，项羽等人迅速被汉军分为三部，等到项羽识破陈平意图之时，已有几名高手折损于汉军手中。

项羽巨阙之剑划过，连斩十人首级，突然大喝一声："随我来！"竟然一连冲破了汉军的数道包围，与自己所有的属下会合一处，飞退到密林之中。

他们进退自如，行动如电闪之猛，杀得汉军不敢入林追击。项羽细点人数之后，己方折损了十人，再回头看时，密林之外到处都是汉军将士的尸体，项羽不由傲然道："怎么样？"

萧公角等十八勇士虽然浑身浴血，满脸疲累，却由衷佩服道："诚如大王所言，天下无人可以打败大王。"

项羽望着每一个人脸上的尘土血渍，突然心头一酸，低下头道："可是，这又有什么用呢？天要灭我，奈其何哉！"

萧公角厉声喝道："大王怎么能这般消沉呢？大丈夫活于世上，只要一日不死，就绝不言败！只要我们能够冲破重围，回到西楚，何愁没有东山再起的机会？"

项羽浑身一震，缓缓地抬起头来，道："你说得对！我绝不能输给那个无赖！"

两支大军在一步一步地接近鸿沟，杀势也在这脚步声中酝酿成形，上百万人马在同一时间踏步前行，便是人在数十里之外，也依稀能听到这震天动地的声响。

韩信人在马上，目光如电，穿越虚空，似乎在搜寻着什么。

他的脸色显得异常冷峻，就像是一座漂移的冰山，让人无法揣度他思维的足迹。

这种超乎于寻常的冷静，来自于他的自信。对眼前这种大场面，他显得并不陌生，一切的记忆仿佛都刻下了那场蚁战的痕迹。

一切都是那么的相似，相似得让人几乎不敢相信自己的眼睛，这种相似透发出来的诡秘，这份神秘，让韩信坚信这是天意。

两支大军终于在仅距鸿沟三箭之遥处停下，动作是那么的整齐，使得大地仿佛在一刹那间尽失生机，如地狱般死寂。

静，静至落针可闻，这静极之后，是让人几乎难以承受其重的压力。每一个人脸上的表情都是那么的肃穆，那么的庄严，仿佛面临的不是一场决战，而是生与死、血与火的洗礼。

"嘚……嘚……"打破这种静寂的是一阵轻缓而富有韵律的马蹄声，声音不大，却在这苍茫大地上传出了阵阵厚实的回音，它更像一通激昂的战鼓，点击着每一个战士紧绷的神经。

只闻其声，未见其人，谁都在想："这是谁呢？当百万人静默相对时，他却孤立独行，这岂不也很需要勇气？"

便连韩信也为之一怔，眉头紧皱，循声望去。

对面的大汉军营之中，随着蹄声的临近，旌旗、刀戟、战士如潮水般向外两分，让出了一条几达数丈的路径，在这段路的深处，隐约可见一骑缓缓踏前而行。

当韩信的目光锁定着这个小点前移时，心头禁不住震动了一下，感觉到浑身上下的神经在一点一点地绷紧，毛孔急剧收缩，犹如荒原中的野兽陡遇危机一般，极度紧张起来。

虽然他还不能完全看清对方的脸，却已经猜到了对方的身份，如果那坐在马上的人不是汉王，有谁还能如他这般从容地震慑八方？

那是一道若长枪般挺立的身影，从百万大军当中悠然穿行，构成了一道独特的风景线。当这道身影缓缓前移之时，所有的江淮军将士无不感到了一种如泰山将倾的压力，禁不住倒退了数步。

一骑一人，继续前行，将整个大军甩在身后，直到鸿沟的一段悬壁处才勒马停下。这里无疑是鸿沟的最窄处，两段突出的悬崖如天狗的暴牙支出，使得这段空间相距最多不过七丈之宽。

韩信的心中不由一动，眼前似乎看到了一幅惨烈的面画：假如此刻有三十万支劲箭对准这悬崖之上的汉王，一声令下之后，会是一个怎样的结局？

他不知道，也压根就没有想过要试上一试，因为他从来不愿意将一些事情简单化，更相信以汉王的智慧，绝不会做毫无把握的事。

所以，他只有等，静观其变，再作决定。

立在悬崖之上的纪空手，俯瞰着旗帜分明、队列整齐的江淮军，心中之感慨不禁油然而生。韩信与他一样，都是来自于淮阴城中的街头混混，两人识字不多，对兵家谋略更是不通，想不到数年之后，都成为了一支大军的统帅，这的确是让人叹为观止的奇迹。

在这奇迹的背后，纪空手深感自己这些年来的艰辛和不易。不过，比之韩信，他不仅有知音亭的全力支持，还有张良的全心谋划，而韩信却完全是白手起家，凭着个人的努力成为威震一方的诸侯，两者并没有太多的可比性。

“看来，当一个人热衷于名利之时，其能量的确是不可估量的，若非他当年在大王庄时刺出的那一剑，我们又何至于反目成仇，闹到今天这种你死我活的地步？”纪空手的表情异常严肃，无论他心中怎么想，今天都应该是他与韩信了结恩怨的时候。

所以，他深深地吸了一口气，缓缓而道：“请淮阴侯上前一步说话！”

他此言一出，所有的人都怔了一怔，显然谁也没有料到纪空手会说出这么一句话。在他们的心里，设想过千万种决战的开局，也经历过上百次血战，但谁也没有想到纪空手会以这种方式开局。

韩信的心中一跳，这才知晓汉王之所以能够击败项羽，绝非侥幸，其一举一动，看似无心，实则有意，根本不能以常理衡量，就从他现身的那一刹那开始，不知不觉中，他已经在气势上占到了上风。

这种行事作风，总让韩信有似曾相识之感。然而，他并没有深思下去，因为就在这时，纪空手再次重复了一句：“请淮阴侯上前一步说话。”声音不高，却带着一种浑厚的金属共鸣，让所有人听了，都觉对方仿佛就在自己耳边说话，久久不能逝去。

事已至此，韩信没有理由再不现身，否则他就有示弱之嫌，这对己方将士的士气是一个不小的打击。所以，他拍马而出，直奔那段悬壁而去。

他的速度之快，四蹄悬空，尘埃漫起，与纪空手出现的方式构成了一个明显的反差，当骏马冲到悬崖边上时，他的大手一紧，只听“希聿聿……”一声长嘶，骏马昂首挺立，前蹄踢向虚空，稳稳地定在悬壁之上。

一快一慢，都显示出了两人驾驭烈马的能力，同时以各自出场的方式鼓舞己方的士气。其实战场如商场，如江湖，无所不用其极，最终的目的却只有一个，那就是赢得胜利！

当两人终于站到悬崖两端隔空相望时，他们也成为了这一战中最瞩目的焦点。两人所代表的都是各自一方的极巅，都是统领数十万大军的主帅，理所当然，他们也成了这场决战最终的主角。

当项羽再次杀入敌阵之中时，他已不是想证明些什么了，而是随时随地地捕捉着突围的战机。

他的确不甘心败在纪空手的手上，在他的眼中，从来都没有把纪空手放在眼里，即使在纪空手与韩信一夜成名、成为当今江湖上叱咤风云的人物之时，他也始终不承认纪、韩二人会对自己构成任何威胁。

这只因为，他打心眼里瞧不起他们，纪韩二人只不过是街头小混混而已，又怎能与他这个世家子弟相提并论？就算是败，他也绝不能败在他们手上！

求生的欲望让他的能量完全爆发，巨阙之剑所向，杀意激昂，杀气流泻，庞大无匹的劲气犹如苍龙自剑锋中喷吐而出，席卷向企图挡在他面前的每一个对手。

云聚、风涌，山林在狂风吹卷下呼啸不止，肃冷的杀机如无形的空气，迅速充斥了这里的每一寸空间，使置身其中的每一个人都感到了那种严冬的肃寒。

马嘶如号，人仰马翻，千军万马中，无人可挡项羽巨阙之剑的锋芒，所过之处，必是一片凄美的血光。

耀眼的鲜血，渐渐染红了大地，惨烈的尸体，渐渐卧满了林间。杀红了眼的项羽，已经顾不上自己身后的属从，意识几乎陷入了疯狂，只能重复着相同的一个动作，那就是杀人，无休止地继续屠杀！

陈平身为压阵的主帅，距项羽尚有一段距离，但他却为这狂野无忌的杀戮感到心惊。他目睹着一排紧接一排的汉军将士倒在项羽的巨阙之下，审视着那目无表情、充满赤红的眼睛，心里禁不住问着自己："这是人，还是魔鬼？"

他无法回答自己，因为他所看到的一切充满着太多的矛盾，太多的对立。如果项羽还是一个人的话，他就不会这样的无情，仿佛他面对的不是人，而是猪狗之类的畜牲，一剑挥下，总是坚决而充满力度，没有一丝犹豫；如果项羽是个魔鬼，意识就不会这样清晰，当他下手的一刹那，总是可以不差分毫地躲闪过敌人的袭击，然后将他的剑准确无误地刺入敌人的体内。

陈平几乎不敢正视这样的场景，直到这时，他才相信纪空手说过的一句话："当世之中，没有人可以凭武功征服项羽，如果非要找出一个，那就是唯有他自己！"

如果真的如纪空手所言，那么，项羽便不是人，也不是魔鬼，而是一个神，不死的战神！

屠杀依然继续着，在号称天下第一高手的项羽面前，根本就找不到一敌之将，巨阙之剑的每一次挥下，就必然有一条生命付出代价，因为那剑的速度之快，变化之无常，完全超出了所有人的想象。

巨剑之变、之快，其实已经不重要了，随着战事的发展进程，气势压倒一切，没有人可以否认项羽的气势，那种与生俱来的王者之气在长剑纵横之下发挥得淋漓尽致。

“霹雳……”天怒了！上天为这人间惨剧而愤怒，天空中闪出一道乍亮的闪电，如狂舞的银蛇，爆响于项羽的上空。

“轰隆……”紧接着几声惊雷劈下，大树轰然而倒，这天火以燎原之势，开始吞卷着这片山林。

所有人都心中一震，就在这时，项羽大喝一声，巨阙剑舞起，旋下一名战将的头颅，将之一脚踢向半空。

“退者生，挡我者死！”项羽声如惊雷，当先向西南方向突围而去。

他显然还没有完全丧失理智，在狂杀的同时，已经意识到自己毕竟面临的是上万敌人，如果就这样无休止地杀戮下去，就算自己心神不分，终究有力竭的一刻，所以他必须摆脱这种死缠烂打的局面。

“嗖……”项羽一转身的同时，陡闻一阵破空之声响起，单辨其音，他已断定发箭者必是内家高手。

“呼……”他深吸了一口气，猛然回头，怒目圆瞪，大吼一声：“想找死吗?”

那支挟带内力的劲箭正在空中急速向前，陡闻声起，竟然颤动了数下，一头栽落地上，而放箭的吕马童人马俱惊，倒退了数十步方才心魂归位。

所有人一见，无不咋舌，几疑项羽是天人下凡，竟然无人再敢上前阻拦。

等到项羽冲出重围之后，再看身后，只剩下萧公角与龙且两人。在他们的裹挟之下，三人一路狂杀，也不知奔了几个时辰，突然眼前横出一条白茫茫的大江，正好阻住了三人前行的去路。

“这是乌江，过了此江，便是我西楚的疆域了。”项羽来到岸边，看着狂奔的流水，竟有一种想哭的冲动。

两道如电的寒芒在虚空中悍然交错，哧溜出一串绚丽的火花，瞬间即逝。

“汉王相召，本侯原该下马行礼才对，无奈今日你我互为大敌，下马终有不便，还望海涵！”韩信冷冷地盯着对方，随意地拱了一下手。

“两军相对，正该如此。”纪空手微微一笑，拱手还礼道。

“不知汉王相召，所为何事？若是先礼后兵，未免多余了吧？”韩信冷然道。

“谁说我要用兵？”纪空手的目光中闪出一道异样的色彩，缓缓而道，“我只是想告诉你，这一仗不战也罢，若战，你将一败涂地！”

韩信不由狂笑起来，半晌方止：“如果你说的是一个笑话，那么我可以告诉你，你很风趣；如果你用的是心理战术，那么我也可以告诉你，你很幼稚。一个人太过自信并不是一件好事，你只要看看我的将士们，就应相信我所言非虚。”

他大手挥起，突然向下一挥，便听其身后数百步外的大军中发出三声地动山摇的大呼：“必胜！必胜！必胜！”三十万人在同一时间呐喊起来，确有排山倒海之势，难怪韩信会有这般自信。

韩信大手一抬，呼声即灭，大地又复归静寂。

却听得一阵掌声自对面响起，纪空手淡淡而道：“令行如山，军纪严明，可见淮阴侯调教出来的江淮军，当真不同凡响。只是，可惜呀可惜……”

“可惜……”韩信怔了一怔，似乎不明白纪空手话中深意，目光直视过去，欲如剃刀般穿透纪空手的思维。

“不错，可惜英雄无用武之地！”纪空手的话中仿佛处处藏有玄机。

韩信又有了想笑的冲动，却没有笑出来，他看到纪空手的脸上一片肃然，根本就不像是在开玩笑。

“我不明白，只要我大手一挥，我的军队完全可以在最短的时间内作出最有效的攻防，给予敌人最沉痛的打击。虽然你我之间在实力上有强弱之分，但借着鸿沟天堑之地利，英雄无用武之地这句话，看来更适合你，以及你的军队。”韩信针锋相对道。

他很清楚自己的弱点所在，也明白自己的优势所在。作为一方主帅，他要做的事情就是如何隐藏自己的弱点，张扬自己的优势，丝毫不为敌人的一举一动所迷惑。

韩信是一个很有个性的人，一旦决定了的事，就必定按照自己的节奏去做，从来不管别人的看法。通常，一个很有个性的人，都非常自信，如果连自己都不敢相信的人，他是不可能张扬自己的个性的。

很久以前，他就认定自己不是一个平凡的人。当他无意之中识破蚁战的玄机，又凭空得到补天石异力之后，他就更坚定了这种看法。在他看来，无论是项羽，还是刘邦，这些人看上去是多么的强大，其实骨子里是软弱的，一旦处于逆境，精神上、意志上就容易崩溃。他真正害怕的，是纪空手！

因为，纪空手是他的朋友，更是患难之交，如果说普天之下还有一个人能够了解他，那纪空手应是当仁不让。正是因为纪空手太了解他了，一旦他意欲争霸天下，首先要对付的人就是纪空手。

所以，大王庄一役中，韩信才会不顾一切地刺出那要命的一剑，也正是那一剑，为他的思想解除了最后一点束缚，从而按照他自己的节奏开始了争霸天下的步伐。

他根本不惧刘邦，即使大汉军一夜之间攻克垓下，大败项羽，也并不因此而高看刘邦。他始终坚信，刘邦只是自己一统天下的垫脚石，其所作所为只是为了给自己扫清障碍，今日鸿沟一战，将是他实现抱负、应验天意的最佳时机。

一切都已布置妥当，就等着大汉军吹响进攻的号角。他甚至正在想象着，当大汉军付出了太大的伤亡最终跨越鸿沟之时，二十万匈奴铁骑正以高山滚石之势冲杀而出，所向披靡，势不可挡，将大汉军将士的鲜血和尸骨填满整个鸿沟。

“看来，你还是误解了我话中的意思。”纪空手的话打断了韩信放飞的思绪，将他重新拉回了现实，“我说的英雄无用武之地，并不是说你的军队没有一战的能力，而是，你的军队根本就没有一战的机会！”

韩信的眸子里突然闪过一丝痛苦的表情，旋即逝去，他似乎明白了对方话中的意思，冷然道：“你想要挟我？”

“我难道要挟过你吗？”纪空手淡淡反问道。

韩信的眼芒一寒，一字一句地道：“这几年来，你一直都在要挟我，如果不是这样，你我又怎会结成同盟？我又怎会出兵攻打齐赵？你不能以德服人，以理服人，所以你只能采取这种卑鄙的手段力压各路诸侯，难道你还不敢承认吗？”

“哦，原来我还是这样卑鄙的一个小人。”纪空手笑了起来，悠然而道，“你淮阴侯一向是天不怕、地不怕的一个人，怎么还会受人要挟？这不是奇哉怪也吗？”

韩信深深地吸了一口气，沉声道：“你不用岔开话题，我只想问你一句，她还好吗？现在哪里？”

“你不是找过她吗？”纪空手道。

“不错，我找遍了巴、蜀、汉中三郡，继而又遍寻关中地区，却始终没有她的下落。”韩信的心陡然一沉，带着嘶哑的嗓音喝道，“莫非……莫非你……”

韩信的确生出了一个不祥的念头，也是他从来不敢深思下去的念头，这让他顿时冒出了一身冷汗，大手伸向了腰间的剑柄。

纪空手恍如未见一般，依然显得十分从容，道：“她很好，我并没有想要把她怎样，你之所以没有她的下落，是因为你找错了地方。”

“哦？”韩信禁不住怔了一下，睁大眼睛道，“难道凤影根本就不在那几个地方？”

纪空手点了点头：“既然我欲以她要挟你，就必然会把她安置在一个最安全的地方，否则我明你暗，总有一天会被你算计。可是这个最安全的地方会在哪里呢？哪个地方才是你最想不到的呢？我考虑了很久，忽然想到了一个小时候发生在我家乡的案子。”

韩信虽然觉得这有点滑稽，却唯有硬着头皮听下去，为了凤影，他曾经付出了太多，当然不在意再浪费这一点时间。

“这是一个奇案，有一个大户人家，一天晚上突然发生了盗窃案，丢失了足有数千两黄金，这当然不是一个小数目，于是就惊动了官府。细查下来，所有的疑点都集中到了为这户人家打更的更夫身上，并且将他关入大狱，严刑拷打。然而，奇怪的是，无论官府怎么追查，这笔黄金的下落始终没有找到，更不明白这名更夫是如何将这数千两黄金带出戒备森严的大院的……”纪空手的故事极有悬念，韩信起初倒是耐下性子静听，待纪空手说到这里，他忍不住打断道：“我知道，因为这个故事我也曾经听过。”

纪空手看了他一眼，佯装惊奇道：“你也听过？不会吧！”

韩信道：“这名更夫将偷来的黄金就藏在库房门外的鱼池里，以便等到风声平息之后再取出享用，查案的官差谁也没有注意这个鱼池，所以就让这个更夫计谋得逞了……”

说到这里，他突然眼睛一亮，几乎叫了出来：“难道你把凤影就藏在淮阴城中？就在我的眼皮底下？!”

纪空手双手一拍，微笑而道：“你终于猜到了！越是最危险的地方，通常也是最安全的，很多人往往都会忽略这一点。”

韩信这才明白，自己一直要找的人，竟然就在自己的身边，这看上去是一件多么滑稽可笑的事情，却让他不得不重新审视眼前这个对手。

“你想怎样？”韩信知道，对方绝不会无缘无故将凤影的下落告诉他，所以他很想知道对方开出的条件。

“我不想怎样，至少，我不想像你想象中的要挟于你，这一点你大可放心。”纪空手悠然一笑，“我只想告诉你一个小秘密，只能是你我之间的小秘密。为了防止第三人窃听，我希望我们能同时下令，让各自的军队退后五里。”

韩信一脸狐疑：“如果我不呢?”

“为什么?”纪空手道，“你是怕我使诈吗？其实，我完全没有这个必要，这一战一旦开始，你根本就没有任何机会!”

韩信冷然道：“只怕未必!”

“你之所以对这一战寄予厚望，是因为你坚信你身后的二十万匈奴铁骑有扭转乾坤的能力。如果我告诉你，这二十万匈奴铁骑真正的目标是你，而不是我，你会相信吗?”纪空手缓缓而道。

韩信的脸色骤然一变，怒叱道：“你这是危言耸听，我绝不相信!”

他当然不会相信，也不敢相信，因为他明白，就算有匈奴铁骑的襄助，这一战的胜负也在五五之数。

他的心里自兀盘算：“难道是英布出卖了我吗？匈奴铁骑既是英布所请，他若在中间动些手脚，就可以将我置于死地。然而，如果英布出卖了我，匈奴人又为何一直与我保持联络，甚至还商定了动手的暗号和作战计划?”

第一百一十七章　众叛亲离

纪空手看着韩信的脸色阴晴不定，不由沉声道："口说无凭，你不妨一试，看看你身后的匈奴铁骑是否会听你的号令行事!"

韩信确有此心，当即回过头来，望向十里之外那片黑压压的人群，那整齐划一的方阵，飘摇着数百杆鹰兽旗，正是纵横天下的匈奴铁骑的军旗。

"如果匈奴铁骑非我一路，那么此时此刻，我江淮军岂不正处于两军夹击的绝境之中?"想到这里，韩信浑身上下已是大汗涔涔，缓缓地，他的大手已经扬上了半空。

"唰……"他的大手终于挥了下去，这是信号，是他与匈奴主帅约定好的信号。当他的大手往下一挥时，正是匈奴铁骑展开冲锋的开始。

然而，匈奴铁骑的方阵居然没有任何动静，韩信大吃一惊!

纪空手的眼芒直透虚空，冷然而道："你不用吃惊，也不必诧异。或许你会想，这一定是英布出卖了你，如果你真这么想，那么我可以告诉你，你冤枉英布了，这一切只能用两个字形容，那就是天意。"

韩信的心一直往下沉，沉至无底，如果也用两个字来形容他此刻的心境，那就是绝望！他怎么也没有想到，自己一直寄予厚望的匈奴铁骑，竟然与大汉军早有约定，这实在太富有戏剧性了，而自己正是这个悲剧的主角。

但他的脸上，依然保持着应有的冷静。他开始盘算，如果自己奋力一拼，率部突围的可能性会有几成？当胜利已经无望时，他想得最多的，还是如何保存自己的实力，以图东山再起。

“我曾经说过，我并不想让这一战发生，这句话到现在依然有效。”纪空手道，“我甚至可以给你一个机会，只要你下令让你的军队退出五里之外。”

“什么机会？”韩信就像溺水者抓住了一根稻草，问道。

“一个你向我单独挑战的机会，一旦你赢了，你将带领这三十万军队安然无恙地撤出鸿沟，三日之内，我绝不下令追击！”纪空手断然道。

“若是我输了呢？”韩信道。

“你若输了，就唯有死！这本来就是一个生死赌局。”纪空手道。

“这我就不明白了。”韩信一脸疑虑地道，“你明明只要一声令下，就可以大获全胜，甚至置我于死地，可是，你却要给我这么一个机会，这是为什么？”

纪空手没有立即作答，只是望了望两边百万将士，这才轻轻地道：“这不是给你的机会，而是给他们，一将功成万骨枯，其实对于一场大战来说，又何尝不是如此？”

项羽的确想大哭一场。

他没有料到自己会输得这么彻底，输得身边只剩下萧公角与龙且两人。两年前，当他踏马渡江时，那是何等风光，带领数十万江东子弟西征，耳边犹自留下两岸百姓的欢歌笑语。

在那一刻，他压根就没有想到会输，一心想的，就是如何再入关中，剿灭汉军。

比之那时的风光，再看此刻的自己，项羽心中掠过的凄凉，简直无法以任何言语形容。面对眼前这条水色浑浊、湍急汹涌的大江，他情不自禁地叹息了一声。

“大王还有什么可叹息的呢？”萧公角浑身上下伤痕累累，血渍与尘土沾满了战袍，可他依旧精神抖擞，微笑而道，“其实，大王应该高兴才对，我们能够以寥寥数十人突出敌人的重重包围，这本身就是一个奇迹，至少证明了一点，上天并没有遗弃大王！大王又何必自暴自弃呢?”

江风很大，吹得头巾“嗞嗞”直响。项羽缓缓地回过头来，目光从萧公角、龙且二人的脸上划过，道：“本王还能高兴得起来吗？当年本王大破田荣、田横的大军，转战关中，也是从此江而渡，那时本王是何等的意气风发？是何等的踌躇满志？率领三十六万八千六百江东子弟，是带着平定天下的夙愿向西而去的！而到了今天，当我东归之时，却将那三十六万八千六百具尸骨全部留在了江的这一端，只带了你们两人回到故土，我真恨啊!”

萧公角眼见项羽如此消沉，心中一酸，道：“其实，胜负乃兵家常事，纵观古今，横看天下，但凡开国立业者有谁不是几经沉浮，历经磨难，最终才建立了不朽功勋！今日大王只不过是运道太差，以至于输了一局，这又算得了什么？无非是卧薪尝胆三四年，一旦时机成熟，依然可以和大汉军一争高下!”

项羽苦笑道：“要想卷土重来，谈何容易？我项家乃是楚国百年将门之后，靠祖辈历代的努力与奋斗，才在楚国创下不菲的名望，受到楚国百姓的拥戴；与此同时，又踏足江湖，潜心武学，广交朋友，最终建立起位列江湖五阀之一的流云斋。我之所以能够在乱世诸侯中一枝独秀，并且一度雄霸天下，并非是因为我项某人有多么了不起，而是因为我时逢乱世，又借着我项家历代祖宗打拼下来的家业，才能有所作为啊!”

他一向自负，从来都是老子天下第一，可是当他遭受这一连串的打击之后，又显得是那么的脆弱，几乎失去了生活下去的勇气。正如纪空手所料，当一个人青云直上、一帆风顺的时候，他爬得越高，摔下来就越痛，这种心理上的落差之大，并不是每一个人都可以坦然承受的。

萧公角缓缓而道：“如果大王真是这么想的，那么算我萧公角这一辈子看错了人，也跟错了人！我之所以追随大王南征北战，不顾生死，是因为在我的眼中，大王是一个顶天立地的男子汉！绝不会为了一点小小的挫折，就放弃自己毕生的追求，现在看来，是我错了！”

项羽沉默无言，甚至无颜面对萧公角。当他眺望大江对岸那片广袤的土地时，心里涌动的不是那种对故土的眷恋，不是对乡情的亲切，而是一种恐惧与负罪。

“就算我过了江，就算我回到了彭城，又有什么脸面再见江东父老？他们把自己的丈夫、儿子托付给我，而我却连他们的尸骨都无法带回，就算他们不说什么，难道我项羽的心里就不惭愧吗？”他喃喃而道，就像是一个精神失常的疯子，朝着大江对岸痴望着。

萧公角立在项羽的身后，一五一十地将项羽的话听得清清楚楚，怔了半晌，忽凄然一笑：“如果就这样放弃，当你面对先辈的灵牌之时，难道就不觉得惭愧吗？”

项羽勃然大怒，跳了起来：“连你也敢教训本……”话还没有说完，当他骤然回头时，看到了令他震惊的一幕——

萧公角的身躯笔直挺立，但他的胸口，已被自己的短匕插入。他的脸色是那么苍白，嘴角处渗出一缕血丝，是那么的醒目，那么的惊心，就像是一幅惨淡的图画，充满着悲凉的基调。

“你，你，你……”项羽惊呆了，这一刻他的头脑完全空白，当一滴血珠顺着短匕溅落到他的手背上时，其知觉仿佛才回归体内。

他的第一个反应就是要夺去萧公角手中的短匕，再竭力施救，但萧公角根本就没有给他这个机会，反手一振间，短匕已没体而入。

“你为什么要这样做？”项羽乃武道高手，一眼就看出萧公角所刺的是绝杀部位，纵是神仙也回天无力。

萧公角苍白的脸上露出了一丝惨淡的笑意，近乎挣扎地道：“我也不想死，但看到大王如此颓废的样子，我觉得死对我来说，更是一种解脱。”

“我只不过是实话实说而已，并不想对你二人有任何的欺瞒，难道这也错了吗？”项羽将萧公角抱在怀中，眼眶里转动着热泪，哽咽道，“因为我始终觉得，一个人越是到了困境之时，就越是不能欺瞒朋友。”

“你，你说什么？”萧公角挣扎了一下，眼睛一亮。

“我说，我不能欺瞒我的朋友。”项羽的泪水终于夺眶而出，顺着面颊而下，滴在萧公角的脸上。

“谢……谢！”萧公角激动地道，“能被大王视作朋友，我……我此生也就不冤了，不过，我还有一句话，不知当讲不当讲？”

项羽眼见萧公角苍白的脸上陡现红晕，明白这是人在大限将临之际出现的回光返照，不由心头一酸，道：“我正在听着。”

“哀大……莫过于心……死……对……朋友说……实话……未必……有错……但……有的时……候……实……话远比……假话要……残酷……得多……”萧公角几乎是用尽了自己所有的力气，一字一句地将自己此生最后的一句话讲完，然后，他缓缓地闭上了眼睛。

项羽目睹着萧公角就在自己的怀里死去，却无能为力，不由感到了人力在这个天地间的渺小。他不知道自己说错了什么，也不能理解萧公角为什么会选择死，他不过是在自己最彷徨的时候想对他人倾诉一些什么，却没有料到会带来如此残酷的结果。

他感觉到自己的脑袋里很乱，就像是万根丝线无序地缠绕在一起，根本理不出一点头绪。他甚至在想：“萧公角的死真的是求得一种解脱吗？人死之后，真的就能一了百了吗？”

他不知道，知道这个答案的人也无法告诉他。这只因为，阴阳相隔，人鬼之间是不可能发生任何感应的。但在一刹那间，他似乎感觉到了什么，整个心如落石般急剧下沉。

他感觉到了背上的剑气，剑气之森寒比不上他此刻心中的寒意，杀气既然来自背后，那么这个杀气的拥有者就是他刚才还认定是朋友的龙且！

项羽几乎不敢相信这是一个事实，因为龙且不仅是他最为器重的西楚名将，同时也是流云斋数一数二的高手，若细算起来，他与项羽还有半师之谊，像这样的一个人，又怎会在项羽的背后暗算偷袭呢？

但正因如此，龙且的剑锋方能在抢入项羽数尺范围之内时才为项羽所感应。毕竟，号称天下第一高手的项羽，纵在心神繁乱之际，身体的机能和反应也远超常人，虽是毫无戒备，却犹能在最短的时间内作出反应。

“嗖……”他的怀中尚有一具萧公角的尸身，却丝毫不影响他的速度与动作，整个人几乎与地面紧贴，向前平滑丈余。

但龙且的剑绝对不慢，而且带着一股必杀之势，因为他心里清楚，既然出手，就没有退路，在两者之间，必定有一人要离开这个尘世。

项羽即使是退避，也显得那么从容，每一个动作都带着流云般的节奏，旋舞之中，他的脚尖突然后踢，幻出万千腿影，不仅闪过了龙且剑势的追击，整个人更是飘飞至江边的一块岩石之上，而且傲然而立，根本就没有回头看龙且一眼。

显然，他还没有把龙且放在眼里。

龙且吃惊的同时，并没有立刻逃窜，虽然他明白自己与项羽的差距有多大，但是，一个意外的发现让他充满了胜利的自信。

剑上有血，这说明了一点，刚才的袭击还是得手了，虽然龙且不清楚项羽的伤势究竟有多重，但至少证明，项羽的武功并非无懈可击！

项羽极为轻缓地捧着萧公角的尸体，然后将之平放在岩石上，以一种非常轻柔的方式抹去他脸上的血渍，这才缓缓地站起身来，骤然回头。

他的眼中寒芒乍现，森冷若刀，龙且一惊之下，禁不住向后退了一步。

“你竟然敢背叛我?!”项羽近乎是从牙缝里挤出这几个字来，脸上显得十分阴沉。

龙且的眸子里闪出一丝慌张，也许这是一种习惯，也许他从项羽的话中感到了咄咄逼人的杀意，他居然再退了一步，带着颤音道：“不……”

“你还敢狡辩！可恶，真是可恶！”项羽气极而笑，缓缓地握住了剑柄。

龙且知道，任何狡辩都无法掩盖自己行刺的事实。与其如此，倒不如放手一搏，所以他很快让自己镇定下来，直承其事：“不错，我的确想杀了你！”

这一下轮到项羽怔了一怔，道：“我一向待你不薄，想不到竟然是你出卖了我！怪不得，怪不得，那场大火会来得如此蹊跷。”

“你错了，没有人出卖你，其实就在我刺出那一剑之前，依然在抉择自己的命运。”龙且似乎显得非常矛盾，道，“我行刺于你，是因为我没有萧公角那种求死的勇气，同时，还想更好地活下去。”

韩信别无选择。

他不得不承认，这的确是他唯一可以扭转乾坤的机会。

两军退后了五里，他们都得到了各自主帅明确的命令：“谁若胆敢擅自跨前一步，杀无赦!”

张良、龙赓等人乍闻这个命令，无不一惊，似乎都无法理解纪空手的深意。等到他们明白了纪空手的良苦用心时，又无不为纪空手所表现出来的大仁而感动得热泪眼眶。

谁都清楚，此时此刻，只要纪空手一声令下，无论局势如何变化，韩信与他的江淮军都唯有面临全军覆灭的厄运。

这是最简单的方式，也是最有效的方式，但是纪空手却没有这样做。

纪空手深深地懂得，两军交战，杀敌一千，自损八百，这是不可避免的伤亡，只要是稍微懂得一点算术的人，就应该可以得出这样一个结论，若想全歼三十万江淮军，大汉军所付出的代价必定是巨大的，而这一点正是他不愿看到的。

争霸天下，难免会付出代价，有的时候甚至可以为了一时的胜利，付出不菲的代价，纪空手也在所不惜，但是只要有一线机会可以避免这种代价的付出，他就一定会竭尽所能争取，因为他知道，生命一旦失去，只能成为追忆。

得民心者得天下，这大概就是纪空手得以成功的原因。

风乍起，吹得衣袂飘飘，天地间陡然变得肃寒，是自两人身上透发出来的无尽杀气。

“我始终不太明白，如果不是英布出卖了我，匈奴铁骑怎么会临阵易帜，反戈相向?”韩信皱了皱眉，说出了他心中的疑虑。他坚信如果匈奴铁骑襄助自己，这一战的胜算必将难料，所以他感到非常惋惜。

“我说过，这是天意。”纪空手淡淡而道，“你可知道，此次匈奴铁骑的主帅是谁?”

“蒙尔赤亲王。”韩信亲自拜会过蒙尔赤亲王，知道此人性格刚毅，武功高强，只是不善言谈，却不明白此刻对方为什么要提起这个话题，犹豫了一下问道，“难道你们认识?”

“他也许不认识我，却认得这个东西。”纪空手缓缓地自怀中取出当年五音先生留下的信物，在韩信的眼前晃了一晃。

韩信心生诧异，弄不懂就这么一个小小的东西，居然可以改变自己的命运，怔了一怔，没有说话。

纪空手看着手中的信物，仿佛又看到了五音先生的音容笑貌。他能够自一个市井无赖最终步入天下为之瞩目的行列，可以说完全是五音先生一手栽培的结果。

没有五音先生，就没有现在的纪空手。所以在纪空手的心中，五音先生已成了一个不朽的丰碑，更是一段永难磨灭的记忆，正是五音先生当年与蒙尔赤亲王结下的那段深厚友情，到了今天，才又一次改变了纪空手未来的命运。

天意如此，世事如棋，一切都透着上天寓示给人类的玄机，英布借兵，竟然借到了蒙尔赤亲王的名下，这难道不是天意吗?

“这信物是当年五音先生云游天下，路过匈奴地域时，适逢匈奴王族生变，救下蒙尔赤亲王之后，蒙尔赤亲王交到五音先生手中的。蒙尔赤亲王当时向五音先生承诺，见物如见人，但有所召，纵在天山万里之外也必赶来。五音先生闻知，并没有放在心上，想不到他老人家仙逝之后，此信物却派上了大用场。”纪空手深情地道。

韩信冷笑一声：“这么说来，你为五音先生的死而感到惋惜?”

纪空手的目光投向深邃的苍穹极处，黯然神伤道：“先生若在，天下只怕早有定数，哪还容得下你这等宵小之辈如此猖獗?”

韩信狂笑三声，叱道：“我真没想到，你身为汉王，竟然是如此的不要脸之至！如果我没有记错，当年击杀五音先生的元凶，不正是你刘邦吗?”

“是刘邦，却不是我!”纪空手断然道。

“什么?!”韩信差点从马上倒栽下来，简直不敢相信自己的耳朵，好半晌才静下心来，抬眼向对方凝视而去。

“你以为你是谁?”韩信“哧”地一笑，“你不是刘邦，难道还是卫三公子不成?”

韩信此话一出，脸上尽显无赖之相，哪里还有半点淮阴侯固有的王者风范？他这一句是无赖特有的骂人技艺，不露一丝痕迹，却让人回味无穷。

纪空手也情不自禁地笑了起来，仿佛又回到了孩童时代。同时，他从韩信的表情中看出，韩信面对这一连串的变故有些难以适应，开始急了。

“这正是我想告诉你的小秘密。”纪空手缓缓地低下头，深深地吸了一口气，然后大手在脸上拍打了几下，这才重新抬起头来，悠然一笑，“韩兄，别来无恙否?”

韩信浑身一震，他无须看人，只闻其声已知答案。

这个声音，充满了魔幻，透着一种对往事的亲切，时常出现在韩信的梦里。而这个声音的主人，曾经与他是患难的朋友，最好的兄弟，但他们最终成为了今生的宿敌。

他们之间，有过一段难以化解的恩怨，一念之差形成的恩怨，唯有以生命与鲜血才能化解，而此时此刻，的确已到了了结彼此恩怨的时候。

“纪少，怎么是你?”韩信并没有表示出太大的惊诧，在他看来，这几年刘邦的行事作风留给了他太多的悬疑，也许，只有纪空手的出现，才会让这些悬疑变得合理。

但韩信的平静却让纪空手吃了一惊，就好像韩信早有这样的心理准备一般，这让纪空手感到不可思议，因为李代桃僵，龙藏虎相这个计划是他一生中的得意之作，完全可以做到无懈可击。

“你似乎并不感到太大的意外？”纪空手凝视着韩信，想从其细微的表情中读到他此刻真正的心情。

韩信轻轻地叹息一声，眼神一黯，道：“天意，也许这真的是天意，我的心里一直有这样的猜疑，如果能证实这种猜疑，那么我完全可以不费吹灰之力就将你这个敌人击倒，而且永无翻身的机会。但是，我不能，也不敢这么想，即使在骊山北峰我感应到了你的气机，也不敢承认这个事实，因为这个计划实在太大胆了，不仅需要超凡的智慧，更需要有过人的勇气，简直是神仙手笔，又岂是人力可以为之的？只此一点，就证明了当年在大王庄时，我的抉择并没有错。”

纪空手冷冷地看着他道：“你既然提到大王庄一役，我心里存了数年的疙瘩倒想请你帮我解一下。我自问与你相处多年，交情不薄，一向把你当作兄弟看待，甚至为了襄助你，不顾个人安危，千里迢迢赶到咸阳与权相赵高为敌，按理说你不感恩戴德也就罢了，又凭什么要暗算于我，在我的背后刺出那一剑?!”

这一直是纪空手想不通的地方，也正是因为那来自身后的一剑，导致了他与韩信的决裂，这让纪空手痛心之余，更想知道韩信如此做的动机。

韩信的神情一沉，长思良久，方道：“你真的想知道其中原因？”

“如果我换作是你，你想知道吗？”纪空手冷然质问道。

韩信沉默半晌，终于点了点头：“好，我告诉你。”

他的眼中流露出一丝痛苦之色，显然，这是他的痛处。当一个人当着他人的面暴露痛处时，总是需要勇气的。

“我刺出那一剑，并不是因为你我有怨，而是我在那一刻发现，自小到大，你都要比我优秀，只要你在这个世上活着，我就永无出头之日！”韩信艰难地说出了第一句话，语气显得激动起来，开始按着自己情绪波动的节奏继续道，“一个人优秀并没有错，你错就错在比我优秀，当一个人心存争霸天下之心时，他又怎能容忍当世之中还有人比自己更优秀呢？面对这种威胁，他唯一的办法就是清除，彻底地清除掉这种威胁，从而专心去达到他所追求的目标！”

“就只这个原因？”纪空手觉得有些不可思议，似乎难以理解韩信当时的心态。不过，他并不认为韩信是在撒谎——他从韩信的眼睛里看到了这一点。

“是！有了这个原因难道还不够我作出当时的抉择吗？背叛一个朋友，却能得到整个天下，试问还有人可以抵挡这样巨大的诱惑吗?!”韩信歇斯底里地喊叫起来。

纪空手冷冷地看着他，仿佛是面对一头疯狂的魔兽，良久才道：“人上一百，形形色色；人上一千，千姿百态。每一个人都有自己行事的逻辑、思维方式，你有这样的想法并不为过，不过你也应该知道，当你决定以自己的方式去做一件事情的时候，你就要承担它所带来的后果。”

韩信狂笑起来，笑过之后，整个人仿佛一变，显得出奇的冷静与自信，淡淡而道：“你能赢我，我自然会承担这种后果；你若输了，只怕也要为刚才的决定承担后果。其实，我早已看透了，这个世界就是他妈的弱肉强食，唯有强者，才是对的，否则你永远都是错的！所以，纪少，你别怨我，我始终觉得我当年的选择并没有错。”

纪空手的眼芒乍现，遥视天上风云，似乎想从风云的变化中识破玄机。他的脸上流露出一丝微笑，当这微笑将逝的刹那，才悠然而道：“你错了，一个连朋友的心都赢不了的人，又凭什么能够赢得天下？所以你我之间的这一战，注定了会以我的胜利而告终。”

“既然如此，何必废话？”韩信没有犹豫，已经拔剑在手。

“既然这是胜负已定的一战，又何必急在一时？”纪空手道。

“你莫非是在等着什么？”韩信有所惊觉。

“是的，看到天边那团云了吗？当它变红的时候，就是我们决战的时刻。”纪空手所指的那团云，正是乌江的上空。

龙且的话让项羽感到震惊。

“接着说下去!”项羽的声音里自有一股不怒而威的震慑力，龙且一惊之下，看了一眼萧公角的尸体，道，“萧公角之所以自刎求死，是因为他已绝望。在他的眼中，你就是他心目中的神，他把自己的一切都完全寄托在了你的身上，当他发现面对挫败的你其实根本不是神，而是与他一样，都是一个人的时候，他的心理完全崩溃了，只能以死来完成自己的解脱。”

项羽心中一寒，经过龙且的分析，他似乎体会到了萧公角那种绝望的心境，轻轻地叹息一声，没有说话。

龙且继续道：“我也想以死求得解脱，却没有这个勇气，所以我就想，既然你已萌生死意，何不由我成全之？如此一来，对你我都是一种解脱，何乐而不为呢?”

项羽冷然一笑：“你想用我的人头去邀赏，以换得加官晋爵的机会?”

龙且大着胆子道：“不错，如果大王能够成全我，也不枉我跟了大王这么多年。”

“你想得倒美!”项羽冷哼一声，“你既有杀我之心，那就来吧，让我看看你是否有这个本事取走我项上人头!”

剑已在手，人却静立，如高峰上的一棵古松，挺立于风云之下，云雾之中，虽然从项羽的脸上看不到以往的潇洒与从容，却让龙且感受到了一股悲壮的震撼。

项羽的头盔早已不在，一头乱发披肩，露出沾满血渍与尘土的脸，显得是那么的落魄不堪，唯有他手中的巨阙之剑，依然显出王者霸杀的风范。

剑之长、之宽、之厚，堪称重剑之王，杀气却若流云漫过剑背，泛出一层淡淡的紫光，向虚空弥散。

一阵清风吹过，竟然吹不进这段空间，空间中的每一寸，已经被浓重的杀意所充斥，不留一丝缝隙。

但风过之后，龙且的眸子之中闪过一道异彩，他从这风中闻到了一股淡淡的血腥，这本不足为奇，可是这血腥透着新鲜，这让龙且的精神为之一振。

毫无疑问，项羽受伤了，不管伤势如何，对龙且来说，却平添了一股自信。

这至少说明，项羽纵然号称天下第一，但他终究是人，而不是神，并非如传说中的无懈可击。

所以，龙且将剑一横，准备出手了！

龙且绝对是一个高手，当他面对着比自己更强的对手时，沉重的压力让他必须做到全力以赴，不容许自己出现半点失误。

经过计算的出手，带有一定的弧度，丝丝劲气在剑锋上吞吐不定，显示出其雄浑的后劲。

项羽没有动，甚至连一点动的意思也没有，任由龙且的剑锋长驱直入。等到龙且抢入项羽的七尺范围内时，一声如惊雷般的怒吼炸响，仿似来自于苍穹极处，却震落在了龙且的心中。

声雷飞旋，炸裂虚空，一切影像俱在爆炸之中化为虚无，化作一片虚无的流云。

流云在动，仿若在高天之上，有一种飘逸，还有一份从容，龙且一惊之下，感悟到了流云之美，更感应到了流云背后的沉重。

“啪……啦……”流云一分为二，从中窜出一道绚丽的电闪，就像是开天之巨斧，当头劈下。

龙且再想退时，已是迟了，只感到自四面八方涌来急剧的风暴，将他挤压得喘不过气来。

他唯有让剑飞旋，让身体飞旋，飞旋出一个内陷的虚空，企图将风暴尽数吸纳。

无数道劲气交织蹿行，构成了一幅幅虚幻的图画，又如海市蜃楼般消失在空气之中，但每一幅画中都是十八层地狱的再现，虽然只存在了一瞬，却可以永留在这天地之间。

如地狱般的图画同样也留在了龙且的心里，就仿佛置身于魔界之中。龙且的心里产生出一种莫名的惊惧，他几次欲强行冲破风暴的旋涡，却都被强大的吸力所牵扯，这让他感到无奈。

“呀……”他歇斯底里地狂吼一声，人剑合一，化作一道长虹，腾上半空，便在这时，他看到了项羽！

那巨阙之剑就在流云之中，流云一颤间，一道狂飙电射而出，疾扑向龙且的咽喉！

龙且缩头闪过，已是惊出一身冷汗。

流云一变，尽化天网，数千肉眼中陡现寒芒。

龙且知道，这数千寒芒中，只有一点可以致命，其余的全是虚幻，但问题在于，哪一点寒芒才是真正的绝杀？

他不知道，也不想知道，长剑一斜，构成一个圆弧的防线，迎着天网般的杀势而去。

“呼……”风乍起，卷起那数千寒芒，突然化作了一把巨剑——

天裂、地变！巨剑劈下，杀机无限。

这是一把可以开天辟地的巨阙之剑，任何防线摆在它的面前，只是形同虚设。

刹那间，龙且才意识到，自己错了，错得不仅离谱，而且要命。

“噗……”血光溅起，巨阙之剑自龙且的头颅破下，整齐划一地将他的身体劈为两半。

血珠溅上了项羽的脸，那冷硬的脸上肌肉在不停地抽搐，鼓成一颗颗如黄豆般大小的硬团，表情是那么的亢奋，犹如嗜血狂魔，显得狰狞而充满邪性。

风吹过，龙且的尸身一分为二，向两边扑落，血肉模糊的惨景夹杂着血肉摔在岩石上生硬的响音，让人感到一种凄惨的动画效果，随之而来的，是死一般的沉寂。

静，静至落针可闻，除了大江湍急的流水声，天地间几乎不存在任何声音，就像是一个肃杀的地狱。

项羽依旧保持着劈剑的动作，如雕塑般充满着线条之美与力感，眼神中空无一物，在一刹那间，他甚至失去了思维的能力，只感到自己的心是那么的落寞，那么的孤独，仿若置身于一个已然尘封的空间。

敌人并未出现，但萧公角与龙且都已死了，虽然是两种截然不同的死法，却给项羽以同样的震撼，因为项羽明白，他们的死显然与自己有关，可自己错了吗？

隔江而望，是那片生他养他的热土，虽然相隔一条大江，但对项羽来说，阻隔不了他回家的脚步，然而项羽却在彷徨、在犹豫，始终踏不出这回家的第一步。

这一步是何等的艰难，难就难在他是项羽，是曾经不可一世的西楚霸王，他曾经所站的高度无人企及，所以他很难有勇气面对自己的失败。

这就是项羽此刻的心态，恍惚之中，他的耳边响起了声声哀号，无数个白发苍苍的老人围着他，向他索要自己的亲人。他想拔剑而逃，却见一阵阴风骤至，这些老人摇身一变，竟然个个都成了厉鬼，自四面八方向他逼来。

"啊……"项羽吓出了一身冷汗，狂喊起来，这才发现刚才的画面声响只是自己一时的幻觉。

他的意识陡然清晰起来，"嗡……"的一声，巨阙之剑如龙吟般荡向虚空，仿似欲将梦魇自身边赶走。

剑光一闪，在虚空中划出了一道美丽的弧迹，就在项羽欣赏着这剑弧闪现出来的角度时，他的身体陡然一震，目光似乎捕捉到了什么东西，眼神中充满了极度的惊诧与恐惧，忍不住倒退了一步，面向左手方的一段临江悬壁。

这段悬壁不长，只有十余丈宽，数丈高，却如刀削般笔直，悬壁的正中央现出几个大字，赫然是：项羽自刎于此！

这是两军交锋时常用的攻心战，按理说，项羽的反应绝对不会如此之大，几个大字就能吓倒西楚霸王，岂不是一个天大的笑话？但事实就是如此，当项羽第一眼看到它时，一颗心空荡荡的，就像是坠入了万丈深渊一般。

他的目力惊人，可以在十丈之内辨出虫蚁之雌雄，所以他认出这几个大字绝不是刀刻墨涂所成，而是由万千蚂蚁组合而成。

这么多的蚂蚁爬上了临江悬壁，按照不同的组合排列成了这六个大字，如果这不是天意，那是什么？

不知道，没有人知道那是什么，项羽根本就不想知道，他只觉得刹那间的惊诧与恐惧之后，感到了一种解脱，同时也为自己的逃避找到了借口。

"哈哈哈……"他禁不住狂笑起来，引起江山倒卷，巨浪拍岸，天空在刹那间变得暗沉起来。

"天意，一切都是天意啊！"项羽喃喃自语，当他看到这凭空而出的六个大字时，心里最后的一道防线已经彻底崩溃，只觉自己好累，真想找个地方静静地躺下来，看看蓝天，看看流云，让自己自由地放飞于这天地之间。

"既是上天要灭我项羽，我为什么还要再回江东呢？就算回到江东，又有何脸面见江东父老？天意如此，不可违背，罢了！罢了！"项羽狂吼道，整个人就像一头失去理智的魔兽躁动不安，他真的不明白，自己究竟做错了什么？竟会落得如此下场！

风乍起，吹动衣袂飞舞，项羽立于巨岩之上，缓缓地将巨阙之剑横在了颈项。他的眼中，没有泪水，只有绝望。

"呀……"一声长啸，带着无尽的悲凉，剑过处，头颅飞上半空，颈腔喷出一道血雾，直冲云霄。

无头的身体，依然傲立！

头顶上的那片流云，却变得极红……

项羽死了，从来不败的项羽，死在了自己的手上。

正如纪空手所料，没有人能够打败项羽，除非是他自己。

项羽是败在自己脆弱的心理上！表面看来非常强大的他，其心理却不如人们想象中的那么强大，正因为他做什么事情都是一帆风顺，所以，当陡然遇上挫折时，他的精神往往会最先崩溃。

纪空手看准了这一点，于是就制订了这个十面埋伏的计划。从四面楚歌、卓小圆之死开始，纪空手从各个方面对项羽的心理逐步施压，甚至连红颜的出现也是他刻意安排的，为的就是让自己的身份暴露，从而摧毁项羽一向自感优越的自尊。

但真正让项羽感到绝望的还是那悬壁之上的六个大字，这看上去很玄，却是纪空手从韩信那个蚁战的故事中得到了灵感，然后派人以蜂蜜在悬壁上写下那六个字。蚂蚁受到蜂蜜的诱惑，出现项羽所看到的现象自然就不足为奇了，但项羽却万万没有料到，自己视为天意的东西，却是人为。

这一切看上去非常偶然，最终却成为了一种必然，这种必然，也就注定了项羽最终的结局。

谁叫他的宿敌是纪空手呢？

很显然，这一次纪空手运用自己的智慧再次创造了奇迹。

第一百一十八章　刀剑争锋

天边的云红了，变得赤红，在心怀柔情的人的眼里，它红得就像是情人嘴上的胭脂，让人心动；在无情人的眼里，这红得就像是流出体外的鲜血，那么的刺眼，那么的残酷。

无论是纪空手，还是韩信，他们的眉锋间不由自主地都颤动了一下，这意味着他们之间的决战终于开始了。

同样是一人一骑，昂然而立，但他们的表情却截然不同：韩信一脸阴沉，眉间紧锁，整个人与身下的座骑构成一个和谐的整体，就像是一座冰封多年的高山，让人无从仰视；而纪空手的脸上却始终保持着一丝淡淡的笑意，犹如一道清风，让人在不知不觉中感悟到春的生机，显示出一种顽强的生命力。

无声的对峙酝酿着无形的杀机，当两人的劲气一点一点地向虚空弥散时，无形的杀气与天地融为一体，不分彼此，就仿佛它们同源一体。

的确，这两人的补天石异力就是吸取天地之精华，源自自然，当他们同时向体外张放劲力时，其呼吸正合自然之道。

杀机无限，战意激昂，无形却厚重的气流纠集在鸿沟的上空，将这段空间压得密不透风。

云聚重层，风涌多变，静默的虚空，杀机犹如飞泻的流瀑，冲刷着每一寸角落，本是初夏的季节，却让每一个人感到了严霜的肃寒。

云层越压越低，天地仿佛压缩到了一个极限，“霹雳……”一道闪电撕裂厚重的云层，若利刃般直插天地，隆隆的雷声，犹如号叫般响彻了整个大地。

几乎是同一时间，人动了，纪空手与韩信同时弃马，同时升空，就像是两条叱咤风云的苍龙，在苍茫的天地间展开了最为惊心动魄的一战。

刀是七寸飞刀，漫过虚空，精灵若闪电，注满了天地间的灵气。

剑是一枝梅，梅花绽放，暗香轻送，每一种变化都暗合着自然的律动。

一刀一剑，穿行于虚空之中，尚未真正接触，就已至少变幻了七十八个角度，每一个角度都展示出了精准与力度的结合，生命的玄奥也尽在变化之中演绎出绚丽的乐章。

只有一人一刀，却若千军万马，气势胜天。

只有一人一剑，却似万马千军，杀机无限。

而在他们的身后，数十万将士隔空而望，无不肃然，静默若山，仿佛都被这惊人的画面所震慑，更难以相信这一切的动静只是人力为之。

电闪依然在撕裂着一道道云层，闪耀天空。

雷鸣依然在耳边炸响，犹似一道道战鼓。

两道如游龙般的身影横掠于电闪雷鸣之间，时而合二为一，时而化一为二，万千气流急剧涌动，化为狂风大作。

呼呼作响的旌旗下，张良的脸色十分冷峻，眉宇间似有一股焦虑之色，沉声道："这一战本来是可以避免的，已然是胜券在握，又何必与韩信个人一争雌雄呢？这险也冒得大了点。"

龙赓的目光如电，始终锁定在数百丈外虚空中的两道身影上，肃然道："他就是这样一个人，明知这一战凶险万分，却义无反顾。因为他明白，他这一去，至少可以避免一场亘古未有的大杀戮，如果他为了个人的安危不去，那么今生今世，他的良心都不会安宁。"

"明知不可为而为之，乃大丈夫的行径。"张良由衷地赞了一句，有感而发，"英雄多无情，翻开历史长卷，这种事例比比皆是，不胜枚举，因为他们明白，多情必定缠绵，缠绵便不能果决，胜算往往出现在一瞬之间，不能果决就意味着不能把握胜算。是以，但凡英雄，必定无情，但公子却以多情称霸天下，这未必不是当世一个奇迹。”

“此时断言，只怕早了一点。”龙赓的表情没有一丝轻松之色，反而阴晴不定，变幻无常，“我曾经与韩信有过气机上的接触，深知此人的功力深不可测。照我看，这一战胜负难料，公子殊无把握，也正是如此，才是让我佩服公子的原因。”

张良霍然色变，惊道：“龙兄，公子此战不容有失，如果他真是毫无把握，看来只有辛苦你走一遭了。”

“晚了！”龙赓无奈地摇摇头，“公子此次显然是想凭个人的实力了断自己的这段恩怨，不想有任何人插手其中，而且以这二人的实力，一旦交手，外人是无法突破他们之间所形成的气机的。”

“那我们现在应该怎么办？”张良显然没有料到形势竟然不在自己的控制范围之内，心中不由着急起来，一旦纪空手有所闪失，他将无颜面对红颜，更无颜面对五音先生的在天之灵。

“听天由命！”龙赓无奈地道，他与纪空手一样，从不信命，但这一次他却坚信，纪空手必将再创奇迹。

他的眼芒再一次聚集到了五里之外的虚空！

飞沙走石，电闪雷鸣，天空已然变得如同黑夜，每一道闪电从虚空劈过，都可以看到那两条仿若游龙的身影。

他们的体内，涌动着的都是补天石异力，这种取自然之道、吸天地精华的灵异之力，给了他们更多的灵动，使他们的一举一动都暗合了天地自然的节奏。

上接天之神韵，下连地之脉动，浑成一个周而复始的圆体，变有限为无限，化无限为杀意，风雷俱动，回应苍天，回归大地。

双方几乎用尽了所有的变化，都无法看到对方的破绽，时间一点一点地过去，但刀与剑都没有找到运行虚空之上的交叉点，这让纪、韩二人同时感到了心惊。

其实他们从气机对峙的那一刻就发现，这是一场一旦开始就没有结果的决战。他们的内力路数同出一脉，功力相当，对武道的领悟也非常接近，要想打破这种均衡之势，无论是谁都将付出惨重的代价。

庞大的气机在不断地扩张，就像是一个涌动着万千气流的黑洞旋涡，使得这段虚空变得空洞而喧嚣，充满着混乱与无序。

然而，就在这种混乱与无序的气流旋涡中，纪空手与韩信就像是两片孤零零的落叶，上下沉浮，左右摇摆，都想从中找到属于自己的轨迹，继而摆脱气机形成的强大内陷力。

“霹雳……”一道乍亮的闪电裂云而出，显得是那么的耀眼，那么的绚丽，就像是横空掠过的一条银蛇，突然蹿入了这旋涡的中心。

气流随之而变，五彩斑斓，绚烂多彩，每一道光环的边沿，竟然蹿出如丝如匝蓝幽幽的电光。

纪空手的脸色变了，韩信的脸色也变了，就像是涂抹着青蓝色油彩的戏子，显得恐怖而铮狞，原本飘逸的长发变成一根根钢针，竖立头上，整个人仿佛被扭曲了一般。

然而，就在闪电乍现的那一刻，纪空手出手了，飞刀出手，是在他穷尽了所有变化之后。

他不知道，自己该不该出手，只知如果不出手，自己就永远没有胜算。所以，他选择在电闪的刹那出手。

飞刀出手，韩信的脸色陡然一变，那耀眼的电芒与刀锋相映，将天地照得雪白雪亮，天地之间，一切光芒尽被这一刀吸纳，随之再释放出来，就像是太阳在急剧间爆炸。

纪空手的手，稳定、修长，双指弹出的刹那，飞刀横掠虚空，已不再是七寸，也不是那七尺，而是一把可以开天辟地的刀。

天裂地沉，风云俱止，虚空一破两半，刀过处，将浑圆的旋涡强分两端。

一切都显得那么静默，仿佛进入了无声的世界，这一刀绽放的光芒，同时也照亮了韩信的脸。

那是一张苍白而冷峻的脸，带着一脸难以置信的表情。对韩信来说，他对飞刀的理解并不比纪空手逊色，却从来没有想过当飞刀运用到极致时，竟然会是如此的霸烈。

刀在，人呢？

让韩信感到惊惧的是，纪空手居然不见了，凭空消失在他的视线之内。飞刀的光芒照亮了天地间的一切，同时也遮挡了韩信锐利而敏锐的视线。

韩信几乎不敢相信这是事实，就在这时，那光芒的背后，突然多出了一道流云。

流云之上，静伏着一只神龟，它脸上的微笑，是那么的平和，那么的熟悉，一举一动都流露出纪空手的痕迹。

龙藏龟相，只为了等待时机，等待那蜕壳化龙的一刻。

当它蜕壳而去时，九天之上便会留下它如刀刻般的足迹。

这的确是一个让人感到可怕的画面，是人，都会感到可怕，因为这种画面看上去就像是一个神话，无处不显出神迹的力量。

一缕阳光自乌云裂口穿透而出，罩在了神龟的龟壳之上，龟壳的裂纹交错纵横，犹如一幅八卦图，似乎正寓示着上天赋予人类的玄机。

异象来得如此突然，消逝得又是如此之快，几乎是一眨眼的功夫，阳光不再，云层依旧，神龟化作一道狂舞的苍龙，漫没虚空，仿若自九天之外掠过。

“轰……隆……”一连串惊雷炸响，从虚空滚落至地上，犹如万马奔腾，势不可挡。与此同时，一道闪电划过天际！

闪电永远是在雷声之前，这是自然的规律，但这道闪电却在惊雷之后，这只因为，它不是闪电，而是飞刀！

刀依旧是刀，依旧是开天辟地、拨云破雾的一刀，仿佛刚才所发生的一切只是幻象，当幻象回归本原时，刀的本质已然凸现。

刀走偏锋，这是每一个武者都深谙的道理。之所以要刀走偏锋，就在于刀的本身具有一定的邪性，当这种邪性张扬至极限时，肃杀之气便在刹那间弥漫了整个鸿沟。

韩信的眼中有一丝惊诧，一闪即逝，紧接着，他的眸子中透出一股深不可测的意味，宛若夜空下的星辰让人无法揣度，当飞刀如天网般直罩而下时，他选择了退，如流星般退，非常之果决。

“嗡……”这是一枝梅发出的龙吟之音，其声之烈，远比惊雷更迅猛，传至虚空，传至天外，传至每一个人的心中。

他深知，退只是一种手段，根本无法阻挡飞刀的锋芒，真正的狙击，还在于他手中的剑。

这是冥雪宗的镇帮之宝，完全可以跻身于天下十大神兵之列。既是神兵，自然有它固有的灵性，是以当韩信意念一动时，此剑已然划向虚空。

“轰……”刀剑终于在十万分之一的概率中完成了它们的首次接触，没有人可以形容这一声爆响的惨烈，更无法形容这一声爆响蕴含的魔力，如魔音一般，响声炸起，两边观战的百万将士几乎是在同一时间停止了呼吸。

但魔音绝不只有这一响，电光火石间，刀剑在虚空中展开了一系列攻防，爆炸声隆隆而起，炸得地面到处是坑，尘土飞扬。

七十九响之后，天空倏然一暗，飞刀一旋之下，凭空消失，而纪空手恰在这时再现虚空。

手中无刀的纪空手，远比手中有刀的纪空手更为可怕，因为心中无刀的纪空手，当他手中已没有任何兵器的时候，他自身便是一把锋利无匹的刀。

这才是刀道的最高境界，人刀合一，不分彼此，刀即是人，人即是刀。

韩信的身形陡然急旋，不降反升，以最快的速度升至一个高点，然后拖着霸烈的杀势，俯冲而下。

电闪雷鸣间，只见一道雪白的亮光划破虚空，根本不容他人阻挡。

“呀……”纪空手屹立如山，等到这道亮光进入了他的视线之后，长啸一声，不退反进，身形如山岳崩塌般向前疾移。

“砰……”千万道气流沿着一个中心点爆裂开来，迅速向外飞泻，犹如一朵巨大的蘑菇云般，遮天蔽日，吸纳了所有的光线。

与此同时，纪空手与韩信的身体如断线风筝般跌落地面，喷血的同时，两人已回归到他们各自起动的位置，如长枪傲立。

目光，冷寒的目光，如锋利的刀刃再一次穿越虚空，悍然交错，一溜蓝幽幽的电火随之而生，正映在了两人不断收缩的瞳孔之上。

当他们傲立不动的时候，刚才不动的天象却动了，就仿佛时间在某一刻停止，将天地间的一切事物定格。

乌云涌聚，狂风飞泻，天雷滚滚，一道道如巨剑般的闪电斜劈而下，一切异象疯狂地聚压于鸿沟上空的一小块地方，让所有人都看得瞠目结舌，目瞪口呆。

“哗……啦……”暴雨终于来临，以倾盆之势自天而降，豆大的雨点打在尘土之上，顿成一个个泥洞。

纪空手的眉锋一跳，扬手往虚空一抓，飞刀再次出手，杀向韩信。

刀风破空，激起一道翻涌的气流，如注的雨线在飞刀所过之处，突然形成了一个断层，一个形如真空的断层。

这真是不可思议，有人曾云抽刀断水水更流，说这句话的人，一定是没有看到过纪空手的飞刀，如果他今天就在鸿沟，那么必会为自己的孤陋寡闻感到羞愧。

一切都变得疯狂起来，为这一刀而疯狂。

在纪空手与韩信相隔的这七丈距离，如果以这一刀来衡量，它已不再是距离。

韩信没有用自己的眼睛衡量这段距离，因为目光的速度已经不及刀速，他只能以自己的感应揣度气机的运行，同时剑锋微振，变化着不同的角度，以封锁对方的刀路。

他有这样的自信，自信自己可以封锁住任何人的进攻！《龟伏图》的下册一直在他手中，其剑法之所以能够超越冥雪宗的四大高手，就在于他将《龟伏图》的精髓融入剑道，自成一家。

龟伏的精髓所在，就在于等待时机，而等待的火候，在于滴水不漏的防守。

但当他的这种自信还没有来得及表现出来时，心中陡然一惊，感到了自己布下的气机中突然出现了一道裂纹，从裂纹中直入的，是有质无形的一把刀！

飞刀有形，这无形的刀是什么？

韩信的心中刚涌出这样的一个念头，一种莫大的恐惧已如海潮般漫卷全身，他突然悟到，手中无刀的纪空手，岂不正是一把要命的锋刃？

韩信唯有飞退、旋舞，就像是一道暗黑而疯狂的狂飙。

狂飙卷入虚空，旋成了圆，旋出了一个旋涡，层层叠叠，变成了一个如恶兽大嘴般的黑洞，吸纳着周边的一切物质，强大的牵扯力将这段虚空的空气一下子抽干了，就像是到了一段真空。

"呼……"纪空手知道，胜负就在这一刻，所以他没有犹豫，更没有迟疑，只是让自己体内所有的能量在这一刻爆发，紧追着自己那把有形的飞刀，直插向旋涡的中心。

勇者无惧，唯有勇者，才有如此惊人之举。

天地随之一震，静默得就像是回到鸿蒙未开的洪荒年代，一切都显得不再真实，犹如是一幅有画无声的动画。

"轰……"但这种动画只存在了一瞬，随之而来的，是一声惊天动地的爆炸，那无底的黑洞爆裂开来，恰似一朵绽放的莲花。

云静，风止，雨消散。

一缕阳光透过云层而下，天地仿佛又回复了悠然宁静的往昔。

纪空手与韩信相对而立，仅距三丈，一把七寸飞刀，插在了韩信的心口之上。

纪空手的身体晃了一晃，一口鲜血喷射而出，他显然也受了极重的内伤，却把飞刀插在了足以让韩信致命的要害部位。

他们此时已坠落于悬壁之下，一地的乱石沙土，显得是那么的原始，就仿佛这里从来没有人来过一般。

纪空手冷冷地看着韩信，半晌才喘了一口气，道："你败了！"

"我败了？"韩信茫然地说了一句，胸口的伤痛刺激了他渐渐昏厥的意识，看了看胸口上的飞刀，摇了摇头，“我不会败，也不可能败，如果我败了，那么老天就错了！”

纪空手的眼中流露出一丝怜悯之情，缓缓而道：“你真的相信你在问天楼刑狱地牢中看到的那场蚁战是上天的旨意吗？”

“是的，只可惜，我没有看到那场蚁战最后的结局。”韩信的话中不无遗憾。

纪空手无话可说，面对一个将死之人，他不想让自己过于冷酷无情，毕竟，这人曾经是他的朋友。

韩信木然地盯着胸口上的飞刀，当一阵风吹过他的脸颊时，他似乎终于承认了现实，从幻象中回归，轻轻地叹息了一声：“不管怎么说，我败了，按照你我之间的约定，败就是死，我不想多说什么，只希望你能答应我一件事情。”

“什么事？”纪空手似从韩信脸上露出的一丝柔情中猜到了什么，不由心中一颤。

“永远都不要向凤影提起我的死。”韩信紧紧地盯着纪空手，一字一句地道，“我不想她伤心！”

纪空手默默地点了点头，眸子之中闪现出一股非常复杂的情绪。他不明白，为了凤影，可以不惜一切的韩信，竟然是如此矛盾的结合体：一方面，他对自己的女人是如此的痴情，宁可受制于人，也要保证她的安危；另一方面，他却能对自己从小患难的朋友毫不犹豫地刺出背叛之剑，显得是那么的冷酷无情。

也许，对爱人痴情，是韩信的本性；对朋友冷酷无情，是他太过于热衷名利。“名利”二字，看似简单，但普天之下又有几人可以看破？当名利的色彩进入人心之后，人心自然也就变得深不可测了。

正在沉思中的纪空手，突然眉锋一动，他没有回头，却感应到背后有一股庞大无匹的劲气凭空而来，以势在必得的气势强行挤入了他们之间渐趋弱势的气场之中。

三十丈、二十丈、十丈……

杀气来得如此之快，完全出乎了纪空手的意料。他之所以有些惊诧，是因为他在与韩信对峙之前，就以自己的灵觉对方圆数十丈内的范围搜寻了一遍，此刻根本就不应有人迹的出现。

这股气机来得如此之突然，只能说明一点，那就是这股气机的主人功力竟在纪空手之上，而且事先埋伏于此，是以纪空手无法洞察出他的存在。

"难道是你事先……"纪空手惊怒之间望向韩信，但话仅说到一半，便没有再继续说下去，只因为他从韩信的表情中已然看出，韩信显然也对这惊变一无所知。同时，韩信的眸子里更张扬出难以置信的震惊，脸上的肌肉抽搐得扭曲变形。

纪空手再没有任何的犹豫，虽然他无法回头，却从韩信的脸上读出了自己的背后一定发生了不可思议的事情。

他迅速地飙前，身形已明显不如刚才，谁都可以看出，他虽然将飞刀插入了韩信的胸口，但韩信的真力反震而出，让他的经脉受到了不小的震伤。

踏前五步之后，纪空手的手掌如刀，一连在自己的身后布下了十数道气墙，蓦然回首间，他惊呆了，脑海中仿佛出现了一段空白。

他忽然明白，当这股杀机出现之时，韩信何以会这般讶异，因为他此刻的表情绝对比韩信好不了多少。

以纪空手和韩信的坚韧意志，就算他们此时身负重伤，也没有什么事情可以让他们震惊到这种地步。之所以出现这样的现象，只能说明他们所看到的是一件不可能发生的事情。

这的确是一件不可能发生的事情。

在纪空手与韩信身前的数丈之地，正悠然地走来一人，他的神情十分悠然，仿若闲庭信步，脸上流露出一种从容的微笑，使其一举一动都充满着自信。

他踏出的每一步，都如大山推移般沉稳，就像他的行事作风一样，让人不可揣度。

杀气来自于他腰间的长剑，剑未出鞘，却透发出一股不可抑制的杀机，直到逼入纪空手身前七尺之内时，这道杀气才霍然消逝。

冷冷的眼芒，闪错于虚空之上，无声的静默，让纪空手的心底产生出一股惊惧。

当这个人甫一出现时，纪空手的心就如重石下沉，沉重的失落感压得他几乎喘不过气来，本来一切注定了的结局，却因为这个不速之客的出现而改变，这的确让纪空手始料未及。

他千算万算，一切看上去都在他的掌握之中，但他是人，不是神，终究还是犯下了错误，一个不可饶恕的错误，而这个错误足以让他的一切努力付之东流。

也许，这个错误的发生不能怪他，毕竟，谁又能想到一个死人还能复生？还能活生生地站在自己的面前呢？

“你就是纪空手？”来人问了一个他本不该问的问题，纪空手一怔之下，眼中陡然亮了起来。

“我为什么会出现在这里，想必你已知道了原因。”来人捕捉到了纪空手脸上的表情，不由由衷赞道，“你能从我的一句话中悟出其意，可见思维极为敏锐，这同时也证明了我的眼光不错，你果然没有辜负我的厚望。”

纪空手似乎一下子明白了一切，深深地吸了一口气，他重新恢复到自己刚才的那种从容镇定，拍了拍手，道：“我输了，而且输得心服口服，能输在你的手上，我并不感到冤枉。因为你所安排的这个计划，实在是天衣无缝，无懈可击，我想不服都不行。”

他说得仿佛十分轻松，话里却有更多的无奈，面对眼前的这个人，他第一次感到了在强者面前的无奈和软弱。

来人淡淡地笑了，似有几分得意。能得到以智计闻名天下的纪空手的佩服，实在不是一件容易的事情，但同时，他也不敢有任何的大意，即使是身负内伤的纪空手，也足以让任何人的神经紧绷。

“其实，你无须佩服我，我这个计划的产生，灵感正是来自于你。如果不是我事先识破了你的龙藏虎相，李代桃僵之计，又怎会将计就计，让你为我所用呢?”来人缓缓而道,“这也许就是天意吧!”

“可是,你明明死于大钟寺,又怎会死而复生呢?难道那一天你根本就没有死?!”纪空手惊诧地道,这无疑是此刻他心中的最大悬疑。

“在你和龙赓这两大绝顶高手面前,没有人可以不死,也没有人可以死而复生。这看上去的确有些蹊跷,有些诡异,其实,就只有一个原因,那一天死在大钟寺的人不是我,而是另有其人!”来人眉间一皱,脸上不经意地露出了一丝哀伤。

“谁?”纪空手浑身一震,他实在想不出来,如果那死去的人不是刘邦,天下间又怎会有长得如此相像之人?

“他叫刘助,我的孪生兄弟。”刘邦冷然而道。

刘邦居然没死,而且出现在了鸿沟——他的出现看上去是一个巧合,就在纪空手与韩信两败俱伤的时候。但谁都明白,这不是巧合,绝对是一个阴谋!它的绝妙之处就在于,刘邦随时都可以杀了纪空手,取而代之,却绝不会引起任何人的怀疑。

这个计划,刘邦将它称之为“作茧自缚”,作茧自缚的人不是刘邦自己,而是纪空手。

春蚕到了一定的时候,就要吐出丝来,将自己包围在里面,纪空手在淮阴的时候见过不少,却没有想到自己也会有作茧自缚的一天——他唯有苦笑!

但刘邦的情绪却变得有些激动起来,面对即将到手的胜利,面对自己今生的宿敌,他有一种冲动,因为为了这个绝妙的计划,他承受了太多的痛苦,付出了太多的代价,他不想就这么沉默下去,必须告诉对手他今天的胜利来之不易。

“在我们问天楼中,每一代都会出现一对孪生兄弟,没有人可以解释这是出于什么原因,却是我们问天楼的一个绝大秘密。”刘邦道,“之所以要把它隐瞒下来,让它成为一个秘密,是因为历代阀主都肩负着复国的使命,深知争霸天下的艰辛和残酷。一旦阀主遭到不测,另一人便能挺身而出，主持大局，不至于乱了阵脚，家父得到我们两兄弟之后，欣喜之下，便为我们取名为卫邦、卫助！”

“卫三公子如此取名，只怕另有深意。”纪空手已经意识到了自己犯下的第一个错误。其实，他完全可以从卫三公子与卫三少爷之间推断出一些线索，既然卫三公子与卫三少爷是孪生兄弟，那么刘邦之外，是否也有一个孪生兄弟呢？

“家父为我兄弟二人取名，的确大有深意，他苦于在这乱世之中，凭我问天楼一阀之力，是很难得到天下的，所以他寄望于有强手的帮助，故而得名。”刘邦深深地看了纪空手一眼，道，“虽然家父是死在你的手中，却一直对你赞赏有加，临终前尚对我交代道，‘如果此人不能为我所用，当除之，否则日后必成大患。’”

“可是，最终我还是为你所用了，虽然是利用，却更显阁下的手段之高明。”纪空手沮丧地道。

刘邦淡淡一笑，道：“这不是我的手段高明，而是你又犯下了第二个错误。当日五音先生遇难之夜，你曾经以我的容貌出现，继而脱困而逃，这至少让我清楚一点，你有非常高明的易容术，完全可以做到以假乱真，由此引起了我的警觉。”

纪空手摇了摇头，不得不承认这是自己一时的疏忽。

“但真正让我识破你的龙藏虎相，李代桃僵大计的，是夜郎之行。你太自信了，所以又犯下了第三个错误，你根本不该与我相处得那么久，以我的心思与目力，自然不难从你的一举一动中发现一些蛛丝马迹。”刘邦冷笑了一声，环视了一下四周的动静，这才重新把目光落在了纪空手的脸上。

纪空手勉力一笑，道：“在聪明人的眼中，出现一个错误已足以致命，何况我一连犯了三个错误？当真该死。也正因如此，你才设下了大钟寺的那个圈套，等着我这个笨蛋往里钻！”

“你不笨，直到今天，我仍然觉得你是当世之中顶尖的智囊人物。”刘邦一脸正色，“若非如此，我又何必费尽心机地设下圈套，引君入瓮呢？

这只因为，我坚信你可以为我打下江山，为我夺得天下！”

“于是，你就以自己的孪生兄弟为饵，钓我这条大鱼？”纪空手讥讽道，难得有反击的机会，他当然不会放过，借此平衡一下自己的心态。

刘邦丝毫不觉得有脸红的必要，反而肃然道：“为了复国大业，凡我问天楼人，随时都准备着献出自己的生命，连我也不例外！不过，到了今天，我总算可以告慰他的在天之灵了，毕竟，他死得其所，死得很有意义，不至于让其血白流。”

“哎呀……”纪空手突然惊叫了一声，甚是懊恼地道，“怪不得那一天他身体中并没有无妄咒，而是中毒而亡，而且死得那么容易，连有容乃大也未使出。”

刘邦赞许地点了点头：“不错！我这些日子的潜伏也就是为了化解体内的无妄咒，我的确没想到五音这老匹夫临死还会如此狠，天幸我终于化解了。”

纪空手的思路变得越来越清晰起来，但却心头更冷！

刘邦已胜券在握，虽然纪空手也是一个顶尖高手，但重伤之下，已是不堪一击。

更何况他还拥有一式威震天下的有容乃大！

纪空手淡淡地笑了，不再为这样的结果感到沮丧，因为他突然悟到，虽然结果并不美丽，但自己却拥有了过程，没有结局的过程永远要比没有过程的结局更让人值得追忆。

所以，他不后悔，心里也没有太多的遗憾，而是抬起头来，直视对手。

七尺之距，无论是刘邦，还是纪空手，似乎都算不上距离，但在此时此刻，它是从生到死的距离。

刘邦有这样的自信，就像一个经验丰富的猎人面对掉入陷阱的困兽，企图从对方的绝望恐惧中得到一种心理上的满足。

然而，他失望了，他所看到的，竟然是纪空手脸上的微笑。

这简直让人不可思议！

佛家禅境有“我不入地狱，谁入地狱”的大无畏者，当他们面对死亡时，从来无惧，有的只是微笑，佛家谓之“拈花笑”，难道此时的纪空手已然看破生死，领悟到了佛家真谛？

刘邦不禁心生一丝恼怒，冷哼道：“你居然不怕死，那我就成全你！”

纪空手深深地看了他一眼：“怕与不怕，我都得死，这之间难道还有什么区别吗？我只不过是想告诉你，要想杀我，并不容易，你必须做到全力以赴！”

刘邦冷笑一声，剑已在手，整个人卓立不动，剑锋却在轻颤中发出了一道龙吟之声。

雨丝如织，却遮迷不了两人相对的眼芒。

无限的杀机，在这相持之中酝酿。

刘邦的剑终于出手，如蜗牛爬行般漫入虚空，遥指纪空手的眉心。

每一寸前移，都如一道山梁挤压而过，虚空中的压力在一点一点地增强，让人几乎无法承受其重。

不知什么时候纪空手手中也多出了一把飞刀，谁也不清楚他的身上究竟有多少把这样的飞刀，但谁都明白，飞刀一出，总是会出现在它应该出现的地方。

飞刀一出，他的眉心不由一皱，这自然逃不过刘邦的眼睛。

这只能说明纪空手的内伤极重，已到了不能妄动真气的地步，这对刘邦来说，无疑是一个很好的消息。

剑锋再颤时，化入虚空，在它所消失的地方，内陷出一个黑点，一道裂缝，转眼之间，却变成了一个不断内旋扩张的黑洞。

“这就是问天楼的镇阁奇学有容乃大，当年你在霸上对我父子俩用计，家父为了能让我将来在项羽的流云道真气下不败，死前忍着经脉寸断之苦，将功力传于我。想不到因果报应逼我真正使此招的人不是项羽反而是你！现在你能死在这一式之下，也足以瞑目了。”刘邦狰狞的笑声仿佛来自于九幽地府，透出一股张扬的杀意。

吞噬万物的黑洞在扩张、吸纳，空气、雨点、沙石、乱流，全被一股力量牵引，为黑洞所吞噬，唯一不动的是纪空手的飞刀。

只有纪空手自己清楚，飞刀能够巍然不动，全靠自己一口真气支撑着，飞刀上所承受的压力，几如大山一般，更有千万缕气流缠绕其上，拼命地向黑洞深处牵扯。

他的额头上渗出了丝丝冷汗，甚至在想，如果自己未受内伤，只怕也无法抗衡这式有容乃大，它所诠释的境界，如地狱，如魔界，如同天上那一条天狗，可以吞云吐月，又似黑夜之下那广袤无际的苍穹，繁星点点，暗黑无边。

这一式有容乃大，犹如神迹般让人心惊，它的伟大，可以让任何对手为之失魂。

纪空手咬牙支撑，只觉体内的补天石异力正在汇聚，产生出一种外泄的冲动，受伤的经脉是如此的脆弱，根本无法承受两股力量的冲突，正一点一点地接近崩溃的边缘……

这个过程，就是生死线上的挣扎，更是残酷的折磨，它不仅考验着一个人的意志，同时也考验着一个人的心理，就像是大火中的凤凰，经历着火的洗礼，从而涅槃升华。

唯一的不同是，经过了这个过程之后，凤凰升天，而等待纪空手的，却是地狱。

“轰……”一道闪电当头劈下，挟带万千交织缠绕的电流裂开虚空，裂开雨幕，疯狂地投入到那黑洞之中。

“哧哧”爆响中，黑洞的边沿居然泛出一道蓝幽幽的光环，就仿若是魔兽的大嘴，尽数将这闪电吞噬吸纳。

天地陡然一暗，刹那间静寂无边，唯有纪空手与刘邦两人那浓重急促的呼吸回荡于这广袤的虚空。

就在这时，刘邦看到了纪空手的脸，在那张刚毅冷峻的脸上，竟然现出了一丝莫名诡异的笑容。

然后，飞刀动了，与人共旋，在高速中化为一个光球，追随着那一闪即逝的闪电，以狂野之势没入黑洞深处。

天地间为之一静，时间定格，画面定格，出现了一刹那的停顿，一切都显得不再真实，让人仿若置身于玄幻的世界。

“砰……砰……”那黑洞突然发出一阵怪异的闷响，犹如心跳般在急剧地收缩痉挛，继而又如一个巨大的皮球般无限扩张，扩缩之间，在那黑洞深处突然亮起了一道火焰。

“轰……”这是燃烧的火焰，就像点燃了百万吨火药，炸出一声惊天动地的震响，比无数海啸汇聚一起更让人感到惊心动魄，那一道擦过天边的火焰，照亮了天地间的每一个角落。

无边的黑洞蓦然炸裂开来，千万劲流席卷大地，引得地动山摇，唯一不动的，还是那一道火焰，那是七寸飞刀，正是因为它的出现而改变了一切。

爆炸之后的黑洞，瞬间逝去，虚空中又恢复了它固有的平静。

七寸飞刀，因黑洞的消失而片片碎裂，就仿佛完成了它的使命一般，最终回归大地。

阳光透过这暗黑沉闷的虚空，复苏了天地应有的生机，明晃晃的光线反射到纪空手苍白的脸上，透出一股鲜活的红晕。

他还活着，这是一个奇迹。

在充满着毁灭的爆炸之后，他依然还活着，这绝对是一个不可思议的奇迹！

他为这样的奇迹而惊诧，更为这样的奇迹感到高兴，惊诧莫名间，他将这个奇迹视为天意。

刘邦的身体晃了晃，最终跪倒于纪空手的面前。他已经完全虚脱，已经没有任何力量支撑自己的尊严，只能如一只狗般跪伏地上，等待着命运最终的判决。

“怎么会这样？怎么会这样？”刘邦的嘴中依然不停地喃喃自语着，在完全占据优势的情况下，他却输了，输得是这么彻底，这让他仿若置身于恶梦中，至今未醒。

纪空手淡淡地笑了：“怎么就不能是这样的结局呢？”话音未落，突然想到了什么，浑身一震，缓缓回过头来，却见韩信整个人靠在一块大石之上，浑身血渍，脸色苍白，嘴角处流露出一丝欣慰的笑意。

纪空手一下子明白过来，出现这样的奇迹，不是天意，而是人为！

这只因为，在他的身后，还有一个韩信！

谁也不会想到，在纪空手即将被有容乃大吞没的刹那，正是由于韩信将自己体内所有的补天石异力注入到纪空手的背上，才使纪空手得以破解这威震天下的有容乃大。

纪空手体内的补天石异力为阳，韩信体内的补天石异力为阴，当千年注定的宿命重现，当两股同属一脉的异力在一人体内阴阳互济、汇流一起时，所产生的能量之大，绝非是人力可以想象的，当年轩辕皇帝便以此能量一统洪荒。这包容天下万物生机的力量，岂是刘邦这有容乃大所能容下的。

所谓的有容乃大，就像是一条大江，它可以吸纳千百条小溪河流进入自己的运行轨道，从而形成浩大的声势，一泻千里，势不可挡。可当它遇到了比它的能量更大的洪流，陡然注入到它的运行轨道之中，而它的容量无法包容时，就势必引发一个结果，那就是决堤泛滥！

刘邦显然没有想到身负重伤的纪空手还能有如此沛然不可御之的内力，是以当纪空手的异力冲入时，他的经脉根本无法承受其重，终于被震得经脉寸断，顿成废人一个。

这样的结局，的确是所有人都未曾料到的，不仅刘邦，就连纪空手，也想象不到韩信会在最后的关头帮了自己一把。

韩信的身体晃了晃，顺着石头滑至地面，纪空手抢上一步，将他紧紧地抱入怀中。

“纪少，我们终于是谁也不欠谁的了。”韩信的身体完全失重，如一摊烂泥般紧贴在纪空手的胸口，他的脉息正一点一点地消失，显示着其生机已然枯竭到了无可挽回的地步。

纪空手狠狠地点了一下头，却没有说话。面对这个曾经既是宿敌又是朋友的人，他的心很乱。

"我从来……就不觉得……自己……做错过什么，也许，你……会觉得，我背叛了……你，可我……总觉得，在……机会面前，绝不能……错失，因为……我不想……再过……那种混吃骗喝的……日子，更……不想……让凤影……瞧不起我。"韩信的脸上露出淡淡的笑意，只有在这一刻，他才真正流露出压抑心底不知多少日夜的心思。

"你说的这些，我已经不记得了。"纪空手只觉自己的眼眶开始湿润起来，深深地吸了一口气后，一字一句道，"我只记得刚才你所做的一切，如果你还把我当作朋友，就请让我真诚地向你说一句，谢谢!"

韩信的情绪显得是那么的激动，抓住纪空手的手，却又无力地放下，喘了一口气："你……不该……谢我……要……谢……就谢……你自己。"

纪空手反手握住韩信的手，脸上露出一丝惊诧，却听韩信道："你……本可……以杀了……我……但……在最……后一……刻……你……却手下……留情……这……让我……很感……动……"

他一口气接不上来，晕了过去，纪空手赶忙为其输入真气，半晌过后，韩信才悠然醒转，定了定神道："这……让我……明白……即使……你……我势不……两……立……但……在内……心深处……你……始终把……我……当作……朋友……"

"我……要去……了……"韩信近乎挣扎着说着他最后一句话，"我……很累……我……真想……回家……"

感受着韩信的身体在自己怀中一点一点地冷却，纪空手只觉心里很凉很凉，伤心之余，他脸上流露出来的是更多的倦意，喃喃重复着韩信生前的最后一句话："我很累，我真想回家。"

眼看天下就在自己的掌握之中，纪空手竟然亢奋不起来，他缓缓地站起身来，只觉自己现在最想做的一件事，就是睡觉，让自己忘掉这曾经发生的一切。

刘邦摇晃着站了起来，紧紧地盯着纪空手，突然爆发出一阵狂笑，疯狂般吼道："来吧！杀了我吧！你能废去我的武功，就一定能杀了我!"

纪空手缓缓地回过头来，惊诧地看了他一眼，道："你想求死?"

“我此时生不如死，不如一死了之!”刘邦笑着笑着，突然痛哭起来。他此刻武功尽失，与常人无异，想到问天楼历代祖先的努力竟然因自己而付之东流，他的心里根本无法承受如此巨大的落差，唯有求死以换得解脱。

纪空手双手背负，抬头望天。雨后的天空，云散雨止，流云片片，一切显得是那么洁净，又是那么的悠然，让纪空手的精神为之一振，心胸乍然开放，完全将自己置身其中，仿佛与自然浑为一体。

他自小混迹市井，闲散惯了，只因机缘巧合，这才踏入江湖，加入到了争霸天下的行列中。对他来说，他能够一直走到今天，很大程度上是因为五音先生的死，他觉得自己完全有责任担负起五音先生的使命，否则他将一辈子都良心难安。

但他天性喜欢市井生活那种无拘无束、天马行空的方式，更愿意让自己的思想放飞于自然，还原于自然，而不是成天忙于算计，忙于筹划，是以这几日来，他一直处于两难之中，在进与退之间难以决断。

韩信临死前说的那一句“我很累，我真想回家”虽然平平无奇，却一下子勾起了纪空手思乡的念头，只觉自己真的很累，在刹那间，他突然厌倦了这打打杀杀的生活。

“也许，我真的该走了，可是就算我赢得了天下，最终却不能将它建成人间乐土，开创出一个太平盛世，又有何脸面去见五音先生老人家?”纪空手心中一动，突然将目光落在了正在号啕大哭的刘邦身上。

“你不会死，也不能死，你若死了，谁来做这个天下的皇帝?”纪空手此言一出，就连他自己也吓了一跳，他为自己匪夷所思的构想感到吃惊。

“什么?”刘邦简直不敢相信自己的耳朵，收住哭声，向纪空手道，“你说什么?”

纪空手淡淡而道：“你的武功已废，但塞翁失马，焉知非福？也许这就是天意，你虽失功力，但你的智慧并未同时失去。所以我想让你做这个天下的皇帝。”

刘邦一脸惊诧，怔怔地望着纪空手，恍如梦中一般，根本不敢相信纪空手所说的一切。

“其实，这是一个没有任何权力的皇帝，说简单点，他就是一个被人操纵的傀儡，其一举一动都将在我的耳目监视之下，所有的政令发布都不能与我的思想相冲突，他更不能以自己的思想自以为是，一旦违反我与他的约定，那么在一夜之间，他就将消失于这个世间，而我也将会重新指定有能力的人去管理天下万民。”纪空手的目光如锋刃般盯住刘邦的脸，冷然道，“你能否做到？如果能，那么三五月之后，当我将一切安排妥当时，你就是这个天下的皇帝！而你这一生为复国所付出的努力也没白费。”

刘邦重重地点了一下头，随即小心翼翼地问道：“我能不能问一句，你为什么不当这个皇帝？”其实人就是这样，当他借着权势、名望、武功、财力这些身外之物在人前耀武扬威、风光无限的时候，他看上去的确高人一等，而一旦这些身外之物失去后，他其实什么都不是，就和你我一样，都是人。

“做皇帝太累，尤其是带上一张面具做皇帝，更是累上加累。我实在不想让自己活得这么累，所以才会把这个位置让给你。”纪空手淡淡而道，似乎在他的眼中，他所让的不是皇帝这个位置，而是一只烫手的山芋。

“你所说的可是真的？”刘邦的眼中既有惊喜，更有谦卑，当他失去武功之后，也失去了他往日的高傲与尊严，但此刻当他发现自己早已渴望得到的东西竟能够失而复得时，这种惊喜不啻于天下掉下一块馅饼，他宁愿为此放弃做人的矜持。

纪空手点了点头，没有再看刘邦一眼，而是望向天上掠过的一片流云，悠然道：“你无须多疑，古话有云，有一得必有一失。天下万事皆通此理，你得到了皇帝之位，却失去了自由，而我失去了皇帝头衔，却得到了自由。得失之间，孰是孰非，外人是无法评定的，一切由心吧。”

当纪空手站到悬崖边时，一轮西下的红日正挂在他身后的天空上。遥看上去，就仿佛他在太阳之中，五彩的阳光为他披上了一道美丽而灿烂的光环，恍如天神，让所有目睹这幅画面的人都产生出一股顶礼膜拜的冲动。

纪空手淡淡地笑了，他从所有人的目光中看到了敬畏和崇拜之情，这种感觉，是有些人穷尽一生也无法追求得到的东西，但在他看来，只是可笑。

就在他笑得最灿烂的一刻，两边的百万将士霍然跪地，磕首欢呼起来："万岁！万岁！"

这呼声是如此的整齐划一，犹如十万个惊雷同时炸响，不仅地动山摇，而且直冲九霄，其声之威，当真惊天动地。

"万岁？一个人真的能活上一万年吗？真是放他奶奶的狗屎臭屁！想蒙谁啊？"纪空手压根就没有把这些欢呼声听入耳中，反倒在心里骂了一句，此骂一出，他顿感浑身舒泰，似乎又重新找回了当年那种混混儿的感觉。

后　记

大汉十二年，也就是大汉军攻克垓下的第七个年头，刘邦病逝于长乐宫，当时有关他的死因谣传颇多，最终不了了之，紧接着吕雉当政，进入了八年吕后称制时代。

当时天下太平，处处可见盛世景象，地处江南的江淮自然也不例外。到了三四月间，地气温暖，莺飞草长，风景最是宜人，引得无数文人墨客到此一游，聊发诗兴，流连忘返。

这一天正值庙会，大街小巷人头攒动，热闹非凡，既有打拳买药的，又有测字占卦的，耍把戏、唱小曲、卖小吃、售脂粉……一时喧嚣连天，说不尽的繁华。

靠大河边上有一座茶楼，一头压水，一头连街，是个喝茶聊天的好去处。此时已至下午时分，茶楼中早已满坐，靠窗的一张横几上，一个中年汉子横睡其间，旁若无人，极是惹眼，只是他背向众人，谁也无法看清其面目。

这时，自门外走入一个带刀的汉子，一看就是江湖豪客，他四下张望之后，径自朝这边走来。

“借光，添个座儿。”带刀汉子大咧咧地一拍横几，高声叫道。

中年汉子哼了一声，懒懒地道：“三钱银子一个座，外带管我的茶和酒水，否则免谈。”

“凭什么呀？”带刀汉子气极而笑。

“不凭什么，咱们是姜太公钓鱼，愿者上钩，你若嫌这银子花得不值，站着喝茶倒也畅快。”中年汉子懒洋洋地翻了个身，根本就没拿正眼瞧他。

带刀汉子怔了一怔，随即拍手道：“好，就冲你这句话，我雷五交定了你这个朋友！”

“啪……”的一声，他将几颗碎银扔在横几上。那中年汉子将之抓在手中，翻身而下，笑嘻嘻地冲着茶楼伙计叫道：“来呀，上好茶，我得好生巴结巴结这位爷！”

雷五听了，哭笑不得，正襟危坐，打量了一下对方，道：“想必阁下就是名扬天下的江淮混混吧？”

“好眼力！”中年汉子接过茶，喝了一口，然后冲着雷五竖起大拇指道，“我是个混混不假，只是名扬天下倒也未必。”

“江淮混混之所以能名扬天下，当然不是因为阁下，十年前，这里出过两个惊天动地的大人物，想必阁下不会不知道吧？”雷五说到这里，脸上已是肃然起敬。

“你说的莫非是纪少和韩爷？”中年汉子斜了他一眼，嘿嘿笑道，“如此看来，我能坐到这里喝茶，还多少沾了他们二位的光啰！”

雷五眼睛陡然一亮，道：“听你的口气，莫非你们早就相识？”

“那又怎样？”中年汉子伸了个懒腰。

雷五精神一振，道：“不瞒老兄，我此次学艺有成，为的是像纪少和韩爷那般，闯荡江湖，干一番事业！想到他们只不过是一个街头混混，居然闯出偌大名头，着实让人艳羡，所以我此次专程前来这发迹之地，就是想借借他们的运气。”

中年汉子冷然一笑：“像你这种人，这些年来我至少遇上了一千八百二十个，如果江湖真的这么好闯，哪还能轮到你？老子早就出山了，还跑到这里骗吃骗喝？真是奇了！”

雷五傲然道：“在下乃飞雪连天十三斩第十三代传人戴先生的五大弟子之一，岂是你这个街头混混可比？”

中年汉子嘿嘿一阵冷笑，道：“你既然如此了得，我也不拦你，只要能完成我的三道题，就说明你够格闯荡江湖。”

雷五突然大笑起来："你算哪门子葱，敢来考我？"

"你爱信不信，这三道题可是当年我考过纪少和韩爷的，他两人正是连闯三关，才踏入江湖，从此发迹的。"中年汉子跷起二郎腿，洋洋得意道。

雷五迟疑片刻，看了看中年汉子，一咬牙道："好！你尽管出题！"

中年汉子淡淡而道："这三道题可不能白考，总得带点彩头，如果你有一道完成不了，就得输给我十两银子才成。"

雷五爽快地掏出十两银子："就依你！"

那中年汉子笑了一笑，道："这第一道题其实简单，你只要把我骗出门去，就算你赢。"

雷五想了想，道："你明知我要骗你，当然不会上当，这题我可不行。"

中年汉子嘻嘻一笑，伸手便要拿那十两银子。

雷五一把按住他的手："除非你能做到，否则这题不算。"

中年汉子道："我不行。不过，你若是到了门外，我倒有一个办法可以让你心甘情愿地进来。"

雷五脸上露出一丝疑意，摇了摇头："我不信！"

中年汉子十分自信地道："不信可以试呀，我若输了，也赔你十两银子。"

雷五想了半晌，终于起身，带着一脸狐疑走出门去。

他刚一跨出门槛，便听到里面传来一阵嘻嘻笑声："你输了。"

雷五一惊之下，这才明白自己不知不觉就上了那中年汉子的当了。

"佩服！佩服！"雷五重新回到座位上，对中年汉子已是另眼相看，自怀中又掏出一锭银子，"请阁下再出题。"

中年汉子呷了一口茶，悠然而道："如果你把这十两银子给我，我不要，你知道这是什么原因吗？"

雷五想了几个答案，终究觉得拿不太准，只得摇了摇头，老实答道："我不知道。"

中年汉子毫不客气地将银子揣入怀中，嘻嘻一笑，道：“因为我笨嘛！”顿了一顿，“这第三道题就更简单了。如果我给你十两银子，你不要，这是什么原因？”

雷五脱口而出：“因为我笨！”

“恭喜你，答对了！”中年汉子一拍手道，“既然你笨，就老老实实地待在家里，江湖险恶，还是少闯为妙。”

雷五这才明白自己遭到了戏弄，霍然站起，拔刀！

但他的刀只拔出了一半，便再也没有拔出，因为就在这一刹那间，他看到了惊人的一幕。

只见那中年汉子的一只手轻轻地沿着茶杯划了一圈，然后似是不经意地将这只茶杯推到另一只茶杯旁边，两相比较，两只原本一模一样的茶杯竟然相差了一截。

谁都明白，这到底发生了什么事。

雷五倒吸了一口冷气，这才明白自己遇上的这个中年混混竟然是一个绝顶高手。

“俗话说得好，乱世出英雄。现在已是太平盛世，要当英雄，只能怨你生不逢时啊！”中年汉子依然是那么懒散，缓缓地站起来，向门外走去。

就在这时，自门外探出一个头来，鬼头鬼脑地向里面张望了一下，冲着那中年汉子叫了起来：“爹，娘要我叫你回家哩，龙大叔来了！”

中年汉子精神不由一振，哈哈一笑：“好哩，无施，咱们这就回去。”

等到雷五醒过神来追出门外时，只见一大一小两道身影在落日的余晖映射下，渐渐地消失于人流之中。

——全书完——